KB267539

트루베니아 연대기

FANTASY STORY & ADVENTURE

김정률 판타지 소설

12

dream
books
드림북스

트루베니아 연대기 12
영광의 왕국 아르니아

초판 1쇄 인쇄 / 2010년 6월 28일
초판 1쇄 발행 / 2010년 7월 7일

지은이 / 김정률

발행인 / 오영배
편집장 / 김경인, 윤대호, 신동철, 신경선
펴낸 곳 / (주)삼양출판사 · 드림북스

주소 / 서울특별시 강북구 미아8동 322-10호
대표 전화 / 02-980-2112~4 팩스 / 02-983-0660
편집부 전화 / 02-980-2116 팩스 / 02-983-8201
블로그 / blog.naver.com/dreambookss

등록번호 / 제9-00046호
등록일자 / 1999년 3월 11일

ⓒ 김정률, 2010

값 8,000원

(주)삼양출판사 · 드림북스의 서면 허락 없이는 어떠한
형태나 수단으로도 이 책의 내용을 이용하지 못합니다.

ISBN 978-89-542-3453-5   04810
ISBN 978-89-542-2141-2   (세트)

김정률 판타지 소설

FUSION FANTASY STORY & ADVENTURE

트루베니아 연대기

⑫ 영광의 왕국
아르니아

목차

I
왕위쟁탈전

대규모 전투에서 개인이 끼칠 수 있는 영향은 극히 미미하다. 그것은 인간들의 오랜 전쟁사를 통해 여실히 증명되어 왔다. 그러나 어디에도 예외란 있는 법이다. 쏘이렌에서 벌어진 내전에서 상식이 송두리째 무너지는 일이 발생했다. 단 한 명의 활약으로 인해 전황이 완전히 뒤집어진 것이다.

쏘이렌의 수도 남쪽, 드넓은 곡창지대에 무장한 기사들이 운집했다. 누렇게 익은 곡물들이 군홧발에 사정없이 짓밟혔지만 누구 하나 신경 쓰는 사람은 없었다. 작물을 경작하던 농민들과 농노들은 이미 다른 곳으로 소개된 상태. 모여든 기사들은 긴장감을 억누르며 결전의 순간을 기다렸다. 유력한 왕위

계승자인 파하스 3왕자와 에를리히 왕세자가 마침내 쏘이렌의 왕좌를 두고 승부를 내려는 것이다.

전장의 분위기는 이미 파하스 왕자 쪽으로 기운 상태였다. 그가 동원한 기사들은 수적으로도 우세할 뿐더러 실력 면에서도 현격한 차이를 보였다. 기사 개개인의 실력이 월등히 뛰어나다는 뜻이다. 게다가 크로센 제국의 소드 마스터 열아홉 명도 전투에 참가했기 때문에 파하스를 지지하는 귀족들은 승리를 확신했다.

"승리는 우리의 것이오."

"쏘이렌의 왕좌는 이미 결정된 것이나 다름없소."

반면 에를리히 왕세자 측의 분위기는 침울했다. 현저히 밀리는 전력을 절감했기 때문이다. 승부가 결정 나고 나면 파하스 측에서 책임을 물어올 것이기 때문에 귀족들의 표정은 그리 밝지 않았다. 기사들 역시 체념한 듯한 눈빛이 역력하다. 전투를 위해 키워진 존재들이라 도망칠 수도 없는데다 결과가 눈에 뻔히 보이기 때문이다. 질 것이 뻔한데 의욕이 날 리가 없다.

"용기를 가져라. 목숨을 걸고 싸우면 승리할 수 있다."

"승부를 결정짓는데 숫자가 전부는 아니다."

각급 장교들이 고래고래 고함을 지르며 독려했지만 기사들의 사기는 쉬 진작되지 않았다. 그런 상황에서 마침내 전투가 시작되었다. 형식적으로 항복을 권고하는 사신이 왔고 에를리히 왕세자 측에서 일고의 가치도 없다는 듯 거부의사를 밝혔다. 사신이 돌아가자마자 파하스 왕자 측에서 전투를 알리는 뿔피리 소리가 울려 퍼졌다.

뿌우우우—

뿔피리 소리가 들려오자 기사들이 일제히 면갑을 내려썼다.

철컥.

수적으로도, 실력으로도 우세란 것을 아는 까닭에 파하스 진영 기사들의 표정은 밝은 편이었다. 승리를 확신한 기사들이 말에 박차를 가했다.

두두두두.

사백여 필의 말이 일제히 질주하기 시작했다. 쏟아지는 햇살이 뽑아든 장검에 반사되며 눈부시게 빛났다.

그 모습을 본 에를리히 왕세자 측 기사들도 대응태세를 갖추었다. 그러나 그들의 숫자는 파하스 측의 절반 정도밖에 되지 않았다. 이백여 명이 조금 넘는 기사들이 마주 달려 나왔다. 두 무리의 기사들은 피할 수 없는 결말을 향해 이를 악물고 말을 몰았다.

✦

레온을 비롯한 로벨리아 기사단은 에를리히 진영의 최선두에서 달리고 있었다. 눈을 가늘게 뜬 레온이 안면보호대를 내려썼다.

철컥.

안면보호대 사이로 이글거리며 눈빛이 번져나갔다. 레온이 현재 착용한 갑옷은 별다른 특색이 없는 쏘이렌 형식의 플레이트 메일이었다. 그런데 레온이 내공을 집중시킴에 따라 갑옷의 틈새를 통해 붉은 기운이 스멀거리며 흘러나왔다. 극에 이른 천자혈마공이 분출되는 것이다. 그로 인해 레온의 갑옷이 서서히 붉게 물들기 시작했다. 그것은 두 손으로 굳게 움켜쥔 창도 마찬가지였다.

쓰쓰쓰쓰.

창에 집중된 내공이 외부로 분출되며 붉게 물들어갔다. 마치 폭풍과 같은 기세였다. 자신도 모르게 창을 움켜쥔 손에 힘이 들어갔다.

'드디어.'

지금껏 레온은 마음껏 싸울 기회가 없었다. 카심으로 위장한 탓에 익숙하지 않은 병기인 검을 사용해야 했고 그로 인해 자신의 모든 능력을 발휘할 수 없었다. 그 때문에 철천지원수라고 할 수 있는 드류모어 후작을 지척에 두고도 전장을 이탈해야 했다. 하지만 지금은 아니었다. 자신의 모든 것을 여과 없이 드러내도 무방한 무대가 펼쳐진 것이다. 입술을 비집고 괴성이 터져 나왔다.

"크아아아아."

선두에 선 주군의 기세에 동화된 듯 뒤따르던 로벨리아 기사단원들의 눈동자도 서서히 충혈 되고 있었다.

❧

콰아아앙!

두 무리의 기사단이 거친 기세로 돌진했다. 재수 없게 정면으로 충돌해 튕겨나가거나 낙마하는 기사들도 있겠지만 대부분 병장기로 상대를 공격한 뒤 말머리를 빗겨 지나가는 것이 철칙이다. 난전은 그 이후에 벌어지는 것이다. 마갑의 무게로 인해 말이 더 이상 달릴 수 없게 되니 그럴 수밖에 없다.

파하스 진영의 선두에는 엑스퍼트 이상의 실력자들이 포진하고 있었다. 대부분 마나를 다스릴 수 있는 자들이었고 하나같이 장검에 잔뜩 오러를 끌어올린 상태였다. 그들이 검을 휘두를 경우 수준이 떨어지는 에를리히 진영 기사들은 치명상을 입고 낙마하는 운명에서 벗어날 수 없을 터였다. 두 무리가 막 격돌하기 직전 파하스 기사들을 향해 모종의 기세가 쭉 뿜어졌다. 에를리히 진영의 선두에 서서 달리던 레온이 발산한 기세였다.

콰콰콰콰.

내공을 한껏 끌어 모아 한꺼번에 터뜨린 기세였기에 위력이 어마어마했다. 마치 폭풍과도 같은 기세가 부챗살처럼 쭉 뻗

어나가며 파하스 진영의 선두에 선 기사들을 거침없이 집어삼
켜버렸다. 여기저기서 비명소리가 터져 나왔다.

"뭐, 뭐야?"

"헉."

몸속의 마나 흐름을 여지없이 흩뜨려버린 기세로 인해 선두
기사들의 검에 서린 오러가 흔적도 없이 사라져버렸다. 그것
도 바로 격돌 직전에 일어난 일이었다. 레온이 작정하고 터뜨
렸기 때문에 선두에 선 기사들 거의 모두가 영향을 받아야 했
다. 그리고 그것은 이어진 격돌에 엄청난 영향을 미쳤다.

콰콰콰쾅.

뜻밖의 상황에 당황한 파하스 기사들의 몸에 에를리히 진영
기사들의 장검이 파고들었다. 에를리히 진영 역시 실력자들을
선두에 포진시킨 상태였다. 몸속 마나 흐름이 헝클어져 당황
해하던 파하스 기사들은 제대로 방어를 해내지 못했다. 처절
한 비명과 함께 피가 허공으로 쭉 뿜어졌다.

"크아아악."

여기저기서 낙마하는 기사들이 속출했다. 거의 대부분 파하
스 진영의 기사였다. 사나운 기세로 부딪힌 양쪽 기사들은 말
을 몰아 빗겨 지나갔다. 그리고 크게 선회한 다음 서로를 향해
달려들었다. 이어진 것은 처절한 난전이었다.

챙, 차차챙.

병장기 부딪히는 소리, 갑옷 우그러지는 소리, 희생자들의

몸에서 분출되는 피와 땀 냄새로 인해 그곳은 곧 아비규환의 지옥으로 화해버렸다. 기사들은 전장의 광기에 사로잡혀 서로를 향해 맹렬히 병장기를 휘둘렀다.

원래대로라면 숫자와 실력에서 우세한 파하스의 기사들이 승기를 거머쥐어야 한다. 동그랗게 포위하며 압박해 들어가야 정상인 것이다. 하지만 레온과 로벨리아 기사단의 활약으로 인해 결과가 뒤바뀌었다. 전세는 예상 외로 팽팽히 유지되었다.

번쩍, 버번쩍.

눈부신 섬광이 지나가며 선혈이 허공으로 솟구쳐 올랐다. 레온이 종횡무진 휘두르는 장창은 여지없이 파하스 기사들의 숨통을 끊어버렸다. 필사적으로 저항했지만 초인의 오러가 서린 창을 막아낼 순 없는 노릇. 오러가 충만하던 검이 허무하게 잘리고 방패는 마치 종잇장처럼 조각이 났다.

"크헉."

단말마의 비명을 내지르며 낙마하는 기사들, 그들의 몸을 수십 개의 말발굽이 마구 짓밟고 지나갔다. 레온을 보필하는 로벨리아 기사단원들의 말발굽이었다. 그들이 지나간 뒤 남은 것은 형체도 알아보기 힘들 정도로 우그러진 갑옷과 시체뿐이었다.

레온과 로벨리아 기사단원들의 호흡은 거의 완벽했다. 만약 레온이 아이리언 협곡 출신의 기사들을 데리고 왔다면 이 같은 호흡을 유지할 수 없었을 것이다. 그들은 개인과의 대결이나 임기응변에는 강하지만 집단전투에는 서툴기 때문이다. 반면 로벨리아 기사단원들은 정통적인 교육을 받은 기사들이다. 때문에 종진을 유지하며 효과적으로 레온을 보필하는 것이 가능했다.

레온이 상대하는 기사들은 혹독한 수련을 겪은 최고의 정예 중 정예이다. 때문에 크나큰 타격을 입었을지언정 일격에 무력화되는 경우는 드물었다. 그러나 레온은 한 대 갈기고 나면 더 이상 관심을 두지 않고 말을 몰아 지나쳤다. 뒤따르던 휘하 기사들이 알아서 정리할 것이기 때문이다. 초인의 일격에 치명적인 타격을 받은 적은 이어지는 로벨리아 기사단의 공격을 버텨내지 못했다. 이처럼 레온의 활약은 전장에서도 유독 두드러지게 드러났다.

"막아라."

"놈들을 저지해야 한다."

전체적인 전황이 불리해지자 파하스 군의 실력 있는 기사들이 대거 몰려들었다. 적 기사가 아군 진형에서 무인지경으로 활약하는 것을 두고 볼 수도 없는 노릇이다. 각급 귀족 휘하의 이름 있는 기사들이 대거 레온을 향해 달려들었다. 하지만 결과적으로 그들은 화톳불 속으로 뛰어드는 불나방과 다름없는 신세였다.

번쩍, 버번쩍.

눈부신 섬광과 함께 피분수가 터져 나왔다. 쏘이렌의 이름 있는 기사 렉서스는 눈을 부릅뜬 채 두 조각이 되어 말 아래로 떨어졌다. 고용주인 레밍턴 후작이 애지중지할 정도의 실력자였지만 초인을 감당할 실력은 되지 못했다. 뒤를 이어 달려든 페일 남작 역시 두 합을 버텨내지 못했다. 이마에 주먹만 한 구멍이 뻥 뚫린 채로 나가떨어지고 나자 파하스 기사들의 공세가 주춤해졌다. 달려들면 달려드는 대로 불귀의 객이 되어버리니 질리지 않을 수가 없다.

"강해. 너, 너무 강해."

"도, 도대체 누구이기에?"

현저히 차이 나는 전력이었지만 레온과 로벨리아 기사단의 활약으로 인해 전황은 팽팽하게 진행되었다. 수적으로, 실력으로 열세인 에를리히 진영이 밀리지 않고 대등하게 맞서 싸울 수 있는 것이다.

레온의 존재감은 시간이 지날수록 파하스 기사들에게 뚜렷이 각인되었다. 기사들이 거의 쓰지 않는 무기인 장창에다 갑옷을 뒤덮은 시뻘건 기운, 무엇보다도 실력 있는 기사들을 단일합에 꺼꾸러뜨리는 무시무시한 무위가 파하스의 기사들에게 한 사람을 떠올리게 만들었다. 게다가 레온이 능수능란하게 전개하는 기세 공격은 설마 하는 의심에 확신을 안겨주었다. 급기야 한 기사의 입에서 비명 같은 음성이 흘러나왔다.

"브, 블러디 나이트?"

"서, 설마 아르니아의 레온 대공이?"

그 순간 파하스 기사들의 사기는 급속히 추락해 내렸다. 불과 얼마 전 크로센 출신의 초인 카심에게 단단히 쓴맛을 본 기억이 생생하다. 단 한 명의 활약으로 인해 얼마나 고생을 했던가? 그런데 그보다 더 강하다고 알려진 블러디 나이트가 전투에 가세한 것이다.

레온의 정체가 드러남에 따라 가장 큰 충격을 받은 자는 다름 아닌 파하스 왕자였다. 아르카디아에서 건너온 초인 카심으로 인해 위기를 겪은 그에게 레온의 등장은 아닌 밤중에 홍두깨나 다름없는 일이었다.

"어, 어찌 이런 일이……."

망연자실한 표정을 짓던 파하스 왕자가 돌연 이를 우두둑 갈아붙였다. 잡아먹을 듯한 눈빛이 전장을 향해 쏟아졌다.

"또다시 당할 순 없다. 카심 하나로 인해 얼마나 많은 피해를 보았던가?"

그러나 전황을 타개할 방법은 도무지 보이지 않았다. 블러디 나이트로 추정되는 자는 여전히 막강한 무위를 선보이며 파하스 진영을 무자비하게 헤집고 다녔다. 파하스의 기사들은 그로 인해 제대로 된 진영을 펼치지 못했다. 전황을 살피던 부관들이 착잡한 표정으로 입을 열었다.

"이대로 간다면 아군의 피해만 늘어날 뿐입니다. 조속히 후퇴시키는 것이 현명합니다."

"그럴 수는 없다."

파하스의 눈에서 불똥이 튀었다. 마지막 한 고비만 남았는데 초인의 출현으로 좌절을 경험하고 싶지 않았다. 그러나 분노의 힘으로도 모든 것이 해결되는 것은 아니다. 시간이 지날수록 상황은 어렵게 변해갔다. 블러디 나이트의 맹활약으로 인해 그의 기사들은 제대로 된 진형도 펼치지 못하고 불리한 여건에서 힘겹게 싸우고 있었다. 귓전으로 조심스런 부관의 음성이 파고들었다.

"빨리 결단을 내리셔야 합니다. 쓰러지는 것은 아군 기사들뿐입니다. 지금 상황에서는 전력을 온전히 보존하는 것이 합당합니다."

으드드득.

파하스가 이를 우두둑 갈아붙였다. 제왕 교육을 받은 왕족답게 그는 무엇이 중요한지 잘 알고 있었다. 맥 빠진 음성이 입술을 비집고 흘러나왔다.

"전투를 중지시키고 기사들을 후퇴시켜라."

"알겠습니다."

부관이 환히 밝아진 얼굴로 복명했다. 잠시 후 뿔 나팔 소리가 전장으로 울려 퍼졌다.

뿌우우우.

전투 중지를 알리는 신호였다. 우왕좌왕하던 파하스의 기사들이 안도의 한숨을 내쉬며 전장을 이탈했다. 레온과 로벨리아 기사단의 활약으로 말미암아 제대로 된 전투를 치르지 못하던 상황이다. 다소 늦은 감이 있긴 하지만 그래도 공식적인 명령이 떨어졌기에 기사들은 살았다는 표정으로 후퇴를 감행했다.

그러나 에를리히의 기사들은 추격할 생각을 하지 못했다. 비록 후퇴중이기는 하지만 총체적인 전력에서 파하스 진영에 뒤지기 때문이다. 운이 나쁠 경우 역습을 당해 포위당할 수도 있었기 때문에 에를리히 왕세자의 지휘관들은 병력을 뒤로 물렸다. 어려운 상황에서 파하스 측에 입힌 피해만으로도 기대 이상의 성과라고 할 수 있었다.

❖

수도 인근에서 벌어진 전투는 에를리히 쪽의 승리로 끝났다. 파하스의 군세는 엄청난 피해를 입고 후퇴했다. 모든 것이 레온과 로벨리아 기사단의 가세 때문이었다. 그러나 승부가 완전히 결정된 것은 아니었다. 타격이 크긴 했지만 아직까지 파하스의 전력은 에를리히의 전력을 능가하고 있었다. 적절한 순간에 기사들을 후퇴시켰기 때문에 피해가 크지 않았다.

그러나 섣불리 나설 수도 없었다. 에를리히 진영에는 블러디 나이트라는 무시무시한 존재가 도사리고 있다. 때문에 파하스 진영은 병력의 출동을 자제했다. 그리고 외교적 채널을 통해 에를리히 측을 향해 맹 공세를 퍼부었다.

―에를리히 왕세자는 실로 천인공노할 짓을 저지르고 있다. 아르니아가 어떤 나라인가? 불과 얼마 전 본국과 전쟁을 치른 나라가 아니던가? 그런 적국의 요인을 내전에 끌어들이다니 도대체 정신이 있는 것인가?

파하스 왕자의 공세는 귀족들에게 돌리는 격문 형식으로 전달되었다. 물론 에를리히 진영에서 가만히 있을 리가 없었다.

―가장 먼저 외세를 끌어들인 쪽은 파하스 왕자이다. 크로센 제국과 손을 잡고 정예 기사들을 제공받아 궤헤른 공작과의 전투에 투입한 사실을 감히 부인할 수 없을 것이다. 그런 상황에서 어찌 우릴 비난한다는 말인가?

―크로센 제국과 아르니아를 어찌 같은 맥락에서 두고 볼 수 있단 말인가? 오랜 동맹국인 크로센 제국과 명백히 적국인 아르니아는 엄연히 달리 생각해야 한다.

치열한 설전이 오고갔지만 도출되는 결론은 없었다. 누구에게 정통성이 있든 간에 승리의 여신은 세력다툼에서 이긴 쪽의 손을 들어줄 것이다.

⚜

"흠."

나지막한 한숨소리가 흘러나왔다. 살짝 얼굴을 찡그리는 이는 드류모어 후작이었다. 심기가 편치 않은지 낯빛이 어두운

편이었다.

"이런 결과는 예상하지 못했는데 말이야."

쏘이렌의 상황은 그가 전혀 짐작하지 못하는 방향으로 전개되고 있었다. 크로센 제국의 알아주는 지낭인 그조차도 전혀 대비를 하지 못했다. 자조의 미소가 입가에 맺혔다.

'나도 이제 늙었는가? 충분히 실현 가능한 경우의 수를 헤아려보지 못하다니 말이야.'

드류모어 후작은 20대 초반의 젊은 나이에 크로센 정보부에 발탁되었다. 명석한 머리와 뛰어난 추리력을 일찌감치 인정받은 것이다. 크로센 정보부에는 아르카디아에서도 손꼽히는 인재들이 득시글거린다. 하나같이 값비싼 교육을 이수한 영재들이다. 드류모어 후작은 치열한 경쟁을 뚫고 단 30년 만에 크로센 정보부의 총수가 되었다. 타고난 자질과 노력이 뒷받침한 결과였다.

그의 능력은 총수가 되고 나서 더욱 빛을 발했다. 크로센 제국의 번영을 위한 여러 가지 작전을 훌륭히 성공시켜 황제의 신임을 한 몸에 받았으니 말이다. 하지만 꽃이 피면 질 때가 있는 법이다.

"블러디 나이트, 그가 나타나고 나서 제대로 된 일이 하나도 없었지."

드류모어 후작이 조용히 지난 일을 떠올려보았다. 블러디 나이트가 나타나기 전까지만 해도 그의 계획은 그야말로 완벽했다. 어디 하나 미흡한 구석을 찾아볼 수 없었다. 하지만 블러디 나이트가 등장한 이후 드류모어 후작은 계속해서 실패를 경험해야 했다. 정보부의 총수 자리에서 실각하고 트루베니아로 건너오게 된 것도 모두 블러디 나이트에 관련된 작전을 실패한 탓이었다.

"레온. 그는 정말로 신이 정해둔 저울대에서 나의 반대쪽 추일지도 몰라. 그가 나에게 품고 있는 원한 만큼이나……."

사실 따지고 보면 못할 짓을 시작한 것은 드류모어 후작이다. 가만히 있는 블러디 나이트를 수단 방법을 가리지 않고 잡아들이려 한 것은 그이다. 블러디 나이트의 입장에서는 철천지원수나 다름없을 것이다. 하지만 드류모어 후작은 떳떳했다. 모든 것이 그가 속한 조국 크로센 제국의 국익을 위하여 행한 일이기 때문이다. 그는 스승의 당부를 이행하기 위해 아르카디아로 건너왔다는 블러디 나이트의 진술서를 떠올려보았다.

"어쩌면 그의 말이 모두 사실일 수도 있어. 뭐 중요한 것은 그게 아니지만 말이야."

그는 블러디 나이트를 통해 다크 나이츠의 불완전한 마나연공법을 보완하려고 했다. 물론 블러디 나이트의 존재가 크로센 제국의 안위에 위협이 된다고 판단했기 때문에 수단 방법을 가리지 않았다. 하지만 블러디 나이트는 그 모든 노력을 물거품으로 만들고 트루베니아로 달아나버렸다. 드류모어 후작은 그에 대한 책임을 지고 정보국장 자리를 내놓아야 했다.

"하지만 말이야."

드류모어 후작의 얼굴에 착잡함이 떠올랐다. 트루베니아로 건너온 블러디 나이트는 그가 생각지도 못한 길을 택했다. 헬프레인 제국과 협상하여 멸망한 왕국 아르니아를 돌려받았으니 말이다. 이제 그는 기댈 곳 없는 떠돌이가 아니었다. 작긴 하지만 영토와 주권을 가진 소국 아르니아의 최고위급 귀족이다. 제아무리 강대국인 크로센 제국이라고 해도 섣불리 손을 대지 못하게 된 것이다. 그러나 아르카디아의 비밀을 깊이 있게 알고 있는 블러디 나이트를 내버려 둘 수도 없는 것이 크로센 제국의 입장이다.

때문에 드류모어 후작은 가슴 속에 임무를 품고 트루베니아로 건너왔다. 아르니아와 사이가 좋지 않은 쏘이렌을 부추겨 블러디 나이트를 제거하기 위해서였다. 용병왕 카심의 출현 등등 우여곡절이 있었지만 계획은 순탄하게 진행되었다. 그런데 마지막 순간 또다시 블러디 나이트가 등장해서 일을 망쳐버린 것이다. 드류모어 후작이 어처구니가 없다는 듯 머리를 흔들었다.

"에를리히 왕세자의 세력에 가세하다니……. 담이 크다고 해야 하는 건지, 아니면 그 정도로 위기감을 느꼈다고 해야 하는 건지 모르겠군."

물론 전략전술상으로 따지면 더없이 탁월한 선택이다. 적국 쏘이렌의 내전에 끼어들어 전력이 뒤처지는 쪽을 지원하는 것. 현재 아르니아의 입장에서 더할 나위 없이 좋은 결과를 불러온다. 하지만 그것을 알면서도 실행에 옮기는 것은 거의 불가능하다. 좋은 전략이긴 하지만 위험도가 너무도 크다. 적의 손에 목숨을 내맡겨야 하니 만큼 그 누가 결정을 내릴 수 있겠는가? 하지만 블러디 나이트는 그 일을 해냈다. 그리고 결과가 예상된 전투를 송두리째 뒤집어버렸다. 드류모어 후작이 착잡한 듯 머리를 흔들었다.

"차라리 내가 전투에 참가할 것을 그랬나?"

그는 문관이다. 때문에 어지간한 경우를 제외하면 전투에 참여하지 않는다. 만약 그가 현장에 있었다면 상황이 조금 달라졌을 수도 있다. 적어도 지금처럼 결과만 통보받고 고민하지 않아도 되는 것이다. 골치가 아픈 듯 드류모어 후작이 주먹을 쥐고 관자놀이를 문질렀다.

"먼저 파하스 왕자를 만나봐야겠군. 우선은 그가 경거망동하지 않도록 달래야 해."

그는 아직까지 상황을 비관적으로 생각하지 않았다. 게다가 아르카디아에서 배편을 통해 강력한 지원군이 오고 있다. 그들이 도착한다면 더 이상 고민하지 않아도 된다. 생각을 정리한 드류모어 후작이 몸을 일으켰다.

"현재로서는 시간을 끄는 것이 중요하다. 일의 성패는 거기에 달렸어."

　조용히 집무실을 나서는 드류모어 후작의 얼굴에는 비장미가 서려 있었다.

⚜

　파하스 왕자는 드류모어 후작의 의견을 받아들였다. 어차피 전면전으로 붙어 봐야 역부족이다. 단 한 번의 접전을 통해 파하스 왕자는 그 사실을 실감했다. 사실 큰 피해를 입긴 했지만 아직까지 전력은 파하스 쪽이 우월했다. 기사의 수도 많았고 전체적인 실력도 뛰어난 편이다. 하지만 블러디 나이트라는 막강한 조력자를 둔 에를리히 진영을 압도할 정도는 아니었다. 레온 단 한 사람의 활약을 저지할 방법이 없는 것이다. 드류모어 후작은 그 문제를 파고들었다.

　"시간을 끄십시오. 지금 본국에서 정기 여객선 편으로 지원군이 오고 있습니다. 그들이 도착한다면 블러디 나이트가 아니라 블러디 나이트 할아버지라고 해도 전세를 뒤집을 수 없습니다."

　파하스 왕자가 의아한 표정으로 되물었다.

　"도대체 누가 지원군으로 오기에 그런 자신감을 보이는 것이오?"

　"자세한 것은 알려드릴 수 없습니다. 하지만 제 말을 믿으십시오."

　드류모어 후작을 뚫어지게 쳐다보던 파하스가 묵묵히 고개를 끄덕였다.

　"알겠소. 어차피 한 배를 탄 운명이니 그대의 말을 믿어보도록 하리다."

　"결코 실망시켜 드리지 않겠습니다."

　드류모어 후작의 입가에 미소가 번져갔다. 하지만 그는 한 가지를 예상하지 못했다. 에를리히 진영의 책사인 바그수스 후작의 잔머리를 간과한 것이다.

✦

　에를리히 왕세자와 바그수스 후작의 얼굴은 딱딱하게 굳어 있었다. 승산이 거의 없었던 전투, 하지만 그들은 예상을 뒤엎고 승리했다. 모든 것이 아르니아의 대공 레온 덕분이었다. 아이러니하게도 침울한 분위기는 바로 그 때문이었다.

　"정말 놀랍군요. 일개 개인의 능력이 그 정도일 줄은 몰랐습니다."

　바그수스 후작의 경탄 섞인 목소리에 이어 에를리히 왕세자의 풀죽은 음성이 흘러나왔다.

　"과연 그를 제거할 수 있을지 모르겠군요. 행여나 드래곤을 불러들인 격이 되는 것 아닌지……."

　"너무 심려하지 마십시오. 믿기 힘든 능력을 선보이긴 했지만 그도 엄연히 인간입니다. 그리고 더욱 중요한 것이 있습니다."

바그수스 후작이 차분한 음성으로 에를리히 왕세자를 달랬다.

"지금은 레온 대공을 제거할 때가 아닙니다. 파하스 측과의 세력 균형을 맞추는 것이 더욱 시급합니다."

"……"

"아직까지 전력상으로 우리가 열세입니다. 그것을 뒤집어야 합니다. 레온 대공에 대한 제거는 그리고 나서 생각해 볼 문제입니다."

에를리히 왕세자가 조용히 되물었다.

"어떻게 하자는 말씀이시오?"

"파하스의 뿌리를 뒤흔들어 놓아야 합니다. 아마도 한 번 쓴맛을 본 이상 소극적으로 나올 가능성이 높습니다. 지금으로선 일반적인 전투로는 레온 대공을 상대할 방법이 없기 때문입니다. 그 틈을 이용해 파하스를 지지하는 귀족층을 손봐야 합니다."

그 말에 에를리히 왕세자가 솔깃한 표정을 지었다.

"생각해 둔 방법이 있으시오?"

"그렇습니다. 다름 아닌 레온과 아르니아 기사단을 이용해 파하스를 지지하는 귀족들의 근거지를 공략하는 것입니다."

에를리히의 얼굴에 놀란 표정이 번져갔다. 바그수스 후작의 제안이 더없이 치사하면서도 효율적인 방법이기 때문이다.

에를리히 왕세자의 지지기반은 수도의 귀족들이다. 반면 파하스 왕자는 지방 영주들의 압도적인 지지를 받고 있다. 그러나 중앙 귀족이라고 전부 에를리히를 지지하는 것은 아니다. 수도 인근에 거주하는 귀족들 중 상당수가 파하스 왕자에게 지지의사를 표명한 상태이다. 궤헤른 공작이 도태되고 나자 많은 귀족들이 파하스가 대세라고 판단한 것이다.

바그수스 후작은 바로 그 귀족들의 본거지를 치자는 제안을 꺼냈다. 파하스를 지지하는 귀족들은 신임을 얻기 위해 휘하의 기사 전력 중 정예를 파견했다. 가문에 남은 기사라곤 늙어서 기력이 떨어지거나 실력이 모자라는 자들밖에 없다.

만약 에를리히 측에서 기사들을 보내 그들을 공격한다면 당해 낼 방법이 없다. 통상적인 전쟁이 아니라 권력다툼에 따른 내전이라는 사실을 감안해도 상당히 치사하면서도 효과적인 작전인 것이다. 공격을 받을 경우 귀족들이 택할 방법은 세 가지이다.

첫 번째는 옥쇄. 충성맹세를 저버리지 않기 위해 총력을 다해 저항하는 경우인데 이 방법을 택할 가능성은 희박하다. 우선 귀족들은 개인과 가문의 이익을 위해 권력다툼에 끼어들었다. 그런 만큼 왕위계승자 하나에 대해 그 정도의 충성심을 보일 까닭이 없다.

두 번째는 전향이다. 항복을 하고 깃발을 바꾸는 경우인데 이것 역시 선뜻 택하기 힘든 방법이다. 하루아침에 소속을 바꾸는 것은 이해관계가 얽히고설킨 귀족들에겐 자존심 때문에라도 택하기 힘들다.

마지막 방법은 중립선언이다. 왕위계승자 중 그 누구도 지지하지 않겠다고 선언하면 더 이상 공격을 가하지 않는다. 근거지를 공격당한 귀족들은 거의 대부분이 세 번째 방법을 선택할 것이다.

"여기에는 두 가지 이점이 있습니다. 우선 파하스를 지지하는 귀족들의 불안감을 고취시켜 파하스 진영으로 파견한 기사들을 불러들이게 할 수 있습니다."

그렇게 될 경우 파하스 진영의 기사 전력은 자동적으로 줄어들 수밖에 없다. 더 이상 시간을 끌 수 없게 되어버리는 것이다. 하지만 그 작전에는 제약조건이 많았다. 우선 귀족들의 근거지를 치러 다니는 공격대는 소수의 실력 있는 기사로 구성되어야 한다. 그래야만 귀족들에게 항복을 받아낼 수 있다. 게다가 파하스 측에서 기사단을 보내어 토벌하려 할 수도 있기 때문에 위험을 각오해야 한다.

그러나 에를리히 측으로서는 걱정할 것이 전혀 없었다. 그들에게는 인간의 한계를 벗어던진 초인 레온 대공과 로벨리아 기사단이 있었다. 그들에게 길잡이 몇 명만 붙여준다면 더없이 훌륭하게 임무를 수행할 것이다. 에를리히 왕세자의 입가에 묘한 미소가 번져갔다.

“파하스 측에서 토벌에 총력을 다해주길 바라야겠군요.”
“아마도 힘들 것입니다.”
바그수스 후작의 입가로 빙그레 미소가 번져갔다.

⚜

작전은 즉각 실행되었다. 에를리히 왕세자는 지리에 밝고 귀족사회의 정세에 해박한 기사 다섯 명을 레온과 로벨리아 기사단에 붙여주었다. 파하스를 지지하는 귀족들의 거점을 공격해 달라는 요청에 레온은 두말없이 승낙했다.
“알겠소. 걱정하지 마시오.”
레온과 로벨리아 기사단은 보급물자를 챙겨 성을 나섰다. 그들의 활약 여부에 따라 쏘이렌의 권력구도에 크나큰 변화가 생길 터였다.
안내를 맡은 자는 흰머리가 듬성듬성 난 중년의 기사였다. 준남작의 작위를 가진 펠리포라는 이름의 기사는 수도 인근의 지리와 사정에 훤했다. 그는 인적이 드문 길만 골라 레온과 로벨리아 기사단원들을 인도했다. 두 시간 정도 이동한 끝에 그들은 큼지막한 저택에 도착할 수 있었다.
“저곳이 라미르 자작의 성입니다. 가문의 역량을 총 동원해서 파하스 왕자를 지지하는 귀족이지요.”
레온이 조용히 고개를 들어 어둠에 싸인 저택을 쳐다보았다. 담장으로 둘러싸여 있었지만 성처럼 견고하지는 않았다. 외적의 침입이 드문 수도 인근의 귀족이라 성을 거주하기 용이한 저택 형식으로 지어놓은 모양이었다. 레온의 시선이 펠리포에게로 향했다.

"어떻게 하면 되는가? 치고 들어가서 모조리 죽이면 되는 건가?"

그 말에 펠리포가 황당하다는 듯 고개를 흔들었다.

"아, 아닙니다. 여기에는 합당한 형식과 절차가 있습니다."

"형식과 절차?"

"그렇습니다. 거기에 따르지 않는다면 귀족사회의 반발을 각오해야 합니다. 따라서 격식에 맞춰 행동해야 합니다."

이어 펠리포가 늘어놓은 형식과 절차는 그리 간단하지 않았다. 우선 사신을 보내 이곳에 온 목적을 밝히고 상대로 하여금 정중히 항복을 권유한다. 대상 귀족이 그에 응하지 않을 경우 비로소 공격이 시작되는 것이다. 그 과정에서 사신에게 위해를 가하는 것은 허락되지 않으며 또한 전투가 시작되더라도 상대방 측이 항복, 혹은 중립선언을 하는 경우에는 즉각 공격을 중지해야 한다. 설명을 듣고 난 레온의 눈썹이 꿈틀거렸다.

"꽤나 복잡하군."

"그러나 반드시 해야 하는 일입니다. 그래야만 귀족사회의 지지를 얻을 수 있습니다."

"좋다. 그럼 형식대로 사신을 보내도록 하라."

"알겠습니다."

펠리포는 데리고 온 기사 중 한 명에게 명령을 내렸다. 등 뒤에 백기를 둘러맨 기사가 말고삐를 움켜쥐었다.

"이랴."

사신 역할을 맡은 기사가 기세 좋게 말을 몰아 저택을 향해 달려갔다.

"그럴 수는 없다."

라미르 자작의 대답은 거절이었다. 일찌감치 파하스 왕자를 지지하며 가문의 위상을 끌어올리려 했던 라미르 자작으로서는 쉽사리 항복 선언을 하지 못하리라. 에를리히 왕세자 측의 기사들이 공격해왔다는 사실에 당혹해 했지만 그는 곧 대응태세를 갖추었다. 보유한 사병과 기사를 모조리 무장시킨 다음 저택의 문을 단단히 닫아걸었다.

"휴. 이곳을 공격할 줄은 꿈에도 상상하지 못했는데……, 그래도 녹록히 당하지는 않을 것이다."

비록 성이 아니라 저택이지만 3미터 높이의 담장과 튼튼한 철제 정문이라면 쉽사리 적의 침입을 허용하지 않으리라. 그러나 그런 라미르 자작의 기대는 너무도 허무하게 무너져 내렸다. 라미르 자작이 항복을 거부하자 펠리포는 머뭇거림 없이 레온을 쳐다보았다.

"부탁드립니다."

묵묵히 고개를 끄덕인 레온이 등에 비끄러맨 창을 움켜쥐었다.

두두두두.

말고삐를 흔들자 그를 태운 말이 달려 나갔다. 장검을 뽑아 든 로벨리아 기사단원들이 긴장된 표정으로 뒤를 따랐다. 레온이 타고 있는 말은 힘이 좋기로 소문난 북방산 군마. 마갑과 레온의 체중을 너끈히 받아내며 질주하기 시작했다.

어둠 속에서 서른 기의 기마가 모습을 드러내어 돌격하자 라미르 자작이 화들짝 놀라 명령을 내렸다.

"공격하라."

오십 명 남짓한 궁수들이 일제히 시위를 당겼다.

쐐애애액.

소름끼치는 파공성과 함께 화살이 퍼부어졌다. 그러나 그것은 애초부터 통할 리가 없는 공격이었다. 완전무장한 기사의 전면철갑을 뚫을 수 있는 궁은 오로지 장궁뿐이다. 그것도 헬프레인 제국이나 몇몇 산악국가가 보유한 명품 장궁만이 가능하다. 그리고 그런 궁들은 대부분 국가의 전략무기로 간주된다. 그런데 일개 자작령에 속한 궁수들이 그런 무기를 보유할 수 있을 리가 없었다. 그것을 증명하듯 퍼부어지는 화살들은 레온과 로벨리아 기사단에게 털끝만큼의 피해도 입히지 못한 채 허무하게 튕겨나갔다.

"저런."

그 모습에 낙심하면서도 라미르 자작은 희망을 잃지 않았다. 오늘 같은 경우를 대비해 강철로 보강해 둔 철문을 믿은 것이다.

"저들이 달려들어 봐야 저택 안으로 들어올 순 없어. 시간을 끌면 파하스 왕자님이 지원군을 보낼 것이야."

이미 그는 항복요구를 거절한 직후 파하스 왕자에게 전령을 보낸 상태였다. 때문에 시간만 끌면 위기를 모면할 수 있을 줄 알았다. 하지만······.

"세, 세상에······."

라미르 자작이 눈을 부릅떴다. 선두에 선 거대한 덩치의 기사가 창을 휘두를 때만 해도 상상도 하지 못한 일이었다. 보강된 저택의 문은 공성병기가 아니면 뚫지 못한다는 사실을 철석같이 믿었던 그였다. 그런데 선두의 기사가 창을 휘둘렀고 거기에서 섬뜩한 핏빛 섬광이 쭉 뿜어졌다.

콰콰쾅.

저택의 문은 섬광에 닿는 순간 너무도 허무하게 부서져 내렸다. 서른 기의 기사는 완전히 박살난 문을 통해 저택 안으로 진입했다. 그러자 몇 되지 않는 라미르 자작의 기사들이 검을 움켜쥐고 달려 나갔다.

"막아라."

대부분의 기사들을 파하스 진영에 보낸 터라 남은 기사는 고작해야 열서너 명이 전부였고 대부분 라미르 자작을 위해 청춘을 바치고 은퇴한 노기사들이었다. 레온을 비롯한 로벨리아 기사단은 달려드는 기사들을 무표정한 눈빛으로 쳐다보았다.

번쩍.

눈부신 섬광과 함께 파육음이 울려 퍼졌다. 불행하게도 침입해 온 적들은 충성심만으로는 극복하기 힘든 강적들이었다. 달려든 기사들은 서너 합 겨루지도 못하고 피를 뿜으며 나동그라져야 했다. 너무도 허무하게 당해버린 것이다. 경악한 라미르 자작이 눈을 부릅떴다.

"이, 이럴 수가……."

그의 저택을 공격한 기사들은 강해도 너무 강했다. 급기야 그들은 저택의 경비병들에게까지 병장기를 휘두르기 시작했다. 단말마의 비명소리가 여기저기서 흘러나왔다.

"으아악."

그 소리에 라미르 자작이 퍼뜩 정신을 차렸다. 지금은 넋 놓고 있을 때가 아니었다. 입술을 비집고 비통한 고함소리가 터져 나왔다.

"그만."

그 말에 기사들이 살육을 멈췄다. 그리고 한 명의 기사가 라미르 자작을 향해 다가왔다. 머리가 희끗희끗한 것을 보아 우두머리인 것 같았다.

"항복하시겠습니까?"

라미르 자작이 공허한 표정으로 고개를 끄덕였다.

"그, 그렇소."

"진작 결정하셨다면 피를 보지 않아도 되었을 텐데, 어쨌거나 늦지 않게 결정하셔서 다행입니다.”

느물느물한 상대의 태도에 화가 치밀어 올랐지만 라미르 자작은 경거망동하지 않았다. 물론 앞으로 나선 기사는 펠리포였다.

“전향을 하시겠습니까? 아니면 중립선언을 하시겠습니까?”

그 말에 라미르 자작의 이마에 핏대가 돋았다. 야심한 밤을 틈타 자신의 저택을 공격해 부하들을 학살해 놓고 전향 운운하니 부아가 치밀어 올랐던 것이다. 그러나 그 역시 귀족사회에서 잔뼈가 굵은 인물이었다.

“전향할 수는 없지. 중립선언을 하겠소.”

“알겠습니다. 그럼 여기에 서명을 좀 해주십시오.”

펠리포가 기다렸다는 듯 서류 한 장을 내밀었다. 거기에는 라미르 자작이 더 이상 누구의 편도 들지 않겠다는 중립선언서가 작성되어 있었다. 이름과 작위까지 정확히 명시된 것을 보아 철저하게 준비하고 온 것이 틀림없었다. 라미르 자작이 입술을 지그시 깨물었다.

‘오랫동안 준비해 온 일이 이렇게 물거품이 되어 버리는가?’

지방 귀족이라는 한계를 벗어던지기 위해 적극적으로 권력 다툼에 개입했던 그였다. 계획대로 그가 지지하는 파하스 왕자가 쏘이렌의 왕좌를 차지한다면 가문이 중앙귀족으로 인정받는 것은 따 놓은 당상이다. 그러나 그의 야망은 뜻밖의 암초에 걸러버렸다. 에를리히 왕세자의 별동대가 저택을 습격해올 줄은 미처 예상하지 못했다. 라미르 자작이 착잡한 표정으로 서류에 서명을 했다. 더 이상 공개적으로 파하스 왕자의 편을 들 수 없게 되어버린 것이다.

"여기 있소."

서류를 받아든 펠리포의 입가에 만족스런 미소가 떠올랐다.

"그럼 저희는 이만 물러가보도록 하겠습니다. 안녕히 계십시오."

더 이상 볼일이 없다는 듯 물러가는 레온과 로벨리아 기사단원들을 라미르 자작이 공허한 눈빛으로 쳐다보았다. 그들이 떠난 자리에는 바닥에 흥건한 피와 시체, 그리고 부상자들만이 남겨졌다.

⚜

그날 밤 레온과 로벨리아 기사단에 의해 5개의 귀족가문이 항복선언을 했다. 그중 네 가문은 항복요구를 거절했다가 뼈저린 대가를 치러야 했다. 저택의 정문이 박살이 나고 보유한 기사들 대부분이 피바다에 누워야 했으니 말이다.

파하스 진영은 발칵 뒤집혔다. 지지를 천명한 휘하 귀족들의 저택이 습격당한 일은 그 정도로 큰일이었다. 당장 휘하에 보유한 기사들이 술렁대기 시작했다. 그들에겐 충성을 맹세한 귀족가문의 안위가 더욱 중요하다.

이대로 내버려둔다면 더욱 문제가 커질 수밖에 없는 상황. 어떻게든 대책을 마련해야 했다.

파하스 왕자는 실력 있는 기사들을 엄선해 토벌대를 구성하는 길을 선택했다. 귀족들의 근거지를 공격하고 다니는 에를리히 측의 별동대를 처리하지 못하면 문제가 심각해진다. 당장 휘하 기사들의 이탈이 가속화될 것이 눈에 선했다. 하지만 그는 알지 못했다. 에를리히 진영의 별동대가 레온과 로벨리아 기사단으로 구성되어 있다는 사실을 말이다.

50여 명의 기사들이 토벌대로 구성되었다. 지휘관으로 내정된 기사는 호언장담을 하며 떠났다.

"염려 놓으십시오. 비겁한 놈들을 단숨에 처리해 버리겠습니다."

그들의 뒷모습을 보며 파하스 왕자는 한시름 덜었다는 표정을 지었다.

에를리히 진영의 별동대를 추격하는 것은 그리 어렵지 않았다. 인원도 많았고 전원 기마대였기 때문에 사람들의 눈에 띄지 않을 수가 없다. 특히 수도 인근을 지키는 수도 경비대는 별동대의 이동경로를 면밀히 파악하고 있을 터였다. 중립을 선언했기 때문에 권력다툼에 개입할 순 없지만 명색이 수도방위군인데 무장병력의 이동에 신경을 쓰지 않을 수 없다. 토벌대의 지휘관을 맡은 브렐 백작은 그 점에 착안했다.

‘수도 경비대의 장교들에게 뇌물을 준다면 놈들의 이동경로를 들을 수 있을 것이다.’

생각이 주효하여 그들은 별동대의 위치를 손쉽게 입수할 수 있었다. 하지만 위치를 파악하는 것과 진압하는 것은 전혀 별개의 문제였다. 브렐 백작은 머릿수를 믿고 거리낌 없이 공격을 감행했다. 그러나…….

“으아악.”

처절한 비명소리와 함께 등에 바람구멍이 뚫린 브렐 백작이 눈을 부릅뜬 채 뒤로 넘어갔다. 부들부들 떨다 사지를 축 늘어뜨리는 시신을 무심하게 내려다보는 이는 창을 든 거구의 기사, 다름 아닌 레온이었다. 주변에는 아직까지 김이 모락모락 피어오르는 시신들이 여기저기 널브러져 있었다.

진압에 나선 파하스 진영 토벌대의 시체들이었다. 우세한 머릿수를 믿고 달려든 것까지는 좋았다. 하지만 상대의 전력을 면밀히 파악하지 못한 것이 패인이었다. 레온이라는 초인이 떡하고 버티고 있으니 어찌 승산을 생각할 수 있단 말인가?

이동경로를 파악해 급습한 토벌대는 태반이 전사하고 겨우 십여 명의 기사들만이 살아남아 줄행랑을 쳤다. 지휘관인 브렐 백작까지 전사했으니 그야말로 엄청난 손실이 아닐 수 없다.

어지럽게 널린 시체를 훑어본 레온이 손을 들어 이마에 흐르는 땀을 닦았다.

“당분간은 놈들도 경거망동하진 않을 것이야. 내가 있다는 사실을 알았으니 말이야.”

파하스의 토벌대는 이동 경로에 매복해 있다가 기습공격을 감행했다. 하지만 그들은 초인의 감각이 상상을 초월한다는 사실을 몰랐다. 그들의 접근을 간파한 레온이 미연에 경고를 했고 로벨리아 기사단은 전투준비를 완전히 끝낸 채 적을 맞이했다. 그 덕에 수적으로 우세한 적을 궤멸시킬 수 있었다. 하지만 피해가 전혀 없을 수는 없었다. 레온이 고개를 돌려 보리스 자작을 쳐다보았다.

“피해 상황은?”

보리스 자작이 어두운 표정으로 보고를 시작했다.

“두 명 사망입니다. 현 인원 도합 스물세 명입니다.”

쏘이렌으로 파견된 로벨리아 기사단원은 도합 서른 명, 그러나 치열한 전투를 치르며 다섯 명의 기사가 전사했다. 그리고 조금 전 끝난 접전에서 또다시 두 명의 기사가 목숨을 잃었다. 레온이 착잡한 표정으로 고개를 끄덕였다.

“그들의 투혼을 아르니아는 영원히 잊지 않을 것이다. 그들의 이름은 왕립 명예의 전당에 등재될 것이며 남겨진 가족은 국가가 전적으로 책임질 것이다.”

순간 보리스 자작의 무덤덤한 눈가가 파르르 떨렸다. 왕립 명예의 전장에 이름이 등재되는 것. 그것은 전장에서 전사한 기사에겐 최고의 명예였다. 말라붙어 갈라진 입술을 비집고 쉰 음성이 흘러나왔다.

"그들도 저승에서 이 사실을 알게 되면 기뻐할 것입니다."

"과연 그럴까?"

레온이 착잡한 눈빛으로 로벨리아 기사단원들을 둘러보았다. 하나같이 크고 작은 상처를 입어 몸에 붕대를 감고 있었고 거듭된 전투로 지친 나머지 안색이 초췌했다. 애당초 살아남을 가능성이 희박한 전투에 투입된 그들, 그러나 로벨리아 기사단원들은 실력 이상의 투혼을 발휘해 임무를 훌륭히 수행해 냈다. 그들이 뒤를 든든하게 받쳐준 덕분에 크나큰 전과를 올릴 수 있었다. 레온이 자신도 모르게 입을 열었다.

"정말 고맙다. 그대들의 뒷받침이 아니었다면 이토록 전투를 쉽게 이끌지 못했을 것이다."

시립해 있던 로벨리아 기사단원들의 입가에 미소가 맺혔다. 선두 열에 서 있던 로베르토가 재빨리 말을 받았다.

"아닙니다. 도리어 저희들이 레온 대공 전하께 감명을 받았습니다. 대공 전하께서 이끌어주시지 않으셨다면 로벨리아 기사단은 지금쯤 세상에 존재하지 않았을 것입니다."

묵묵히 부하들을 쳐다보던 레온이 고개를 끄덕였다.

"최대한 살아남아라. 그래야만 아르니아로 돌아가서 술잔을 기울이며 이곳에서의 무용담을 회상함과 동시에 땅에 묻은 전우들을 추모할 수 있을 테니 말이다."

레온의 말에 로벨리아 기사단원들의 얼굴이 실룩거렸다.

"알겠습니다."

“이동하기로 한다. 펠리포가 쉴 곳을 마련해 두었을 것이
다.”

말고삐를 잡아당겨 앞서 나아가는 레온의 뒤를 로벨리아 기
사단이 조용히 뒤따랐다.

토벌대의 궤멸이 전해지자 파하스 진영은 발칵 뒤집혔다.

“뭐라고? 에를리히의 별동대가 블러디 나이트와 아르니아
의 기사단으로 구성되어 있다고?”

“그, 그렇습니다. 생존자의 보고에 의하면 확실한 것 같습
니다.”

파하스가 이를 으스러지게 깨물었다. 그게 사실이라면 실로
보통 일이 아니었다. 초인이 진두지휘하는 별동대를 도대체
어떻게 처리한다는 말인가? 소규모 기사단을 보내봐야 헛일
이었다. 가는 족족 불귀의 객이 되어버릴 것이 분명했다.

그렇다고 해서 내버려 둘 수도 없다. 계속해서 귀족들의 근
거지가 박살이 나면 휘하의 전력은 간조에 물 빠지듯 흔적도
없이 사라져버릴 것이다. 파하스의 얼굴에 결연한 표정이 떠
올랐다.

“어쩔 수 없다. 더 이상 미룰 것 없이 결판을 내야 한다.”

그가 더 이상 생각할 것도 없다는 듯 명령을 내렸다.

“에를리히에게 사신을 보내라. 한 번, 단 한 번의 전투로 모
든 것을 판가름하자고……..”

그 말에 참모들이 묵묵히 고개를 끄덕였다. 지금과 같은 상황에서는 그게 가장 현명한 판단이다. 아직까지 전력이 우위에 있는 만큼 조건을 최대한 활용해야 했다. 파하스가 착잡한 듯 얼굴을 일그러뜨렸다.

"그때 후퇴명령을 내리지 말았어야 했다. 블러디 나이트로 인해 큰 피해를 입게 되더라도 에를리히의 기사 전력만큼은 모조리 없앴어야 했어."

만약 그랬다면 더 이상 블러디 나이트를 걱정하지 않아도 된다. 제아무리 초인이라고 해도 비빌 언덕이 없다면 제대로 힘을 발휘할 수 없기 때문이다. 그때 묵묵히 듣고 있던 드류모어 후작이 입을 열었다.

"조금 더 기다리실 수는 없으십니까? 배편을 통해 오고 있는 지원군이 가세하면……."

파하스가 버럭 고함을 질렀다.

"듣기 싫소. 언제 올지도 모르는 지원군만 믿고 있다가 휘하 기사들이 모두 흩어지면 당신이 책임질 것이오?"

"……."

"전력이 남아 있을 때 결판을 내야 하오. 블러디 나이트로 인한 피해는 감수하고 에를리히의 본진만 뭉개버린다면 승산이 있소."

파하스의 시퍼런 서슬에 드류모어 후작이 입을 닫았다. 그역시 지금 상황에서는 정면 돌파만이 길이라는 사실을 잘 알고 있었다.

"알겠습니다. 그럼 더 이상 만류하지 않겠습니다."

타는 듯한 눈빛으로 드류모어 후작을 쏘아본 파하스가 부관에게 명령을 내렸다.

"에를리히에게 서신을 보내고 병력을 소집하라. 그가 대답을 하건 안 하건 상관없이 총공격을 가할 것이다."

"알겠습니다."

파하스의 전갈은 전령을 통해 곧바로 에를리히 진영으로 전달되었다. 전면전 통보를 받은 바그수스 후작은 아쉬운 표정을 지었다.

"아깝군요. 시간을 조금만 더 끌었어도 우리에게 현저히 유리할 텐데 말입니다. 하지만 아쉬울 것이 없습니다. 우리에겐 초인이 있으니까요."

그들은 레온의 신위를 철석같이 믿고 있었다. 반드시 제거해야 할 대상으로 인식하고 있지만 능력만큼은 인정한다는 뜻이다. 에를리히 왕세자가 밝은 표정을 지었다.

"그를 불러들여야겠군요. 전면전에 대비하려면 말입니다."

"서둘러 전갈을 보내십시오. 이번 접전이 아마도 승부의 분수령이 될 확률이 높습니다."

"그렇게 하지요."

에를리히 왕세자가 웃음 띤 얼굴로 고개를 끄덕였다.

II
목숨을 걸고
대공 전하를 지켜라!

자신의 방으로 돌아온 드류모어 후작이 손을 턱에 괴고 생각에 잠겨 들어갔다.

—전면전에서 과연 어느 쪽이 승리할 것인가?

드류모어 후작을 고민하게 만드는 명제는 바로 그것이었다. 그가 바라는 대로 파하스 쪽이 승리한다면 더 이상 고민할 것이 없다. 최소한 에를리히의 주력군을 뭉개버리기만 해도 일은 말끔히 해결된다.

"그렇다고 해도 블러디 나이트를 죽이거나 사로잡는 것은 힘들 것이야. 지금까지 해 왔던 대로 귀신같이 빠져나갈 것이 틀림없으니까."

우려했던 대로 블러디 나이트가 탈출하더라도 걱정할 것은 없다. 파하스를 잘 꼬드겨 아르니아 정벌에 나서면 된다. 설마 자신의 아내인 여왕과 백성들을 두고 도망치지는 못할 테니 말이다.

그러나 세상일이란 한치 앞도 예단할 수 없는 법이다. 그가 걱정하는 것은 에를리히 진영이 승리할 경우이다. 블러디 나이트의 초인적인 능력을 볼 때 충분히 우려할 만했다. 그럴 경우 그의 계획에 차질이 생길 수밖에 없다. 현재 그와 에를리히 진영과는 적대 관계이다. 물론 파하스 진영을 지원한 크로센 제국에 대해서도 곱지 않은 눈길을 보낼 것이 분명하다.

"물론 그렇게 되지 말아야 하지만 사람의 일이란 알 수 없으니 말이야."

권력다툼에 에를리히 측이 승리한다면 쏘이렌을 꼬드겨 아르니아를 정벌한다는 애초의 계획은 물거품이 되어버릴 공산이 크다. 다른 방도를 찾아야 하는 것이다. 그러나 드류모어 후작은 예리한 판단력을 십분 발휘해 한 가지 가정을 꼬집어 냈다.

"아마 모르긴 몰라도 에를리히 진영에서도 블러디 나이트를 곱지 않은 눈으로 쳐다볼 것이야. 잠재적인 적국인 아르니아 최대의 위험인물이기 때문이지."

설령 에를리히 왕세자가 쏘이렌의 정권을 차지하더라도 여러 가지 문제점을 해결해야 한다. 그중 하나는 반기를 들었던 정적들을 다독이는 것이다. 자신을 따른 귀족들에게 포상을 하려면 반드시 반대 진영의 귀족들에게 불이익을 주어야 한다. 거기에 따른 반발을 다독이려면 사람들의 관심을 외부로 돌려야 하는데 가장 좋은 방법이 바로 전쟁이다. 드류모어 후작의 입가에 미소가 떠올랐다.

"이미 그 방법은 역사를 통해 가장 효과적이면서도 간단한 방법으로 검증되어 있지."

간단히 말해 에를리히 왕세자가 쏘이렌의 왕좌에 오른 뒤 불만을 잠재우기 위해서는 아르니아와 전쟁을 치르는 것이 가장 좋다. 이것이 드류모어 후작이 생각하는 최선의 방향이었다. 그의 눈빛이 예리하게 빛났다.

"어쩌면 에를리히 왕세자도 그런 생각을 가지고 있을지도 몰라."

고개를 끄덕인 드류모어 후작이 책상 서랍의 손잡이를 잡았다. 자물쇠로 견고하게 채워진 서랍이었다.

철컥.

자물쇠를 풀고 서랍을 연 후작의 손에 조그마한 상자 하나가 들려나왔다. 속에는 물처럼 투명한 액체가 든 유리병이 있었다. 드류모어 후작이 병을 물끄러미 쳐다보았다.

병 속의 액체는 오러 유저가 마나를 제어하지 못하게 만드는 특제 독약. 임상실험 결과 초인에게도 효과적으로 통한다는 사실이 증명되었다. 약효 증명을 위해 크로센 제국이 보유한 초인 한 명이 실험에 투입되었다. 결과는 사뭇 고무적이었다.

"제아무리 블러디 나이트라도 이 약을 먹는다면 30분 가량 마나를 제어하지 못하게 된다. 기세 공격은 물론이고 오러조차 끌어올릴 수 없게 되지. 그렇게 되면 끝장이야."

드류모어 후작이 착잡한 눈빛으로 병을 쳐다보았다. 물약 한 병을 제조하는데 열배가 넘는 무게와 부피의 금이 들어갔다. 그 정도로 귀한 재료들이 들어간 물약이었다. 하지만 그는 물약을 무상으로 넘기려고 마음먹고 있었다.

"사람을 시켜 이것을 에를리히 왕세자에게로 보내는 것이다. 만약 그에게 생각이 있다면 물약이 정말 유용하게 쓰일 테니 말이다."

살짝 고개를 끄덕인 드류모어 후작이 설렁줄을 잡아당겼다.

"부르셨습니까?"

콧수염이 인상적인 중년 사내가 들어왔다. 함께 아르카디아에서 건너온 정보부 요원이었다. 임무를 설명하는 드류모어 후작의 눈빛은 차분히 가라앉아 있었다. 내려진 임무는 간단했다. 에를리히의 진영으로 찾아가서 약을 전하고 사용법을 설명하는 것. 그것이 요원에게 내려진 임무의 전부였다.

⚜

두 번째로 치러지는 전면전. 쏘이렌의 왕좌가 걸려 있는 만큼 양쪽에서는 심혈을 기울여 전투준비를 했다. 귀족들은 지지하는 왕족의 승리를 위해 병력과 물자를 아낌없이 제공했다. 승리할 경우 투자한 그 이상의 반대급부가 보장되기 때문이다.

기사들은 곧이어 전개될 전투를 위해 몸을 풀었고 종자들은 열심히 주인의 갑옷과 무구를 손질했다. 그 사이에는 레온과 로벨리아 기사단도 끼여 있었다.

"인간들의 삶은 정말로 변화무쌍하군. 이미 여러 번 감탄하긴 했지만 보면 볼수록 새로워."

카트로이의 혼잣말에 레온이 빙그레 웃으며 대답했다.

"애초부터 완벽한 존재가 아니기 때문이지요."

"그렇게 생각하는 것도 어폐가 있는 것 같군."

고개를 끄덕이며 대답하는 카트로이의 입가에도 미소가 맺혀 있었다. 사실 레온은 카트로이에 대해 상당한 걱정을 해야 했다. 로벨리아 기사단과 행동하는 것에 대해 지겨워할 가능성이 농후했기 때문이다. 항상 좋은 술과 좋은 음식, 그리고 낮잠을 즐기는 카트로이이기에 우려할 법도 했다.

물론 처음에는 카트로이도 불평불만을 털어놓았다. 음식과 잠자리가 형편없었고 또한 술을 전혀 입에 대지 못했기 때문이었다. 하지만 전투가 진행될수록 불만의 목소리가 쏙 들어갔다. 바로 눈앞에서 펼쳐지는 전투가 그 정도로 생생했기 때문이었다. 드래곤인 카트로이가 어찌 인간 기사들의 전투를 이 정도로 깊이 있게 볼 수 있겠는가?

이제 카트로이는 로벨리아 기사단원들과 거리낌 없이 얽혀 같이 식사를 하고 잠을 잘 정도로 익숙해졌다. 물론 카트로이의 정체를 로벨리아 기사단원들은 알지 못했다. 행여나 비밀이 폭로될 우려가 있었기에 밝히지 않은 것이다. 그들은 단지 카트로이를 공간이동마법을 펼쳐줄 마법사로만 인지하고 있었다. 그 때문에 카트로이의 안전을 기사단원들에게 인지시키는 것은 간단했다.

"임무를 완수하고 난 뒤 나와 너희들을 안전하게 귀국시켜 주실 마법사님이다. 살아서 돌아가고 싶으면 목숨을 걸고 그분을 지켜라."

"알겠습니다."

기사들은 두말없이 복명했다. 자신들의 퇴로를 열어줄 존재이다 보니 반드시 지켜야 한다는 사실을 깨달은 것이다.

⚜

적진을 쳐다보는 레온의 눈빛은 차분히 가라앉아 있었다.

'드디어 결전의 날이로군.'

레온은 이번 전투를 최고의 분수령이라고 생각하고 있었다. 그는 전략을 한 가지 준비해 둔 상태였다. 군대에 있어 가장 중요한 것이라면 우두머리를 꼽을 수 있다. 개미나 벌떼도 우두머리만 없앤다면 무리 전체가 어찌 할 바를 모르고 우왕좌왕 댈 것이다. 특히 왕위계승자에 모든 권한이 집중된 이런 군대라면 우두머리의 가치가 그야말로 절대적이라고 할 수 있었다. 레온은 이번 전투에서 적의 우두머리를 없앨 생각을 굳히고 있었다.

'파하스. 그만 잡는다면 문제를 말끔히 해결할 수 있어.'

파하스. 그가 죽는다면 쏘이렌의 권력다툼은 그 자리에서 끝이 난다. 모시던 왕위 계승자를 잃은 그들이 할 수 있는 것은 오로지 항복밖에 없는 것이다. 현재 파하스는 아르니아에 있어 가장 위협적인 인물이다. 때문에 아르니아의 대공 입장에서 반드시 그를 죽여야 했다.

처음 전투에서도 레온은 기회를 보아 파하스를 처치하려고 했다. 하지만 오래지 않아 뜻을 접어야 했다. 전력 면에서 우세를 확신한 파하스가 지나치게 많은 병력을 호위로 돌렸기 때문이었다. 제 아무리 초인이라도 발휘할 수 있는 힘에는 한계가 있는 법. 당시 경비 상황을 살핀 레온은 힘들다는 사실을 깨닫고 요격에 나서지 않았다. 행여나 공격을 감행했다가 실패라도 하면 파하스 측에서 경각심을 가질 것이 분명하다.

하지만 지금은 사정이 조금 달랐다. 지지하는 귀족들의 근거지를 치라는 다소 치사하고도 비열한 작전을 레온이 두말없이 받아들인 것은 바로 이것을 염두에 둔 덕분이었다.

'파하스는 몸이 달았다. 여유가 없을 테니 호위를 최소한도

로 줄이고 가급적 많은 병력을 투입하려 할 것이다. 그 틈을 노려야 한다.’

레온은 전투 중 틈을 보아 파하스에게로 돌격할 생각이었다. 그만 쓰러뜨린다면 쏘이렌은 당분간 아르니아를 상대로 전투를 걸지 못하게 되리라. 하지만 레온은 한 가지를 간과하고 있었다. 이미 에를리히 왕세자가 그런 생각을 하고 있다는 사실을 말이다.

⚜

“와아아아—!”

전투가 시작되었다. 양쪽 모두가 절박한 상황에 처했기 때문에 기사들의 결의는 드높았다. 파하스의 진영은 1차 격돌과는 판이하게 다르게 펼쳐졌다. 1차 때는 전면적인 힘 싸움을 위해 실력 있는 기사들을 한데 모아 전면에 집중시킨 형태였다. 그 때문에 레온의 기세공격에 당해 크나큰 피해를 입어야 했다.

하지만 2차 때의 진영은 확실히 달랐다. 한 번에 무력화되지 않게 기사들을 열 명 단위의 소부대로 쪼갰고 마스터 급들을 고루 분산시켜 놓았다. 이렇게 배치할 경우 초인의 기세 공격에 쉽사리 당하지 않는 장점이 있다.

하지만 주 전력이 분산되어 있기 때문에 전면적인 힘 싸움에서는 손해를 볼 수밖에 없다. 1차 접전 때처럼 무력하게 당할 수 없었기에 파하스 측은 만반의 준비를 갖추고 왔다. 반면 에를리히 측 진영은 전통적인 전력 밀집형 구조였다. 전면적인 힘 싸움에 가장 유리한 진영.

그 덕분에 접전 초기에는 양 진영이 어느 한 군데 밀고 밀리는 일 없이 팽팽하게 전황이 유지되었다. 실력과 숫자에서 앞서는 파하스 진영에 비해 에를리히 진영은 효율적인 진형을 무기로 맞서 싸운 것이다.

피가 튀고 비명이 난무하는 처절한 전장. 예상 밖으로 레온을 비롯한 로벨리아 기사단은 눈에 띄게 활약하지 못했다. 파하스 군의 진영 자체가 소규모 부대가 분산된 벌집형 구조였기에 진영 돌파 자체를 시도하지 못했다. 그저 만만한 부대 하나를 잡아 파상적인 공세를 가할 뿐이었다. 그 모습을 본 파하스의 지휘관들은 안도의 한숨을 내쉬었다.

"다행이로군. 블러디 나이트를 효과적으로 봉쇄할 수 있게 되어서."

후미에서 작전관들과 함께 전황을 지켜보던 파하스의 얼굴도 밝아졌다. 블러디 나이트가 일차 접전과는 달리 눈에 띄게 활약하지 못했기 때문이었다. 작전관 한 명이 조심스럽게 입을 열었다.

"전황이 아군에게 유리하게 돌아가고 있습니다. 증원을 더해서 확실하게 못을 박는 것이 현명할 것 같습니다."

　보좌관의 설명을 들으며 전장을 관망하던 파하스가 묵묵히 고개를 끄덕였다.

　"그렇게 하라. 호위 병력을 조금 더 빼서 전투에 투입시키도록……."

　작전관이 환히 밝은 표정을 지으며 고개를 끄덕였다.

　"알겠습니다."

　그러나 그는 알지 못했다. 식별하기조차 힘든 거리에 있는 블러디 나이트가 이쪽의 병력상황을 낱낱이 살피고 있다는 사실을 말이다. 초인의 시력은 보통 사람과는 비교도 할 수 없을 정도로 밝다. 때문에 그는 파하스 주변의 호위 병력 분포에 대해 훤히 살펴보고 있었다.

　'기사단 한 개 분대 정도가 전투에 가세했군. 저 정도라면…….'

　파하스 주변에는 약 백여 명 정도 되는 기사가 호위를 맡고 있었다. 물론 전투에 가담한 기사의 종자와 견습기사들이 이삼백 명 정도 파하스를 둘러싸고 있었지만 그들은 말 그대로 사람의 벽 이상의 역할을 기대하기 힘들다. 게다가 그가 지켜보는 중에 스무 명 가량의 기사들이 따로 빠져서 전투에 가세했다. 지금 레온이 파악한 파하스의 호위는 고작 80명이 전부였다.

　'저들 중에 마스터의 비율이 어느 정도 되는지 모르겠군. 전력을 다한다면 승산은 있다.'

레온의 눈빛이 예리하게 빛났다. 이제 이 지긋지긋한 전투에 종지부를 찍어야 할 때였다.

"우아악."

기사 한 명을 창으로 찔러 낙마시킨 레온이 다시금 곁눈질을 했다. 그는 지금 파하스 왕자가 있는 곳으로 돌격할 기회만을 엿보고 있었다. 각급 부대의 움직임을 관찰하여 파하스가 있는 곳으로 가는 과정에서 맞부딪힐 장애물과 호위 병력의 차단 경로들을 면밀히 따져보는 것이다. 전장에서의 경험이 풍부했기 때문에 레온은 가장 적절한 시기를 선택할 수 있었다.

'되었다.'

서너 개의 부대가 스쳐 지나가며 시야가 살짝 가려진 것을 확인한 레온이 말고삐를 잡아당겼다. 부대가 모두 지나칠 때까지 자신의 돌격이 보이지 않을 터였다.

"돌격하라."

그를 태운 말이 구슬프게 울며 질주하기 시작했다. 이 순간을 위해 적극적으로 전투를 치르지 않은 만큼 말의 기력은 충분했다. 레온이 달려 나가자 로벨리아 기사단도 반사적으로 뒤를 따랐다. 격전을 치르며 그들의 호흡은 굳이 입을 열어 말로 하지 않아도 될 정도로 일치되어 있었다.

두두두두.

레온과 로벨리아 기사단의 갑작스런 돌격이 시작되자 주변의 기사들이 기겁했다.

"마, 막아라."

"놈이 왕자저하를 노린다."

기사들이 필사적으로 경고성을 발했지만 애석하게도 전달되지 않았다. 부대가 교차하며 시야를 가렸기 때문이었다. 레온은 그야말로 가장 시기적절한 순간을 선택했다. 때문에 파하스가 그 사실을 알아차렸을 때는 이미 거리가 절반 정도 좁혀진 다음이었다. 블러디 나이트가 자신을 향해 달려오는 것을 파악하자 파하스는 눈이 툭 튀어나올 정도로 놀랐다.

"마, 막아라."

그는 더 이상 생각할 것도 없다는 듯 줄행랑을 쳤다. 지금 상황에서 가장 중요한 것은 그의 목숨이다. 적국의 침략을 막는 방어전이 아니라 권력다툼을 위한 내전인 만큼 그가 죽으면 모든 것이 끝이다. 때문에 그는 곧바로 도망치는 길을 택했다. 그가 생존해야만 휘하 병력들이 동요하지 않고 싸울 수 있다. 참모들과 호위 기사들이 비장한 표정으로 길목을 가로막았다. 자신의 모든 것을 던져서라도 적의 발목을 잡아야 한다.

말을 탄 기사들이 일렬로 늘어서서 장막을 쳤다. 목숨을 버리고서라도 적의 발목을 잡아 주군의 후퇴를 도우려는 결의가 비치는 진형이다. 무려 다섯 겹의 장막이 파하스의 퇴로를 틀어막았다. 일반적인 기사단을 상대로라면 충분히 통하는 방어진. 그러나 결정적으로 그들은 초인을 상대로 훈련해 본 경험이 없었다. 레온이 머뭇거림 없이 기세공격을 펼쳤다.

좌아아아악.

일렬로 뻗어나간 기세의 폭풍이 선두 열 기사들의 몸속 마나흐름을 여지없이 흩뜨려버렸다. 그들의 병장기에서 오러가 사라지는 것은 순식간이었다.

"헉."

당황해하는 그들을 향해 레온이 가차 없이 창을 휘둘렀다. 창날이 정확히 선두에 선 기사의 방패에 작렬했다.

콰아앙.

엄청난 폭음과 함께 기사의 몸이 허공에 붕 떠오르며 뒤로 내동댕이쳐졌다. 단 한 방에 뒤로 날아가 버린 것이다. 바로 옆에 선 기사들도 충격파를 이기지 못해 비틀거릴 정도였으니 충격이 어느 정도인지 짐작할 만했다. 이번 공격에서 레온은 창에 오러를 끌어올리지 않았다. 단지 마나를 잔뜩 응축시켜 창끝에 모았다가 상대 기사의 방패와 부딪히는 순간 폭발시킨 것뿐이었다. 마나의 폭발에 휘감긴 기사는 반탄력을 이기지 못하고 뒤로 날아가 버렸다. 레온은 생각할 것도 없이 빈자리를 파고들었다.

"세, 세상에……."

믿을 수 없는 광경에 파하스의 기사들은 얼이 빠졌다. 하지만 상황은 그들이 넋 놓고 구경할 계제가 아니다. 레온은 벌써 같은 방법으로 세 번째 방어선까지 뚫고 들어간 상태. 절박감에 사로잡힌 기사들이 육탄으로 달려들었다. 추격하지 못하게 말을 노리는 것이다. 그렇게 되자 레온도 더 이상 돌파에만 집중할 수 없게 되었다. 말을 잃을 경우 파하스의 추격이 힘들어진다. 레온과 로벨리아 기사단은 최대한 말을 보호하며 적 기사를 베어 넘겼다. 그 과정에서 레온은 적절히 기세공격을 감행하여 부하들을 지원했다. 레온의 기세공격으로 마나 흐름이 엉클어진 파하스의 기사는 여지없이 로벨리아 기사단원들의 공격에 피를 뿌리며 낙마해야 했다.

눈부신 검광과 허공을 물들이는 선혈의 분수. 악전고투 끝에 레온은 마침내 마지막 장막을 뚫고 나올 수 있었다. 하지만 파하스는 이미 십여 명의 호위 기사를 대동한 채 한참 전에 도망친 상태였다. 전투를 치르느라 지친 말의 상태를 볼 때 따라잡기 힘들어 보였다. 레온이 고개를 돌려 카트로이를 쳐다보았다.

"카트로이 님. 혹시 말에 헤이스트를 걸어주실 수 있습니까?"

피와 흙먼지로 범벅이 된 카트로이가 고개를 끄덕였다.

"가능하긴 하다. 하지만 오래 버티지 못할 것이야."

그 말을 들은 레온이 생각할 것도 없다는 듯 고개를 끄덕였다.

"부탁드립니다. 헤이스트를 걸어주십시오."

지금까지는 카트로이에게 어떠한 마법도 써달라는 부탁을 한 적이 없다. 그가 마법을 쓸 수 있다는 사실이 드러나면 에를리히 측에서 미리 손을 쓸지도 모른다. 하지만 지금은 그런 것을 따질 상황이 아니었다. 카트로이가 캐스팅을 마치고 손을 쭉 내밀었다.

헤이스트. 대상에 한정된 시간을 빠르게 돌리는 마법이다. 마법 자체는 그리 수준이 높지 않지만 마나의 흐름이 불규칙적인 트루베니아의 사정상 상당한 효과를 볼 수 있을 터였다.

레온을 태운 말이 별안간 빨라졌다. 그것은 로벨리아 기사단도 마찬가지였다. 카트로이가 레온뿐만이 아니라 로벨리아 기사단원들이 탄 말 전체에 헤이스트를 걸었기 때문이었다.

콰콰콰콰.

두 눈이 시뻘겋게 충혈된 말이 입에 거품을 물고 달렸다. 십여 명의 호위에 둘러싸여 도망치는 파하스와의 거리가 급격히 줄어들었다. 고개를 돌린 호위 기사 한 명의 눈이 퉁방울 만해졌다.

"뭐, 뭐야. 크아악."

레온의 창날에서 뿜어진 오러 블레이드에 등허리를 관통당한 기사가 맥없이 바닥에 떨어졌다. 그리고 정신없이 도망치는 파하스의 모습이 눈에 들어왔다. 그것을 본 레온이 전신의 기를 개방했다.

콰아아아.

가공할 기의 파도가 일직선으로 뿜어져나갔다. 양손으로 휘두르는 장창에는 오러 블레이드가 뿜어져 나오다 못해 분출되고 있었다. 입술을 비집고 외마디 일성이 터져 나왔다.

"도망치지 못한다."

그 말에 파하스가 반사적으로 고개를 돌렸다. 레온과 마주친 그의 눈동자가 급격히 공포에 물들었다. 바로 지척에서 초인이 발하는 투기는 그 정도로 무시무시했다.

호위 기사들이 입술을 깨물며 달려들었지만 역부족이었다. 레온은 이미 역혈대법을 시전한 상태. 막으면 막는 족족 병장기와 함께 두 토막이 나 버렸다. 헤이스트가 걸린 말은 거침없이 파하스와의 거리를 좁혔다. 급기야 파하스의 입에서 나와서는 안 될 말이 흘러나왔다.

"사, 살려주시오."

레온의 입가에 흰 선이 그어졌다. 왕좌를 위해 수십, 수백 명의 목숨을 희생시킨 자의 입에서 나와서는 안 될 말이다.

"잘 가시오. 파하스 왕자여."

"아, 안……."

파하스 왕자의 마지막 음성은 끝을 맺지 못했다. 창에서 뿜어져 나온 시뻘건 강기가 정통으로 그의 목덜미를 관통했기 때문이었다.

서걱.

가벼운 음향과 함께 목이 분리되었다. 바닥에 부딪혀 튀어오르는 머리통, 이어 분수처럼 피를 뿜어내며 경련하던 몸통이 말 아래로 떨어져 내렸다. 그것을 본 레온이 몸을 숙여 창을 내뻗었다.

우두둑.

뼈 으스러지는 소리와 함께 파하스의 머리통이 창날에 꽂혔다. 창을 들어 올려 파하스의 머리통을 잘 보이게 한 레온이 마나를 한껏 끌어 모아 고함을 질렀다.

"전쟁은 끝났다. 파하스가 죽었다. 내가 죽였다!"

마나가 한껏 깃든 음성이 전장 전체로 퍼져나갔다.

⚜

파하스의 어이없는 죽음. 이것이 전장에 미친 영향은 실로 컸다. 사실이 알려지자 파하스 측 기사들은 대번에 전의를 잃어버렸다. 파하스가 죽은 것이 사실이라면 자신들이 더 이상 피 흘리며 싸워야 할 이유가 없다.

그들은 섬기는 귀족들의 이익을 위해 전투에 참가했다. 그런데 파하스 왕자가 죽음으로써 모든 것이 물거품이 되어버린 것이다. 블러디 나이트의 창에 꽂혀 있는 파하스의 머리통을 확인한 기사들은 하나둘씩 전장을 이탈하기 시작했다. 이런 상황에서는 목숨을 아껴 모시는 귀족에게 돌아가는 것이 상책이었다. 그것은 에를리히 진영도 마찬가지였다. 레온이 틈을 보아 돌격하여 파하스의 수급을 취한 일로 인해 지휘부 전체가 얼이 빠져 있었다.

"세, 세상에."

“저, 저게 가능하다니……."

파하스 주위에 몰려 있는 인원만 무려 삼백 명이 넘었다. 그 중 팔십 명은 기사였다. 그런데도 블러디 나이트는 다섯 겹의 방진을 단숨에 돌파한 뒤 마치 수박 꼭지 따듯 파하스의 머리통을 잘라냈다. 평범한 기사라면 상상조차 하기 힘든 일이다. 그러나 지금은 블러디 나이트의 믿기 힘든 무력에 감탄할 때가 아니었다.

"전투를 중지시켜라. 길을 열어주어 파하스의 기사들이 후퇴할 수 있게 하라."

파하스가 죽은 마당에 에를리히 입장에서 더 이상 전투를 벌여야 할 이유가 없다. 싸우는 자들은 에를리히가 왕좌에 오르면 충성을 바칠지도 모르는 기사들이다. 그런 만큼 더 이상의 전투는 무의미하다. 공격을 가하던 에를리히 기사들이 전투를 멈추고 뒤로 물러서기 시작했다.

권력다툼으로 촉발된 전투는 한 사람의 죽음으로 말미암아 빠르게 종결되었다. 파하스를 지지하는 기사들은 대부분 전장을 이탈했고 최측근 참모들도 착잡한 표정을 지으며 자신의 영지로 발걸음을 옮겼다. 전장을 떠나는 그들의 어깨는 축 늘어져 있었다.

반면 에를리히 진영에서는 연신 환호성이 터져 나왔다. 권력다툼에서 승리했으니 엄청난 반대급부가 약속된 것이나 다름없었다.

“이겼다.”

“만세.”

그러나 수뇌들의 분위기는 차분했다. 에를리히는 우선 레온에게 사람을 보내 죽은 파하스의 수급을 회수했다. 비록 정적이긴 하지만 배다른 동생이며 또한 쏘이렌의 왕족이다. 그런만큼 절차를 지켜서 장례를 치러주어야 한다. 전장에 널브러진 파하스의 목 잃은 시체 역시 회수되었다. 블러디 나이트 역시 별 말없이 시체를 내어 주었다. 그러나 문제는 파하스의 시체를 가지고 온 기사 때문에 일어났다. 에를리히 왕세자의 눈썹이 꿈틀했다.

“바로 돌아가겠다고?”

시체를 가지고 온 기사는 로벨리아 기사단의 단장인 보리스 자작이었다. 그가 머뭇거림 없이 대답을 했다.

“그렇습니다. 쏘이렌의 내전은 종식되었습니다. 더 이상 로벨리아 기사단이 남아 있을 필요가 없게 된 것이지요. 그 때문에 레온 대공께서는 곧바로 돌아가겠다고 말씀하셨습니다.”

에를리히 왕세자는 순간 당황했다. 그로서는 레온 대공을 순순히 돌려보낼 수 없었다. 파하스가 죽은 이상 쏘이렌의 왕좌는 그의 것이나 다름없다. 하지만 국가를 안정시키기 위해서는 타국과 전쟁을 벌여야 하고 대상으로는 아르니아가 적격이다. 그런 상황에서 적국 아르니아의 최고 요인을 살려 보낼 순 없다. 그러나 내전이 종결된 마당에 블러디 나이트와 로벨리아 기사단을 붙잡아 둘 명분이 없다. 돌아간다는 것을 만류할 방법이 없는 것이다.

'하지만 그냥 보내줘서는 안 돼.'

에를리히의 눈빛이 예리하게 빛났다. 쏘이렌에 있는 지금이 레온 대공을 처리할 수 있는 최적의 기회였다. 그 모습을 보리스 자작이 침을 꿀꺽 삼키며 지켜보았다. 어떤 대답을 하느냐에 따라 자신과 로벨리아 기사단, 그리고 레온 대공의 안위가 걸려 있기 때문이다.

이런 상황을 예상한 듯 1차 전투가 끝난 직후 레온은 휘하 기사단원들을 불러 회의를 했다. 그간의 교전으로 다섯 명이 죽어 로벨리아 기사단의 총 수는 열여덟 명이었다. 거기에서 도출된 결론이 바로 이것이다. 에를리히 왕세자에게 임무가 끝났으니 돌아가겠다고 하는 것. 설사 에를리히 왕세자에게 다른 꿍꿍이가 있다고 해도 공개적으로는 드러내지 못한다. 어쨌거나 레온 대공과 로벨리아 기사단은 에를리히 왕세자에게 최고의 공신이기 때문이다. 보리스 자작이 레온의 말을 되새겼다.

〈그에게 속셈이 있다고 해도 그 자리에서 드러내지는 않을 것이다. 우선은 보내주고 은밀히 병력을 동원해 처리하려 하는 것이 고작일 것이다.〉

그들이 머물러 있는 곳은 쏘이렌의 중심부, 때문에 에를리히 왕세자가 일단은 순순히 보내 줄 가능성이 컸다. 언제든지 병력을 파견해 손 볼 수 있을 것이라 판단할 것이다.

〈우린 그 틈을 이용한다. 인적이 드문 곳으로 이동하여 곧바로 공간이동을 통해 귀국할 것이다.〉

로벨리아 기사단원들은 그 계획이 충분히 실현 가능할 것이라 자신했다. 공간이동 마법을 사용한다면 시간과 거리의 제약 없이 고국으로 돌아갈 수 있는 것이다. 그 사실을 되새긴 보리스 자작이 조용히 에를리히의 대답을 기다렸다. 예상대로 에를리히 왕세자는 고개를 내저었다.

"그럴 수는 없네. 레온 대공과 로벨리아 기사단은 나에게 있어 최고의 공신이야. 환송연도 없이 보낼 수는 없지."

그 말을 기다렸다는 듯 보리스 자작이 대답을 했다. 이렇게 나올 경우를 대비한 답변은 준비되어 있었다.

"대공께서 미리 말씀하셨습니다. 환송연을 받을 여유가 없으니 마음만 받겠다고 말입니다. 참석하실 수 없다고 확실하게 말씀하셨습니다."

그 말에 에를리히 왕세자의 얼굴이 살짝 일그러졌다. 굳이 마다하는 사람을 잡고 환송연을 벌이는 것도 모양새가 우습다. 그러나 그는 금세 평정을 되찾았다.

"그렇다면 할 수 없지. 하지만 그냥 보낼 수는 없네. 레온 대공과 로벨리아 기사단은 내가 쏘이렌의 왕좌에 오르는데 가장 혁혁한 역할을 한 사람들이야. 따라서 술이라도 한 잔 따라주고 싶네. 보내기 전에 말일세.”

그 말에 보리스 자작이 당황한 표정을 지었다. 거기에 대한 대응은 미처 생각하지 못했기 때문이었다.

“하, 하오나.”

“나를 도와준 은인에게 술 한 잔 따라주고 싶으니 마다하지 말게. 약 한 시간 후 술상을 차려 찾아가겠네. 그러니 조금만 더 기다리도록 하게.”

고민하던 보리스 자작이 고개를 끄덕였다.

“알겠습니다. 그렇게 전하도록 하겠습니다.”

주둔지로 돌아온 보리스 자작이 즉각 에를리히와 나누었던 대화의 내용을 레온에게 보고했다. 뜻밖의 상황에 레온이 얼굴을 찡그렸다.

“술을 한 잔 따라주고 싶다고?”

“그, 그렇습니다. 그런 다음에는 떠나가도 만류하지 않겠다고 했습니다.”

“그래?”

레온이 고개를 갸웃거렸다. 솔직히 말해 그들 사이는 그 정도로 가깝지 않다. 지금껏 레온은 직선적인 말투와 거침없는 행동으로 여러 번 에를리히 왕세자의 마음을 상하게 했다. 마땅히 레온에게 이를 갈고 있어야 할 그가 뜻밖의 행동을 보이는 것이다. 레온이 미간을 지그시 좁혔다.

"도대체 무슨 꿍꿍이이기에……."

그러나 에를리히 왕세자의 마음속을 들여다 볼 수는 없는 노릇이다. 보리스 자작이 조심스럽게 물어왔다.

"어떻게 하시겠습니까?"

"기다려야지. 술 한 잔 받으면 보내준다니 말이야. 설마 독을 쓸 생각은 아니겠지?"

지금껏 음식에 독이 섞인 적은 한 번도 없다. 독에 대한 초인의 저항력은 상상을 초월한다. 어지간한 독으로는 중독시키는 것이 불가능하다. 레온은 에를리히 측이 그 사실을 모르고 있을 것이라 판단했다.

'독을 먹이려 한다면 차라리 잘 된 일이지. 놈들이 중독되었다고 방심한 틈을 타서 본국으로 귀환하면 되니 말이야.'

레온은 에를리히 왕세자가 온다는 시간까지 느긋하게 기다리기로 마음먹었다.

⚜

에를리히 왕세자는 정확히 한 시간 후에 도착했다. 다수의 귀족들과 기사들을 대동한 상태였다. 그가 얼굴 가득 미소를 띤 채 걸어왔다.

"정말 수고 많으셨소, 레온 대공. 떠나신다니 너무 아쉽구려."

레온은 짐짓 무표정한 얼굴로 심드렁하게 대꾸했다.

"임무를 마쳤으니 돌아가야지요. 남아 있어 봐야 할 것도 없지 않소?"

"저런, 성대하게 환송연을 준비하고 있었는데……."

레온이 조용히 말을 끊었다.

"본인은 격식이나 형식 따위를 싫어하오. 그러니 서로 속에 없는 말을 하지 맙시다. 더 이상 본인에게 볼일이 없다면 이만 가보도록 하겠소."

에를리히가 급히 손을 들어 만류했다.

"허. 성급하시기는……. 일등 공신이신 레온 대공께 술이라도 한 잔 따라 드리지 않는다면 세상 사람들이 모두 나를 욕할 것이오. 은혜도 모른다고 말이오. 그러니 술은 한 잔 받고 가시오."

말을 마친 에를리히가 손뼉을 쳤다. 그러자 서너 명의 시종들이 술병과 잔을 받쳐 들고 왔다. 호화롭게 치장된 고급 술병이었다. 그가 고개를 끄덕이자 시종이 술병을 땄다.

딸깍.

조심스럽게 병을 기울이자 마치 피처럼 붉은 액체가 흘러나와 술잔을 채웠다. 그런데 시종은 술잔 바닥에 겨우 고일 정도로 조금만 따랐다. 에를리히가 그것을 보고 의미심장한 표정을 지었다.

"혹시라도 레온 대공께서 우려하실까 걱정이 되어서 말이오. 자고로 왕족들이란 언제 어느 자리에서도 독을 조심해야 하지."

말을 마친 에를리히가 손짓을 했다. 그러자 술을 따른 시종이 잔을 들어 단숨에 들이켰다. 레온은 여전히 무표정한 얼굴로 시종을 쳐다보았다. 무슨 꿍꿍이인지 모르지만 술에는 별다른 수작을 부리지 않은 것 같았다. 술잔을 완전히 비운 시종이 술과 잔이 든 쟁반을 들고 에를리히에게로 걸어갔다.

"그럼 한 잔 따라 드리겠소."

에를리히가 병을 기울여 술잔에 술을 따랐다.

쪼르륵.

그 과정을 레온이 눈을 번뜩이며 지켜보았다. 혹시라도 술병을 바꿔치기 하거나 뭔가를 타지 않는지 살펴보는 것이다. 그러나 에를리히는 별반 수상한 행동을 하지 않았다. 술잔이 가득 채워지자 에를리히가 병을 치웠다.

"자 가져다 드리도록 해라."

"알겠습니다."

공손히 복명한 시종이 쟁반을 들고 레온을 향해 걸어왔다. 그리고 두 손으로 공손히 쟁반을 받쳐 들었다.

"왕세자 저하께서 내리시는 술이옵니다."

무표정하게 술병과 에를리히를 번갈아 쳐다본 레온이 술잔을 집어 들었다. 그리고 살짝 잔을 기울여 입술을 축였다.

'음, 독을 탄 것 같지는 않군.'

술에서는 별다른 맛이 나지 않았다. 독이 들어 있다면 분명히 신체가 반응을 보일 터, 레온은 술에 독이 없다고 단정했다. 술맛은 예상대로 좋은 편이었다. 쉽게 구할 수 있는 흔한 술이 아니다.

'쏘이렌의 왕세자가 먹는 술이니 만큼 그럴 법도 하지.'

고개를 끄덕인 레온이 술잔을 기울여 단숨에 남아 있는 술을 마셔 버렸다.

꿀꺽꿀꺽.

술잔을 깨끗이 비운 레온이 쟁반 위에 내려놓았다. 시종이 공손히 쟁반을 챙겨 뒤로 물러났다. 그 모습을 에를리히 왕세자가 묘한 눈빛으로 쳐다보았다.

"그럼 우린 이만 귀국하도록 하겠소."

"호위나 안내를 붙여주지 않아도 괜찮겠소?"

"걱정 마시오. 우리 자체가 무장병력이니 호위는 필요 없고 길을 알고 있으니 안내도 필요 없소."

에를리히가 알겠다는 듯 고개를 끄덕였다.

"알겠소. 그럼 조심해서 돌아가도록 하시오. 훗날 사신을 통해 사의표명을 하도록 하리다."

고개를 끄덕인 레온이 고개를 돌려 뒤를 쳐다보았다. 로벨리아 기사단원들의 기대 어린 눈빛이 시야에 들어왔다.

"돌아간다. 모두 출발……."

레온은 미처 말을 잇지 못했다. 몸속에서 기괴한 느낌이 전해졌기 때문이었다. 갑자기 몸에서 힘이 빠지며 나른해졌다. 눈가를 잔뜩 찌푸린 레온이 고개를 갸웃거렸다.

'왜 이러지?'

순간적으로 불길한 생각이 든 레온이 고개를 돌렸다. 그리고 볼 수 있었다. 에를리히 왕세자의 입가에 매달린 조소 어린 미소를 말이다.

'설마 독을 쓴 건가?'

그것을 느낀 순간 레온이 전신의 마나를 끌어올렸다. 하지만 그것은 레온의 명백한 실책이었다. 내공을 끌어올리는 순간 마치 쇠망치로 아랫배를 후려갈기는 듯한 통증이 전해졌다. 참을성 강한 레온이 순간적으로 비명을 내질렀을 정도로 고통스러웠다.

"크어억."

당당한 덩치의 레온이 휘청거렸다. 불안감을 느낀 로벨리아 기사단원들이 달려들어 부축했다.

"괜찮으십니까?"

그 순간 파하스가 데리고 온 병력들의 위치가 돌변했다. 귀족들은 뒤로 빠지고 기사들이 검을 뽑아들고 빠르게 앞으로 나섰다. 앞으로 일어날 상황에 대해 미리 설명을 들은 듯한 움직임이다. 로벨리아 기사단원들도 반사적으로 검을 뽑아들었다.

"무, 무슨 짓이오."

그러나 대답을 해 주어야 할 에를리히는 도리어 뒤로 물러나고 있었다. 호위 기사들의 철통같은 호위를 받으며 말이다.

대답은 전혀 다른 곳에서 들렸다. 늙수그레한 음성이 보리스 자작의 귓전으로 울려 퍼졌다.

"피차 긴 말은 필요 없겠지? 구차하게 설명하고 싶은 마음은 없네."

단정한 옷차림을 한 초로의 귀족. 바그수스 후작이었다. 그가 호위 기사들에게 둘러싸인 채 선두에 나와 있었다.

"다, 당신이……."

보리스 자작이 치를 떨며 호통을 치려는 순간 떨리는 손이 그의 팔을 잡았다.

"레, 레온 대공님. 괜찮으십니까?"

겨우 정신을 차린 레온이 헬쑥한 표정으로 몸을 일으켰다. 그러나 그의 몸은 정상이 아니었다. 그것은 그에게 아주 익숙하면서도 불쾌한 느낌이었다. 과거 크로센 제국에서 마나를 봉인 당했을 때의 상태와 동일했다. 마치 몸속의 마나가 흔적도 없이 흩어져버린 듯했다. 아무리 노력해도 마나를 움직일 수가 없었다. 입술을 비집고 침통한 음성이 흘러나왔다.

"정말 놀라운 독이로군. 마나를 흩어버리다니 말이야. 이런 종류의 독을 쏘이렌에서 개발했을 리는 없을 테고……. 크로센 제국과 손잡고 약을 제공받은 것인가?"

힘없이 흘러나오는 음성, 묵묵히 듣고 있던 바그수스 후작이 고개를 끄덕였다.

“그렇소. 크로센 제국의 드류모어 후작이 직접 사람을 보내 약을 전달했소. 반신반의했지만 상황을 보니 약효가 확실한 것 같구려.”

레온의 안색이 핼쑥해졌다. 그토록 주의했건만 또다시 크로센 제국의 마수에 휘말린 것이다.

“애초부터 날 돌려보낼 생각이 아니었던 게로군.”

“두말하면 잔소리 아니겠소? 쏘이렌의 가장 위험한 잠재적 적국이 아르니아인데 어찌 맹수를 초원으로 다시 돌려보낼 수 있겠소? 빠져나갈 길은 없소. 그러니 이만 체념하시오. 순순히 붙잡힌다면 고통 없이 보내드리리다.”

보다 못한 보리스 자작이 버럭 고함을 질렀다.

“이런 철면피한……. 그럴 작정이었으면 어째서 우리에게 도움을 요청한 것인가?”

바그수스 후작이 보리스를 보며 혀를 끌끌 찼다.

“어리석은 작자로군. 외교의 기본은 우리의 이득을 먼저 취하는 것이야. 설마 적에게 자비를 구하고 싶은 것인가?”

타는 듯한 눈빛으로 바그수스 후작을 노려보던 보리스 자작이 고개를 돌렸다. 거기에는 카트로이가 당황한 표정을 짓고 있었다. 일이 이렇게 흘러갈지 몰랐다는 표정. 보리스 자작이 음성을 낮췄다.

“지금 즉시 공간이동을 준비해 주시오. 시간은 우리가 벌어 드리겠소.”

그 말을 들은 카트로이가 레온을 힐끔 쳐다보았다. 통증이 치밀어 올랐는지 레온이 또다시 얼굴을 일그러뜨린 채 식은땀을 흘리고 있었다.

"알겠다."

살짝 고개를 끄덕인 카트로이가 주문을 외우기 시작했다. 목적지는 세비 요새에 건설된 좌표 설정 마법진. 주문을 외우는 데 성공한다면 카트로이를 중심으로 반경 20미터 내의 모든 생명체는 그곳으로 공간이동을 할 것이다. 그러나 보리스 자작의 표정은 도무지 펴지지 않았다. 카트로이가 주문을 외우는 것을 보면서도 에를리히 진영이 전혀 동요하지 않았기 때문이었다.

'뭔가 이유가 있어.'

이유는 곧 밝혀졌다. 주문을 모두 외우고 마나를 재배열하던 카트로이의 몸이 휘청했다.

"크으윽."

카트로이의 얼굴은 고통과 당혹감에 일그러져 있었다.

"이런, 실패했다. 공간이동을 방해하는 좌표 교란 마법진이 설치되어 있어. 이 상태론 워프가 불가능해."

그 말에 로벨리아 기사단원들의 얼굴이 흙빛이 되어 버렸다. 그렇다면 에를리히 진영에서 이미 카트로이의 존재를 간파하고 대비책을 마련해 둔 것이란 말인가? 공간이동 마법은 매우 불안정한 마법이다. 사소한 장애물만 있어도 전송이 불가능하다. 다시 말해 수준이 낮은 마법사라도 충분히 고위급 마법사의 공간이동을 방해할 수 있다는 뜻이다. 그 모습을 보던 바그수스 후작이 조소를 베어 물었다.

"멍청하긴. 그 정도를 대비하지 못할 줄 알았나?"

그의 뒤에는 막사가 있었고 그 속에는 급히 구한 마법사들이 좌표교란 마법진을 활성화시키고 있었다. 그들의 마나가 모조리 고갈되기 전까지는 공간이동이 실현되지 않을 것이다.

괴로워하는 레온을 힐끔 쳐다본 바그수스 후작이 손을 들었다. 그러자 기사들의 대열이 쫙 갈라지며 백여 명의 병력이 선두로 나왔다. 하나같이 기다란 장궁을 등에 메고 있는 자들이었다. 그들을 둘러보며 바그수스 후작이 빙그레 미소를 지었다.

"수도 방위군 소속의 장궁병들이지. 에를리히 왕세자 저하께 가장 먼저 충성을 맹세한 부대이기도 하고. 가장 큰 공은 그들이 세우게 되었군."

수도 방위군 소속의 궁수라면 당연히 최고의 장비를 지급받을 것이다. 저들의 무기라면 능히 플레이트 메일을 뚫을 수 있다. 사색이 된 로벨리아 기사단원들을 쳐다보며 장궁병들이 일제히 시위에 화살을 걸었다. 화살촉뿐만 아니라 대까지 강철로 된 철시였다. 그 모습을 보며 이를 갈던 보리스 자작이 버럭 고함을 질렀다.

"밀집 대형. 목숨으로써 대공 전하를 사수한다."

로벨리아 기사단원들이 입술을 질끈 깨물며 등에 메고 있던 방패를 꺼내 들었다. 기사들이 사용하는 방패는 그리 크지 않다. 기껏해야 몸통과 머리 정도만 겨우 가릴 크기였다. 그들은 레온과 카트로이를 가운데 두고 빈틈없이 방어진을 짰다. 그야말로 물샐 틈을 만들지 않겠다는 듯 비장한 모습이었지만 바그수스 후작은 코웃음만 칠뿐이었다.

"그래봐야 얼마나 버티겠다고."

그가 더 이상 생각할 것도 없다는 듯 명령을 내렸다.

"사격개시."

그의 명령이 떨어지기가 무섭게 장궁병들이 일제히 화살을 쏘아붙였다. 거리가 가까웠기 때문에 화살이 평사로 날아갔다. 원래 장궁이란 하늘을 향해 경사지게 쏘아 올려 화살이 포물선을 그리며 완만하게 날아가야 한다. 그래야 중력의 힘까지 더해져 플레이트 메일을 관통할 정도의 파괴력이 나오는 것이다. 하지만 목표가 좁고 가까웠기 때문에 에를리히 진영의 장궁병들은 그냥 평사로 화살을 퍼부었다.

퍽, 퍼퍼퍼퍼퍽.

끔찍한 소리와 함께 피가 튀었다. 그 사이로 흘러나오는 묵직한 신음소리. 장궁병들은 쉴 새 없이 화살을 재어 쏘아붙였다. 석궁보다 월등히 연사속도가 빠르기에 로벨리아 기사단이 서 있는 대지는 완전히 벌집이 되어 버렸다.

개인당 열다섯 발씩 준비해 온 화살을 모조리 소비한 장궁병들이 사격을 멈췄다. 화살비가 잦아들자 끔찍한 장면이 눈에 들어왔다. 온몸이 벌집이 된 로벨리아 기사단원들의 참혹한 모습이 드러났다. 몸에 수십 개의 화살이 빽빽이 꽂혀 피를 흘리고 있는 모습. 치명상을 입은 기사 몇 명이 힘없이 바닥에 쓰러졌다.

털썩.

남은 기사들도 빈사상태의 중상을 입기는 마찬가지였다.

"크으윽."

어깨와 옆구리에 박힌 살대를 움켜쥔 보리스 자작이 입술을 깨물었다. 에를리히 측 장궁수의 일제 사격은 정말로 무서웠다. 최고급 장궁이라 화살이 플레이트 메일을 그대로 뚫고 들어왔다. 경험 많은 보리스 자작이기에 반사적으로 몸을 비틀어 경사각을 만들어냈고 많은 화살을 튕겨냈지만 정면으로 맞아 갑옷을 뚫고 들어온 화살도 많았다. 출혈로 인해 현기증이 치밀어 올랐지만 그는 급히 머리를 흔들었다.

"대, 대공 전하 괜찮으십니까?"

레온은 여전히 극심한 통증에 정신을 차리지 못했다. 약으로 인해 마나가 흩어지며 역류되는 고통은 상상을 초월했다. 보리스와 로벨리아 기사단원들의 보호 때문인지 화살공격에는 당하지 않았다. 당황해 하는 보리스의 귓전으로 로베르토의 다 죽어가는 음성이 파고들었다.

"노, 놈들이 2차 사격을 가하려고 합니다. 이제 끝장입니다."

고개를 든 보리스 자작의 눈빛이 암울해졌다. 로베르토의 말대로 장궁수들이 새로운 화살을 시위에 메기고 있었다. 두 번째 화살세례가 끝나면 이곳에서 살아 숨 쉬는 생명체는 아무도 남지 않을 것이다. 그때 귓전으로 나지막한 음성이 파고들었다.

"정말 화가 나는군."

그의 눈에 카트로이의 착 가라앉은 얼굴이 들어왔다. 평소답지 않게 매우 흥분한 듯한 표정이었다. 사실 카트로이는 화가 머리끝까지 나 있었다. 에를리히 측의 비열한 배신과 잔인한 처사를 직접 몸으로 느낀 것이다. 게다가 화살 공격까지 당하고 나니 그야말로 꼭지가 돌 지경이다. 그를 보호하기 위해 여러 명의 아르니아 기사가 중상을 입었다. 항상 흐릿하던 카트로이의 눈동자에 스산함이 감돌았다.

"넋 놓고 당할 수만은 없지."

정황을 보니 2차 화살 공격이 날아올 것 같았다. 고개를 흔든 카트로이가 레온을 쳐다보았다.

"우선 하나씩 처리해야겠군."

현재 그들 중 가장 강력한 전력은 누가 뭐라고 해도 레온이다. 그러나 그는 지금 정체불명의 독에 중독되어 움직일 수조차 없다. 그가 정상을 되찾아야만 빠져나갈 수가 있다. 카트로이가 머뭇거림 없이 캐스팅을 했다.

"해독."

체내의 모든 독을 순간적으로 중화시켜 버리는 주문이 퍼부어졌다. 어지간한 독이라면 캐스팅이 끝나는 순간 흔적도 없이 사라져 버릴 터였다. 하지만 레온을 괴롭히는 독은 크로센 제국 정보부가 심혈을 기울여 만들어 낸 독약이었다. 일반적인 해독 주문 한방으로는 무력화되지 않았다. 하지만 캐스팅의 주체가 누구인가? 마법의 조종이라고 하는 드래곤이 아니던가?

"해독! 해독! 해독! 해독! 해독!"

다섯 번의 캐스팅이 중첩되며 시전되자 레온을 괴롭히던 독은 마치 소금이 물에 녹아들 듯 흔적도 없이 분해되어 버렸다. 독이 사라지자 경련하던 레온의 몸이 떨림을 멈췄다. 슬그머니 고개를 든 레온의 눈빛은 사나움 그 자체였다.

으드득.

이를 갈아붙인 레온의 얼굴에는 살기가 가득했다. 그런 레온을 보며 카트로이가 다급히 말했다.

"시간을 벌어다오. 궁수들이 더 이상 화살을 날리지 못하게 해야 한다. 그동안 나는 공간 왜곡 마법장을 펼치는 마법사들을 처리하겠다."

"걱정하지 마십시오. 제가 모두 처리하겠습니다."

스산하게 내뱉은 레온이 투구의 면갑을 내려썼다.

철컥.

비록 통증으로 인해 꼼짝달싹도 하지 못했지만 돌아가는 상황만큼은 눈과 귀로 똑똑히 보고 들었다. 당장 주변의 로벨리

아 기사단원들이 전신에 화살이 빽빽이 꽂힌 채 신음하고 있
지 않은가? 그들은 레온과 함께 혈로를 뚫고 온 충직한 부하
들이다. 최후의 순간 그들은 주군을 살리기 위해 몸으로 화살
을 막아냈다. 그런 부하들의 참혹한 모습을 보는 레온의 눈빛
이 안면보호대 사이로 화르르 타올랐다.
　"용서하지 않는다."
　그 말이 끝남과 동시에 창날에서 시뻘건 불길이 솟구쳤다.
궁수대를 향해 몸을 날리는 레온의 창에서 타는 듯한 오러 블
레이드가 뿜어져 나왔다.

III

선전포고

"으헉."

2차 사격을 날리려던 궁수들은 기겁을 했다. 꼼짝없이 죽음을 맞이할 것 같았던 아르니아 기사단 사이에서 누군가가 쏜살같이 튀어나왔기 때문이었다. 시뻘건 기운에 휩싸인 갑옷, 이글거리는 오러가 타오르는 장창. 한눈에 상대의 정체를 눈치챌 수 있다. 궁수들 사이에서 다급한 비명소리가 터져 나왔다.

"브, 블러디 나이트다."

"마, 막아라."

궁수들이 부랴부랴 시위를 당겼다. 목표는 그들을 향해 쇄

도하는 블러디 나이트였다.

슉, 슈수슉.

수십 발의 화살이 단 한 사람을 향해 날아갔다. 정면으로 맞는다면 플레이트 메일을 정통으로 뚫어버리는 철시. 그러나 목적을 이룬 화살은 단 하나도 없었다. 레온이 허공에서 풍차처럼 휘두르는 창대에 모조리 튕겨나갔기 때문이었다. 화살비 사이를 뚫고 들어간 레온이 거침없이 궁수대 사이로 파고들었다.

"크아악."

처절한 비명소리와 함께 시뻘건 선혈이 허공에 솟구쳤다. 레온은 인정사정 보지 않고 마구 창을 휘둘러 궁수들을 베어나갔다. 부하들에게 화살을 퍼부은 장본인들이므로 손속에 일말의 자비심도 깃들어 있지 않았다. 사색이 된 궁수들이 장궁을 휘두르며 저항했지만 역부족이었다. 창날에서 뿜어져 나오는 오러 블레이드에 닿는 순간 장궁은 물론이고 살과 뼈마저 두부처럼 가볍게 베어졌다. 백여 명의 궁수들이 전멸하는 것은 그야말로 순식간이었다. 궁수 한 부대를 눈 깜짝할 사이에 저세상으로 보낸 레온의 눈에 들어온 것은 주춤거리며 뒤로 빠지는 바그수스 후작이었다. 그를 보자 레온의 눈에 불똥이 튀었다.

"살아남지 못할 줄 알아라."

머뭇거림 없이 그쪽을 향해 덮쳐가는 레온. 그것을 본 바그수스 후작의 얼굴이 시커멓게 죽어가고 있었다.

"마, 막아라."

그의 명령이 떨어지기 전에 충직한 호위 기사들이 달려들었다. 그들은 마치 모닥불을 보고 달려드는 반딧불처럼 용감하게 초인의 길목을 가로막았다. 그러나 세상에는 용기만으로는 극복할 수 없는 일이 분명히 있다. 초인, 아군이었을 때에는 그토록 든든할 수 없는 존재이다. 그러나 적으로 돌변하고 나니 한 마디로 악몽이라고밖에 묘사할 도리가 없었다.

서걱.

기사들이 착용한 플레이트 메일이 마치 종잇장처럼 잘려나갔다. 그 속의 육신 역시 토막 났음은 두말할 필요가 없었다. 달려드는 족족 피를 뿜으며 나동그라지는 호위 기사들을 보며 바그수스 후작의 턱이 덜덜 떨렸다.

"저, 저토록 강하다니……."

어떤 방법으로 독을 해독했는지 의아해 할 틈도 없었다. 마지막 기사가 썩은 나무토막처럼 나자빠지며 보는 것만으로도 공포스러운 블러디 나이트가 자신을 향해 달려오고 있었기 때문이었다. 정황을 보니 피하기 힘들어 보였기에 바그수스 후작이 이를 으스러져라 깨물었다.

'악운을 모면할 수 없을 것 같군. 그러나 귀족으로서 추한 모습을 보이진 않을 것이다.'

얼굴을 편 바그수스 후작이 억지로 평온을 유지하며 입을 열려 했다.

"과연 명불허전이시오. 역시 초인……."

억지로 여유를 부렸지만 바그수스 후작의 말은 이어지지 못했다. 잘려진 목에서 흘러나온 바람 소리가 전부였다. 레온은 바그수스 후작의 말을 들을 생각조차 하지 않았다. 불문곡직하고 다가가서 목을 쳐 버린 것이다.

데구르르르.

백발이 성성한 바그수스 후작의 머리통이 바닥에 나뒹굴었다. 머리칼을 움켜쥐고 바그수스 후작의 머리통을 들어 올린 레온이 주변을 둘러보았다. 바그수스 후작과 동행한 귀족들은 모두 뒤로 빠져 있었고 그들을 섬기는 기사들만이 겁먹은 표정으로 병장기를 움켜쥐고 있었다. 멀리서 흙먼지가 흩날리는 것을 보니 병력들이 더 몰려오는 모양이었다. 그때 귓전으로 가느다란 음성이 흘러들어왔다.

"준비가 끝났다 이곳으로 오라."

익숙한 카트로이의 음성이었다. 그럼에도 불구하고 레온은 고개를 돌리지 않았다.

"돌아올 것이다. 반드시 돌아올 것이다."

나지막이 외친 레온이 몸을 돌렸다. 신법을 펼치자 그의 몸이 마치 바람처럼 쏘아졌다.

⚜

부하들이 있는 곳에는 이미 카트로이가 모든 채비를 갖춘 상태였다. 레온이 궁수대로 뛰어들자 모든 시선이 그에게로 쏠렸다. 그 틈을 이용해 카트로이는 탐지 마법을 써서 마법사들이 공간왜곡 마법진을 가동하는 곳을 탐색했다. 마법의 수준 차이가 워낙 엄청났기 때문에 결과가 금방 나왔다.

"모두 세 곳이로군. 서너 명의 마법사들이 마법진에 마나를 불어넣고 있어."

처리하는 것은 간단했다. 카트로이는 마법사들이 작업 중인 마법진을 향해 파이어 볼을 한 발씩 발사했다. 9서클의 마스터가 시전한 파이어 볼을 급히 긁어모은 마법사들이 어찌 막아낸단 말인가? 게다가 그들 대부분은 막사 안에서 마법진에 집중하고 있었다. 카트로이의 파이어 볼은 마법사들이 모여 있는 막사를 통째로 불태워 버렸다.

콰콰쾅.

처절한 비명과 함께 전신에 불이 붙은 마법사가 길길이 날뛰었다. 물론 마법진은 단 한 방에 날아가 버렸다. 그렇게 해서 공간왜곡 마법진을 모두 처리한 카트로이가 레온에게 메시지 마법을 날린 것이다.

파파파팟.

흙먼지를 자욱하게 흩날리며 레온이 돌아오자 카트로이가 즉각 공간이동을 캐스팅했다. 그러나 에를리히 진영에서는 그것을 막을 방법이 없었다. 궁수대는 전멸했고 명령권자인 에를리히 왕세자는 먼 후방으로 피신한 상태, 바그수스 후작은 목이 달아난 시신이 되어 바닥에 나뒹굴고 있었다. 기사들이 멍하니 쳐다보는 사이 눈부신 섬광이 그곳을 덮었다.

번쩍.

섬광이 사라지고 난 뒤 그곳에는 아무것도 남아 있지 않았다.

⚜

레온이 피투성이가 된 로벨리아 기사단원들과 함께 돌아오자 셰비 요새는 발칵 뒤집혔다. 고위급 마법을 연거푸 사용한 덕분에 얼굴에 피로감이 역력한 카트로이가 고개를 흔들었다.

"좀 쉬어야겠다. 너무 피곤해."

레온의 눈빛이 가늘게 떨렸다.

"정말 수고 많으셨습니다. 카트로이 님이 아니면 돌아오지 못했을 것입니다."

"아니다. 덕분에 좋은 경험을 했다. 나중에 이야기하자."

손을 흔든 카트로이가 하품을 하며 숙소를 향해 걸어갔다. 달려온 시종들이 부상당한 로벨리아 기사단원들을 급히 후송했다. 생명이 경각에 달한 중상자들이 많았지만 다행히 카트로이가 치유마법으로 응급처치를 해 주어서 사망자는 없어 보였다. 레온이 피곤한 얼굴로 머리를 흔들었다.

"나도 마나를 좀 채워야겠군."

마지막 순간에 기혈을 역류시켜 궁수대를 도륙하고 바그수스 후작의 목을 베었기 때문에 심한 피로감이 밀려왔다.

"마음 편히 마나연공을 할 수 있는 곳으로 안내하거라."

"알겠습니다."

시종이 황송하다는 듯 고개를 숙였다.

레온의 운기행공은 무려 서너 시간 가까이 계속되었다. 그 정도로 많은 내공을 소모한 것이다. 들끓는 기혈을 대충 진정시키고 마나를 채운 레온이 눈을 떴다. 감각에 여러 명의 기척이 잡히는 것을 보아 기사들이 건물 주변을 철통같이 지키는 모양이었다. 마음이 편해지는 것을 느낀 레온이 안도의 한숨을 내쉬었다.

'드디어 돌아온 것인가?'

머리를 흔든 레온이 옷을 갈아입었다. 탁자 위에 깨끗하게 세탁된 제복이 놓여 있었다. 문을 나선 레온이 멈칫했다. 전혀 생각지도 못한 인물이 집무실 밖에 초조한 얼굴로 앉아 있었기 때문이었다. 아르니아의 최고 군사령관 켄싱턴 공작. 그가 소파에 앉아 있다가 레온을 보고 몸을 일으켰다.

"마나연공을 마치셨습니까?"

레온이 뜻밖이라는 듯 눈을 크게 떴다.

"이렇게 빨리 찾아오시다니……. 놀랍군요."

"소식을 듣자마자 바로 왔습니다. 사안이 사안이니까요."

켄싱턴 공작의 얼굴에는 궁금함이 가득했다. 쏘이렌의 사정이 어떻게 돌아가는지 잘 모르고 있는데다 무슨 이유로 로벨리아 기사단원들 태반이 중상을 입고 돌아왔는지 궁금할 수밖에 없었다. 레온은 그런 켄싱턴 공작을 쳐다보며 쏘이렌에서의 사정을 설명했다. 이야기가 이어질수록 켄싱턴 공작의 얼굴에 놀라움이 커져갔다.

"정말 놀랍군요. 그런 활약을 펼치시다니 말입니다."

"잘한 것인지 모르겠습니다. 순간적으로 판단한 것이라……."

레온을 쳐다보던 켄싱턴 공작은 거듭 감탄했다.

"가장 이상적인 활약을 하신 것입니다. 우선 파하스 왕자를 척살하신 것은 더할 나위 없는 호기입니다. 만약 그가 살아서 패배를 시인했다면 추종세력을 불협화음 없이 에를리히 진영으로 귀속시킬 수 있었을 것입니다. 하지만 그가 죽었으니 문제가 적지 않지요."

켄싱턴 공작은 냉철하게 쏘이렌의 정세를 분석했다.

"에를리히 왕세자에겐 문제가 많습니다. 가장 큰 문제는 자신을 지지한 귀족들에게 포상을 해 주어야 한다는 점입니다. 그들은 애당초 반대급부를 노리고 군자금과 병력을 지원했으니까요. 원칙적으로는 파하스 왕자의 편을 든 귀족들을 숙청하고 그 영토와 재물을 사용해야 합니다. 하지만 그들이 순순히 재산을 내놓으려 하겠습니까? 게다가 국내 문제를 해결하기 위해 적대국의 전력을 이용한 것도 비판의 소지가 다분합니다. 그래서 문제가 적지 않다는 것입니다."

"놈들이 그래서 날 공격한 것입니까?"

"그럴 가능성이 높습니다. 에를리히 왕세자의 입장에서 가장 좋은 방법은 타국과 전쟁을 벌이는 것이지요. 거기서 얻어지는 전리품을 가지고 귀족들을 포상하는 것입니다. 게다가 정적이었던 궤헤른 공작과 파하스 왕자의 세력들을 전투에 투입해 소모시키는 효과도 얻을 수 있지요. 정황을 보니 그는 대상을 우리 아르니아로 선택한 것 같습니다."

듣고 있던 레온이 이를 부드득 갈아붙였다.

"애당초 배신을 생각하고 있던 놈들이었군요."

"어쨌거나 일이 가장 좋은 방향으로 결판났습니다. 우리 입장에서는 아무 거리낌 없이 쏘이렌에 선전포고를 할 수 있습니다. 병력과 궁수들을 동원해 대공님을 공격한 것이 사실이기 때문입니다. 증인들이 많은 이상 부인할 수도 없을 테지요."

켄싱턴 공작의 얼굴은 밝았다. 작전이 생각보다 잘 풀렸기 때문이었다. 레온이 눈매를 지그시 모았다.

"그런데 부하들의 상태는 어떻습니까?"

"로벨리아 기사단원들 말씀이시군요. 거의 대부분이 중상입니다. 하지만 카트로이 님이 힐링으로 응급처치를 해 주셔서 생명이 위독한 자들은 없습니다. 대부분 몇 달 요양하면 완쾌될 것입니다."

레온의 얼굴에 다행이라는 빛이 역력했다.

"천운이군요. 그러나 많은 기사들이 돌아오지 못했습니다."

레온의 표정은 어두웠다. 켄싱턴 공작이 그게 아니라는 듯 머리를 흔들었다.

"레온 대공께서 같이 가시지 않았다면 단 한 명도 생환하지 못했을 것입니다. 지금 같은 활약은커녕 첫 전투에서 깡그리 전멸했겠지요. 대공께서 동행하신 덕분에 그 같은 공을 세울 수 있었습니다."

"그들은 정말 몸을 아끼지 않고 싸웠습니다. 마지막 순간 제가 독에 중독되어 있을 때 저를 보호하기 위해서 육탄으로 화살을 막아냈지요. 그때의 모습을 잊을 수가 없습니다."

"당연한 일이지요. 주군을 위해 목숨을 바치는 것이 기사의 본분인 법. 그들은 본분에 충실한 기사들입니다."

"생환자와 사망자에 대한 보상 문제는 어떻게 되는 것입니까?"

켄싱턴 공작이 머뭇거림 없이 대답했다.

"사망자에게는 별도로 정해진 보상규정이 있습니다. 가족들에게 토지와 금화가 내려지게 되지요. 최대한 후하게 책정해 두었습니다. 그리고 생환자에 대해서는……."

잠시 말을 끊은 켄싱턴 공작이 서류 하나를 들고 읽었다.

"로벨리아 기사단을 승격시켜 새로운 기사단을 창설하려고 생각 중입니다. 물론 이름을 바꿔야겠지만 말입니다. 혹시 생각하시는 것이 있으십니까?”

레온이 머뭇거림 없이 대답했다.

“저는 그들을 제 친위기사단으로 쓸 생각입니다. 이번 전투를 통해 여러 번 손발을 맞춰봤습니다. 개개인의 검술실력도 충분히 알아보았지요. 그러니 곁에 두고 틈틈이 검술을 지도해 주고 싶습니다. 물론 유사시 저와 알리시아의 경호도 맡아야겠지만 말입니다.”

그 말에 켄싱턴 공작이 빙그레 미소를 지었다. 함께 고생한 부하들을 챙겨주려는 레온의 마음이 고마웠기 때문이었다.

“그들이 이 사실을 알게 된다면 정말 좋아할 것입니다. 대공의 친위기사단은 아무나 될 수 있는 것이 아니지요.”

여왕의 남편이라면 의당 친위기사단을 거느릴 자격이 있다. 하지만 레온은 지금껏 친위기사단을 거느리지 않았다.

〈나보다 약한 기사들이 어찌 나를 호위한단 말인가? 당치도 않은 소리.〉

알리시아를 비롯한 중신들이 여러 차례 친위기사대를 두기를 권했지만 레온은 마다했다. 하지만 이번 원정을 겪으며 생각이 바뀌었다. 만약 로벨리아 기사단원들이 없었다면 레온은 크로센 제국의 독에 중독되었을 때 확실하게 저세상으로 갔을 것이다. 그들이 육탄으로 화살세례를 막아주었기에 무사할 수

있었던 것이다. 약한 다수의 무사들이 강자를 호위하는 데에
는 역시 그럴 만한 이유가 있었다.

'그래. 내가 방심할 경우도 있으니 호위할 기사들이 있어야
할 것 같아.'

레온은 명실상부한 아르니아 최고의 귀족이다. 음지에서 드
러나지 않았던 지금까지와는 달리 공개된 곳에 노출되어 있
다. 그런 만큼 호위 기사를 두는 것이 현명한 판단이다.

때문에 레온은 로벨리아 기사단을 승격시켜 자신의 친위 기
사단으로 두려 했다. 그것은 또한 목숨을 걸고 사지로 투입된
기사들에 대한 포상이기도 했다. 켄싱턴 공작이 빙그레 웃으
며 손뼉을 쳤다.

"이 사실을 기사들에게 전하겠습니다. 아마 뛸 듯이 좋아할
것입니다."

대공의 친위기사대는 그야말로 최고의 대우가 약속되어 있
다. 그것을 떠나서 레온은 모든 기사들이 꿈에라도 오르길 바라
는 경지인 그랜드 마스터이다. 그런 초인의 곁에 머물며 섬길
수 있다는 것은 기사들에겐 로망이나 다름없다. 머리를 흔들어
상념을 날려버린 레온이 켄싱턴 공작을 쳐다보았다.

"그건 그렇다고 치고, 앞으로 어찌 하실 계획이십니까?"

켄싱턴 공작의 대답은 간단명료했다.

"쏘이렌을 쳐야지요."

"승산이 있겠습니까?"

"충분합니다. 솔직히 얼마 전까지만 해도 어렵다고 생각했습니다. 쏘이렌과 본국의 국력차이가 어마어마하기 때문입니다. 하지만 바뀌었습니다."

켄싱턴 공작이 빙그레 웃으며 이유를 설명해 나갔다.

"여왕 전하로 인해 한 가지 깨달은 것이 있습니다. 쏘이렌의 농노나 평민들에 대한 크나큰 비밀을 말이지요."

"비밀이라니요?"

레온이 의아한 듯 되물었다.

아르니아는 쏘이렌에 비해 인적 자원이 부족하다. 때문에 저번 전투에서 포로로 잡은 쏘이렌 포로 십만 명을 전폭적으로 활용하기로 결정이 난 바가 있다. 원래 켄싱턴 공작은 그들을 반 소모품으로 쓸 작정이었다. 하지만 그 계획은 여왕 알리시아의 강력한 반발로 실행되지 못했다.

〈우리 아르니아를 위해 목숨 바쳐 싸울 병사들이에요. 그들이 솜옷과 목창 따위 허술한 장비로 무장하고 전쟁터로 가는 것을 용납할 수 없어요.〉

알리시아는 예산을 최대한 집행해서 그들에게 제대로 된 방어구와 무기를 갖춰줄 것을 지시했다. 물론 아르니아의 생산 능력으로는 역부족이라 헬프레인 제국에 의뢰해서 생산하는 우여곡절을 겪어야 했다.

“그런데 그런 여왕님의 지시로 인해 뜻밖의 사실이 밝혀졌
습니다.”

포로가 된 쏘이렌의 병사들, 그들이 용병이나 영주의 정예
병 출신일 경우는 극히 희박했다. 대다수가 강제로 징집된 농
노나 농민병이라는 뜻이다. 아르니아의 포로가 되었을 때 그
들은 모든 것을 체념했다. 관례로 볼 때 석방될 가능성은 희박
하다. 가족들에게 몸값을 지불할 여유가 있을 리가 없기 때문
이다. 죽을 때까지 노예로 살아야 할 것이 기정사실이기 때문
에 그들은 각종 노역에 투입되었을 때에도 군소리 없이 일을
했다. 농노나 농민 출신이라 노동에 익숙하기에 전투를 치르
는 것보다 차라리 일을 하는 것이 편하다.

일거리가 없어지자 그들은 강제로 아르니아 군에 편입되었
다. 그때 대부분의 포로들은 생을 체념했다. 통상적으로 이럴
경우 화살받이 따위의 소모품으로 쓰일 것이란 사실을 직감했
기 때문이었다. 감시가 철통같았기 때문에 탈출은 엄두도 내
지 못하고 전장으로 끌려갈 날만을 기다려야 했다. 그런데 그
들에게 전혀 뜻밖의 보급품이 내려졌다.

알리시아 여왕의 명에 의해 제국에 생산이 위탁된 병장기와
갑옷이 한 벌씩 그들에게 지급된 것이다. 아르니아 병사가 쓰
는 것과 거의 차이가 나지 않는 강철 투구와 흉갑, 그리고 안
에 받쳐 입는 가죽갑옷이 지급되었다. 튼튼한 방패와 잘 제련
된 병장기들도 새 주인을 맞이했다. 포로병들은 지급된 장비

를 보며 놀라워했다. 심지어 눈물을 뚝뚝 흘리는 자들도 있었
다.

"이런 장비를 우리에게 지급하다니 믿어지지가 않는군. 이
게 대관절 돈이 얼마인데."

"철제 갑옷을 입어 보다니 꿈만 같군."

징집되었을 당시 그들은 개인적으로 창과 솜옷을 마련해야
했다. 그나마 철제 창날이 달린 경우는 양반이다. 대부분의 징
집병들은 끝을 날카롭게 잘라낸 죽창을 소지했다. 적을 한두
번 찌르면 더 이상 쓰지 못하게 되는 무기이다. 그런 상황이니
갑옷을 입을 수 있을 턱이 없다. 두툼하게 솜을 채운 솜옷이
보호구의 전부였다. 물론 그것으로 화살을 막아내는 것은 어
불성설이기에 일단 전투가 벌어지면 징집병들은 엄청난 피해
를 각오해야 한다. 그런데 그들에게 영주에게 급료를 받는 정
예병보다 더욱 좋은 장비가 내려진 것이다. 그 자그마한 배려
로 인해 포로병들의 마음이 송두리째 바뀌었다.

"이런 좋은 장비를 지급했으니 죽을 곳으로 보내진 않을 거
야."

"이 정도 무기와 갑옷이라면 그 누구와도 싸울 수 있어."

갑옷과 병기를 지급받은 포로병들에겐 강도 높은 훈련이 기
다리고 있었다. 입에서 단내가 날 정도로 힘들고 혹독한 훈련,
그러나 사기가 오른 포로병들은 불평 한 마디 없이 훈련을 소
화해냈다. 그들에게 귀가 솔깃할 만한 반대급부가 약속되었기

때문이었다.

"전장에서 공을 세울 경우 아르니아의 직업군인으로 고용될 수도 있다. 공이 클 경우 장교가 될 수 있을뿐더러 가족에게 농토가 내려질 것이다. 물론 가족들이 살고 있는 지역을 아르니아가 점령해야만 가능하겠지만 말이다."

선망의 대상인 직업군인이 될 수 있으며 공을 세우면 훗날 가족들에게 땅을 준다는 말에 포로병들은 눈에 불을 켜고 훈련을 받았다. 훈련을 충실히 소화해야 공을 세울 가능성이 커지기 때문이다.

"솔직히 쏘이렌 포로들에게 그 정도로 나라에 대한 개념이 희박할 줄은 몰랐습니다. 국가에 대한 애국심이 전혀 없더군요. 아르니아 사람들을 보고 잘못 평가했습니다."

레온이 묵묵히 고개를 끄덕였다.

"그럴 것입니다. 아르니아 사람들은 쏘이렌과는 달리 애국심이 투철한 편이지요. 비교적 작은 나라에다 오랫동안 헬프레인 제국과 국경을 맞대고 있어서 그럴 것입니다."

"쏘이렌 포로들에 대한 사항을 보고받고 희망을 가졌습니다. 그들을 충분히 아르니아 사람으로 만들 수 있다는 확신이셨고요. 영주들만 처리한다면 쏘이렌 땅을 확실하게 아르니아령으로 점령할 수 있습니다. 그 물꼬를 이번에 대공께서 터 주신 것이지요."

"잘 된 일이군요."

묵묵히 고개를 끄덕이는 레온을 보며 켄싱턴 공작이 난처한 표정을 지었다.

"그런데 수도로 가시면 여왕 폐하께 잔소리를 좀 들으셔야 할 것입니다. 그동안 저도 좌불안석이었습니다. 직접 말씀은 안하셨지만 눈치를 많이 주셨지요."

레온의 얼굴이 딱딱하게 경직되었다. 비로소 알리시아에 대한 뒷감당을 해야 한다는 사실이 떠오른 것이다.

"큰일이군요. 엄청 잔소리를 해 댈 텐데."

참담하게 일그러진 레온의 얼굴을 보며 켄싱턴 공작이 안되었다는 표정을 지었다.

"제가 행한 모든 것은 아르니아의 안위를 위해서였고 그 사실을 켄싱턴 공작님도 익히 아시지 않습니까?"

"알고 있습니다. 그러나 어쩔 수 없지요. 비록 나라를 위해 하신 일이긴 하지만 지아비를 걱정하는 아내의 마음은 어딜 가는 것이 아니니까요. 여왕님께서 많이 걱정하셨습니다. 그러니 대공께서 책임지고 달래주셔야지요."

레온이 침울한 표정으로 고개를 끄덕였다.

"알겠습니다. 그리 하지요."

⚜

켄싱턴 공작은 곧장 작전에 돌입했다. 가장 먼저 한 것은 에

를리히 왕세자에게 사신을 보낸 일이다. 이른바 선전포고를
한 것이다.

　―쏘이렌의 에를리히 왕세자는 본국의 레온 대공에게 도와
달라는 요청을 했다. 대공께서는 그에 응해 쏘이렌으로 건너
가서 물심양면으로 도와주셨다. 막상 목적을 이루고 나자 에
를리히 왕세자는 궁수와 기사들을 동원해 레온 대공을 시해하
려 했다. 국제적 관례뿐만 아니라 도덕적, 인간적으로 엄청난
배신행위를 한 것이다. 다행히 레온 대공께서는 강력한 조력
자의 도움으로 모든 일을 획책한 바그수스 후작의 목을 베고
쏘이렌을 빠져나오셨다. 거기에 아르니아의 모든 신민들은 간
악한 쏘이렌의 괴수 에를리히의 만행에 분노를 금치 못하고
행동에 나서기로 작정했다. 이에 아르니아는 만악의 괴수 에
를리히에게 정식으로 전쟁을 선포한다. 물론 그 대상은 에를
리히가 왕위를 물려받을 쏘이렌이다.

　이어 켄싱턴 공작은 동일한 내용의 격문을 사신에게 맡겨
주변국에 파견했다. 아르니아의 선전포고에 대한 당위성을 호
소한 것이다. 아직까지 아르니아에는 힘이 없다. 때문에 헬프
레인 제국처럼 악의 국가로 간주되면 살아남을 수 없다. 마땅
한 명분이 없이 전쟁을 치를 경우 주변국에서 쏘이렌의 편을
들어 파병할 가능성이 있었는데 그렇게 되면 끝장이다. 때문

에 반드시 사신을 통해 전쟁선포에 대한 당위성을 주장해야
했다.

약소국 아르니아가 겁도 없이 강대국 쏘이렌에 전쟁을 선포
하자 주변국들은 발칵 뒤집혔다.

"아르니아가 미친 것이 아닌가? 영토와 인구가 열 배에 가
까운 쏘이렌을 상대로 전쟁을 선포하다니……."

"남편이 습격당했다고 여왕이 화가 많이 났나 보군. 그래도
이건 아니지."

주변국들은 뜻밖의 상황에 놀라워하면서도 누구의 편도 들
지 않고 관망하기로 결정했다. 쏘이렌의 편을 들어 항의서한
을 보낸 나라는 단 한 나라. 평소 쏘이렌과 관계가 좋기로 소
문난 해양왕국 휴이라트였다.

―아르니아의 주장은 억지에 불과하다. 도저히 일어날 수
없는 일을 들먹이며 에를리히 왕세자를 중상모략하고 있다.
이에 우리 휴이라트는 오랜 혈맹인 쏘이렌의 편을 들 것이며
만약 아르니아가 전쟁을 시작할 경우 머뭇거림 없이 참전할
것을 선포한다.

다행히 쏘이렌의 편을 들겠다고 나서는 나라는 오직 휴이라
트뿐이었다. 다른 나라들은 전쟁에 별반 관심을 갖지 않았다.
비록 헬프레인 제국과의 관계가 석연찮은 아르니아라고는 하

나 겉으로 드러나는 증거가 없다. 게다가 아르니아가 국제적 관례에 비교적 걸맞게 행동하고 있었기에 굳이 적대해야 할 필요가 없었다.

당사자인 쏘이렌에서는 당연히 발끈했다. 내전으로 인해 만신창이가 되었지만 내각의 각급 대신이나 외교적인 통로는 건재하다.

"말도 안 되는 억지 주장이다. 전쟁을 하고 싶으면 쳐들어와 봐라. 단숨에 박살을 내어버리겠다."

그러나 실상 쏘이렌의 속사정은 그리 좋지 않았다. 파하스 왕자가 죽음으로써 에를리히 왕세자는 확실하게 쏘이렌의 왕위계승자가 되었다. 그러나 정쟁세력을 모두 굴복시킨 것은 아니다. 현재 쏘이렌은 3개의 파벌로 갈라져 있었다. 그중 하나는 바로 궤헤른 공작의 추종세력이다.

다이아나 왕녀가 왕위계승권 포기각서를 제출했기에 궤헤른 공작은 더 이상 대권에 도전할 수 없다. 그러나 현존하는 쏘이렌 최고의 귀족답게 궤헤른 공작은 쉽게 뒤안길로 사라지지 않았다. 그는 자신의 영지를 단단히 닫아 걸어버리는 길을 택했다. 영지병과 대거 고용된 용병들이 공작령을 철통같이 지켰다. 공작령 자체가 하나의 나라가 되어 버린 것이다. 심지어 왕실에 바쳐야 할 세금조차 납부하지 않은 채 궤헤른 영지는 그렇게 봉쇄되어 버렸다.

두 번째로 죽은 파하스 왕자의 추종세력들도 쉽사리 패배를 선언하지 않았다. 대부분 동부에 위치한 대영주들이었는데 그들은 에를리히 왕세자에게 섬기는 조건으로 재산과 영지의 보존을 주장했다. 물론 에를리히 왕세자의 입장에서는 받아들이기 힘든 조건이다. 그들의 영지와 재산을 빼앗아야만 자신을 섬긴 귀족들에게 보상을 해 줄 것이 아닌가? 난색을 표하는 에를리히 왕세자에게 동부 귀족들은 불사항전의 뜻을 밝혔다.

"순순히 재산과 영토를 내 줄 수는 없다. 죽을 때까지 싸울 것이다."

그렇게 쏘이렌은 나라 전체가 3등분이 되어 버린 상태였다. 그런 상황에서 에를리히 진영의 모든 전략을 짜내던 지낭 바그수스 후작이 목이 달아난 시체가 되어 버렸다. 그 뒤를 이어 새로운 참모로 등장한 코모도 후작은 바그수스 후작에 비해 여러모로 뒤떨어지는 인물이었다. 간단히 말해 입만 번드르르한 간신배의 표상 같은 귀족인 것이다. 쏘이렌으로서는 불운이겠지만 아르니아에겐 크나큰 복이었다. 그는 온갖 희망적인 말로 에를리히 왕세자를 구워삶았다.

"걱정하지 마십시오. 아르니아와 쏘이렌은 무려 열 배가 넘는 영토와 인구의 차이가 있습니다. 아르니아 정도는 간단히 처리할 수 있습니다. 지고 싶어도 질 수가 없는 전력 차이입니다."

모처럼 들린 희망적인 소식에 에를리히 왕세자의 얼굴이 환히 밝아졌다.

"그게 사실이오?"

"그렇습니다. 물론 승전을 위해서는 선결조건이 있습니다."

“그게 무엇이오?”

“현 국경의 수비군 사령관 케네스 백작을 경질해야 합니다. 그는 파하스 계파의 가장 중요한 인물입니다. 그런 자가 군권을 쥐고 있어서는 안 됩니다.”

“그, 그렇지요.”

“가장 먼저 그에게서 병력 지휘권을 빼앗아야 합니다. 그리고 그 자리에 우리 사람을 앉혀야 합니다.”

케네스 백작. 그는 어릴 때부터 군문에서 성장한 쏘이렌 최고의 군사지휘관이다. 병법에 밝으며 휘하 장병들의 신뢰를 얻고 있는 일선 지휘관으로서 수비에 관한 한 그의 능력은 확실하게 입증되어 있다. 그는 현재 국경수비군을 진두지휘해서 아르니아와의 국경을 철통같이 틀어막고 있었다. 그러나 올곧은 사람에겐 적이 많은 법. 고지식하고 원리원칙을 따지는 그는 코모도 후작과 그리 사이가 좋지 않았다. 과거 코모도 후작이 했던 몇 번의 청탁을 단호하게 거절했다는 것이 주된 이유였다. 그랬기에 코모도 후작은 기회가 닥친 김에 눈엣가시인 그를 쳐내려 하고 있는 것이다.

“하지만 그의 휘하에는 20만의 정병이 있소. 만약 그가 다른 마음을 먹는다면…….”

코모도 후작이 걱정하지 말라는 듯 머리를 흔들었다.

“그건 심려하지 않으셔도 됩니다. 그의 아내와 자식들이 수도에 거주하고 있으니까요. 그들을 볼모로 잡은 뒤 지휘권 양도를 요구하면 그도 들어줄 수밖에 없을 것입니다.”

에를리히 왕세자가 솔깃한 표정으로 코모도 후작을 쳐다보았다.

“그런데 그를 대신할 만한 지휘관이 있소?”

“물론입니다. 케네스 백작보다 훨씬 유능하다고 자부합니다. 나이도 젊을뿐더러 왕세자 전하께 절대적으로 충성을 바칠 것입니다.”

코모도 후작이 내세운 인물은 그의 처남인 윈켈 백작이었다. 나름대로 전략전술에 해박하고 병법을 공부한 무장이지만 객관적인 관점에서 케네스 백작과 비교를 할 수 없다. 그러나 코모도 후작은 아무 거리낌 없이 윈켈을 천거했다. 중요한 군사 지휘관에 가문의 사람을 앉혀 둬야만 마음껏 행동할 수 있기 때문이다. 그 말에 홀딱 넘어간 에를리히 왕세자가 머뭇거림 없이 승인을 해 주었다.

“알겠소. 경이 알아서 일을 추진하시오. 반드시 국경수비군의 지휘권을 넘겨받아야 하오.”

“걱정하지 마십시오.”

빙그레 웃는 코모도 후작의 눈가에는 득의의 빛이 일렁였다.

✤

코모도 후작의 의도는 정통으로 먹혀들어갔다. 가족을 인질로 잡고 협박한 덕분에 국경수비군 20만의 지휘권을 넘겨받을 수 있었으니 말이다. 케네스 백작은 별다른 저항도 못하고 제압되었다. 윈켈 백작에게 군수통제권을 넘기고 체포되어 수도로 압송된 것이다. 쏘이렌 전체로 보면 크나큰 손실이 아닐 수 없었다.

비록 파하스 계파이긴 하지만 그는 일찌감치 중립을 선언했다. 그리고 왕실을 안심시키기 위해 가족과 자식들을 수도로 보냈다. 일종의 볼모인 셈이다. 그 때문에 변변찮은 항의 한마디 하지 못하고 숙청되어야 했다.

만약 쏘이렌에서 국경수비군의 지휘관을 바꾸지 않았다면 어떻게 되었을까? 아마 아르니아 총사령관인 켄싱턴 공작은 국경을 돌파하는데 상당히 골머리를 앓아야 했을 것이다. 지역수비와 수비 굳히기에서 최고라는 평가를 받는 케네스 백작이기 때문이었다.

아르니아의 선전포고에는 날짜가 명시되어 있었다. 정해진 날이 가까워지자 아르니아의 정병 십오만이 국경 부근으로 전진 배치되기 시작했다. 모두가 충실히 훈련된 정병이었다. 그러나 그에 대응하는 쏘이렌의 움직임은 그리 일사분란하지 않았다.

궤헤른 공작은 성에 틀어박힌 채 단 한 명의 병사도 영지 밖으로 내보내지 않았다. 쏘이렌 서부에 위치한 그의 영지에서 아르니아의 침공은 다른 나라 이야기일 뿐이다.

　수도 인근 귀족들이 대다수인 에를리히 왕세자 휘하의 귀족들 역시 상황판단을 정확히 하지 못했다. 발등에 불이 떨어진 것은 파하스에게 충성을 맹세한 동부 영주들이다. 그들이 분노한 아르니아 군의 공세를 일차로 감당해야 하는 것이다.

　만약 국경수비군이 돌파당한다면 곧바로 그들의 영지가 공격받을 것이다. 그러나 그들은 중앙에 섣불리 지원요청을 하지 못했다. 약한 모습을 보인다면 에를리히 계파의 귀족들이 어떻게 나올지 모르기 때문이다.

⚜

　국경선 인근에서는 시간이 갈수록 전운이 고조되었다. 아르니아의 십오만 정병들은 국경 근처에 집결한 채 전쟁이 시작되는 순간을 노렸다. 그야말로 나라 전체가 전쟁준비에 몰두한 것이다. 반면 그에 대응하는 쏘이렌의 군사적 움직임은 그리 활발하지 못했다. 우선 침공 경로의 영지들이 대부분 파하스 계열의 귀족들이라는 점이 가장 큰 역할을 했다.

　—어차피 숙청해야 할 자들이다. 그럴 바에야 아르니아 침략군과 싸워 상잔시키는 것이 낫다.

　이런 판단을 내린 에를리히 왕세자는 동부 귀족들에게 지원을 하지 않았다. 단지 윈켈 백작이 지휘하는 국경수비군 20만에게 다량의 보급품을 보냈을 뿐이었다. 물론 영지 봉쇄 중인 궤헤른 공작은 단 한 명의 병사도 파견하지 않았다.

선전포고에 명시된 전쟁 개시일이 되자 아르니아의 대군은 함성을 지르며 국경선을 넘었다.

"와아아아."

"승리는 우리의 것이다."

드넓은 평원에는 20만 쏘이렌 국경수비군 대부분이 나와 진을 치고 있었다. 그 모습을 본 켄싱턴 공작은 손뼉을 쳤다.

"정말 잘 되었군. 적장이 누군지는 모르지만 정말 어리석은 판단을 한 것이야."

켄싱턴 공작이 가장 우려했던 것은 쏘이렌 국경수비군이 요새에 틀어박혀 농성에 치중하는 것이다. 그렇게 될 경우 국경을 돌파하는데 시간이 걸릴 수밖에 없으며 또한 아르니아 군의 피해도 예상보다 클 것이다. 만약 쏘이렌 국경수비군 사령관이 케네스 백작이었다면 분명히 농성작전을 펼쳤을 것이다. 안 그래도 수비에 일가견이 있다고 평가받는 지휘관이기에 더욱 그러하다. 그러나 새로 임명된 윈켈 백작의 생각은 달랐다. 혈기가 뒤끓는 비교적 젊은 지휘관이었기에 치명적인 실수를 했다.

―지금은 수비를 할 때가 아니다. 공을 세워야만 나의 위치를 확고하게 다질 수 있다. 적의 수는 고작 15만, 반면 우리 수비군은 20만이 넘는다. 아르니아 군을 패퇴시킨다면 나의 입지는 더욱 높아질 것이다.

그는 그 생각으로 요새를 중심으로 배치된 병력을 한데 모았다. 그리고 국경선의 평원에 운집시켜 아르니아 군을 맞은 것이다.

그러나 그는 애당초 생각을 잘못했다. 그가 거느리는 20만 병력 중 정예병의 비율은 고작해야 4만 남짓밖에 되지 않았다. 나머지는 농사를 짓다 징집된 농노병이 태반이다. 게다가 내전으로 인해 대부분의 기사들이 전사하거나 섬기던 귀족에게 돌아갔다. 때문에 기사단 전력은 정말로 형편없었다. 수적으로는 우위였지만 질적으로는 형편없이 떨어지는 것이다.

반면 아르니아의 전력은 그야말로 최고조를 달리고 있었다. 우선 15만 병력 대부분이 준 정예병이었다. 한때는 농노병 출신 포로였지만 충실하게 훈련받고 장비를 갖춘 덕분에 정예병화했다. 기사단 전력은 더 이상 말해 봐야 입만 아플 뿐이다. 무엇보다도 침공군에는 인간의 한계를 벗어던진 두 명의 초인이 가세해 있었다. 레온 대공과 커티스 공작. 이 두 명의 초인이 아르니아 침공군의 배후를 든든히 뒤받치고 있었다.

궁으로 돌아간 레온은 알리시아의 따끔한 질책을 예상했다. 하지만 그녀는 그러지 않았다.

"한 가지만 명심하세요. 당신에게 좋지 않은 일이 생겼을 때 홀로 남겨질 나와 머지 않아 세상에 나올 당신의 자식을 말이에요. 보호자가 사라진 여자와 아이의 운명이 어떻게 되는지 익히 아시겠죠? 세상에 태어나 아르니아를 물려받을 우리

아이의 얼굴을 보고 싶다면 가급적 위험한 짓은 삼가도록 하
세요."

"내, 내가 행한 모든 것은 당신이 다스리는 아르니아를 위
함이었소."

"알아요. 그 때문에 더욱 조심하셔야 해요. 이제부터 위험
한 일은 허락하지 않겠어요."

레온은 밤새도록 토라진 알리시아를 달래야 했다. 레온에겐
그 어떤 강적과의 결투보다도 힘든 시기였다. 그렇게 알리시
아를 달래긴 했지만 레온은 또다시 전쟁터로 나서야 했다. 아
르니아의 최고 귀족으로서 의당 그에 대한 책무를 다해야 했
던 것이다.

"전쟁터에 나가는 것은 어쩔 수 없이 허락하겠어요. 하지만
위험한 짓은 하지 말아요. 나와 당신 2세를 위해서 말이에
요."

"알겠소. 약속하리다."

그 약속을 떠올린 레온이 쓴웃음을 지었다. 어쨌거나 더 이
상은 위험한 임무를 맡지 않을 작정이었다.

아르니아는 이번 전쟁에 그야말로 모든 것을 걸었다. 병력
과 물자, 최고의 기사들, 만약 전쟁에서 진다면 끝장이기에 장
교들이 앞장서서 병사들에게 정신무장을 시켰다.

"명심하라. 이번 전쟁은 우리 아르니아의 국운이 걸린 전쟁
이다."

"반드시 이겨야 한다."

아르니아 군에 편입된 포로병들 역시 각오가 남다르긴 마찬가지였다. 제대로 된 장비, 그리고 공을 세울 경우 가족들에게 내려지는 포상을 떠올리며 전의를 불태웠다. 이처럼 전쟁에 임하는 병사들의 각오는 사뭇 대조적이었다. 전쟁은 그런 상황에서 시작되었다.

피아 합쳐 35만이나 되는 병력이 일시에 격돌하는 전면전. 그런 만큼 전장의 길이는 수 킬로미터에 이를 만큼 넓었다. 전투의 시작은 궁수의 사격으로 시작되었다. 서로의 선진이 사정거리에 들자 양쪽 궁수들이 일제히 시위에 화살을 걸었다. 팽팽히 당겨진 시위에 화살이 메겨지고 곧 하늘 높이 날아올랐다.

쐐애애액—

꼬리에 꼬리를 물고 날아가는 화살세례. 선두의 병력들은 여지없이 빗발치는 화살세례에 노출되어야 했다. 거의 비슷하게 가해진 화살공격이었지만 피해 상황은 판이하게 달랐다. 튼튼한 장비에 방패를 갖춘 아르니아 병사들이 밀집대형으로 방어해 그리 큰 피해를 입지 않았지만 쏘이렌 병사들은 크나큰 타격을 입어야 했다. 방패조차도 없는 병사들이 부지기수였으니 부상자가 속출하는 것은 두말할 필요가 없었다. 몸 이곳저곳에 화살이 박힌 채 나뒹구는 쏘이렌 병사들, 단 한 차례

의 화살공격으로 선진이 아수라장이 되어 버렸다. 이어진 것
은 기사단과 기병대의 돌격이었다.

　두두두두—

　지축이 진동하는 듯한 소리와 함께 중갑기병들과 기사단이
돌격을 시작했다. 말들이 거친 숨을 뿜어내며 질주했고 수백,
수천 개의 말발굽에 짓밟힌 대지가 비명을 내질렀다. 그들을
맞이한 것은 쏘이렌 궁수들의 화살 세례였다. 빗발치듯 퍼붓
는 화살을 맞아가면서도 아르니아의 기사단과 기병대는 돌격
을 멈추지 않았다. 바야흐로 전쟁이 개막한 것이다.

　티라스. 트루베니아 극서에 위치한 아르카디아 령 항구에서
는 세 명이 만나고 있었다.

　"어서 오십시오. 오시느라고 고생하셨습니다."

　드류모어 후작이 얼굴 가득 미소를 띠며 예를 취했다. 흥분
했는지 눈꼬리가 파르르 떨렸다. 그럴 것이 그가 마중 나온 사
람은 크로센 제국에 단 세 명밖에 존재하지 않는 초인이기 때
문이다. 놀랍게도 크로센 제국이 자랑하는 초인 중 두 명이 여
객선 편을 통해 트루베니아로 건너온 것이다.

　"마음고생을 많이 했나 보군. 얼굴이 좋지 않아."

　부드러운 미소를 띠며 말하는 이는 웰링턴 공작이었다. 크
로센 제국이 보유한 초인들 중 최강자이며 아르카디아 10대
초인 중 단연 일인자로 손꼽히는 절대자. 그가 트루베니아로

건너와 있었다.

"오랜만이오. 드류모어 후작."

그 옆에서 느물느물 웃는 콧수염의 장년인은 맨스필드 후작이었다. 역시 크로센 제국이 자랑하는 초인들 중 한 명으로서 얼마 전 마루스의 공주를 아내로 맞아들인 적이 있다.

초인. 한 나라가 보유한 최대의 전략무기이다. 그런 만큼 철저히 관리하며 어떤 일이 있더라도 위험한 임무에 투입하지 않는다. 그런데 어찌하여 크로센 제국의 초인 두 명이 머나먼 트루베니아로 건너왔을까? 그것은 그 정도로 크로센 제국이 트루베니아의 상황을 심각하게 여기고 있다는 반증이다.

크로센 정보부에서는 헬프레인 제국이 아르니아를 돌려준 것을 석연치 않은 눈빛으로 쳐다보고 있었다. 뭔가 뒷거래가 있지 않고서야 기껏 점령한 왕국을 다시 독립시켜 줄 수는 없는 노릇이다. 첩자들을 통해 구한 정보를 토대로 제국 정보부는 거의 사실과 비슷한 추론을 도출해 냈다. 블러디 나이트가 마나연공법을 넘겨주고 그 대가로 아르니아의 독립을 승인받았다는 것을 말이다. 그게 사실이라면 일이 상당히 심각해진다.

헬프레인 제국의 군대는 강하기로 정평이 나 있다. 비슷한 숫자가 싸운다면 거의 지지 않는다. 그러나 기사단만큼은 그렇지 않다. 속성으로 키우는 것이 불가능한 만큼 헬프레인 제국의 가장 큰 약점은 기사단이 될 수밖에 없었다. 그런 헬프레인 제국에 속성이 가능한 블러디 나이트의 마나연공법이 전수되었다. 다시 말해 더 이상 헬프레인 제국을 만만하게 얕잡아 볼 수 없게 되었다는 뜻이다.

크로센 제국은 트루베니아의 왕국들이 말을 잘 듣게 하기 위해 헬프레인 제국에 지나친 제약을 가하지 않았다. 마치 양 떼 사이에 풀어놓은 늑대 취급을 한 것이다. 그런데 그 늑대가 자라서 사자가 되어 버렸다. 그런 만큼 경각심을 가지지 않을 수가 없다.

—헬프레인 제국에 큰 타격을 가해야 한다. 멸망시켜서는 안 되겠지만 당분간 군사행동을 하지 못할 정도로 만들어야 한다. 블러디 나이트의 마나연공법으로 기사를 키워내기 전에 말이다.

크로센 제국에서는 바로 그 때문에 두 명의 초인을 파견한 것이다. 크로센 제국의 헬프레인 정벌계획은 꽤나 세심하게 준비되었다. 트루베니아에 건너와 있는 드류모어 후작으로 하여금 트루베니아의 각 왕국들을 설득하여 연합군을 결성한다. 그리고 그 병력으로 하여금 헬프레인 제국을 선제 침공하게 하는 계획이었다. 침공은 반드시 블러디 나이트의 마나연공법으로 조련된 기사들이 배출되기 전에 이루어져야 한다.

그렇게 할 경우 굳이 아르카디아에서 일반 병력과 기사단을 파견하지 않아도 된다. 기사단 전력과 병사들의 머릿수는 연 합군 측이 월등히 많기 때문이다. 비록 병력의 질은 현저히 떨어지지만 말이다. 그러나 한 가지만은 연합군이 현저히 열세였다. 아니 대응할 방법이 전무했다. 그 전력은 다름 아닌 초인이었다.

헬프레인 제국에는 벨로디어스 공작이라는 초인이 있다. 그가 가세할 경우 연합군은 엄청난 애로를 겪어야 할 터였다. 어쨌거나 연합군 쪽에는 벨로디어스를 상대할 만한 초인이 존재하지 않기 때문이다. 크로센 제국의 초인들은 바로 벨로디어스 공작을 처치하기 위해 파견된 것이었다. 초인만 지원된다면 연합군이 헬프레인 제국에 꿀릴 것이 없어진다. 그런데 한 명만 파견해도 될 터인데 어찌하여 두 명이 함께 왔을까? 그 이유는 다름 아닌 안전성 때문이었다.

국가 최고의 비밀병기인 초인, 그런 만큼 생명이 위태한 임무에는 투입시킬 수 없다. 일 대 일로 벨로디어스를 상대할 경우 운이 나쁘면 패할 수도 있고 이기더라도 상처를 입을 우려가 있다. 그 때문에 두 명이 파견된 것이다. 초인 두 명과 한 명이 싸울 경우 어지간한 경우 두 명이 이기는 것이 필연이다.

그러나 크로센 제국 정보부에서 한 가지는 알지 못했다. 비록 헬프레인 제국이 블러디 나이트의 마나연공법을 제공받아 기사를 키우기 시작했지만 한때 제럴드 공작의 미완성 마나연공법을 익힌 기사를 대상으로 훈련을 시작했기에 조련 속도와 숫자에 대해서 철저히 오판하고 있다는 사실을 말이다.

"경치가 매우 좋더군. 오랫동안 배를 타는 것도 색다른 경험이었어."

온화한 미소를 띠는 웰링턴 공작에 비해 맨스필드 후작의 감회는 남달랐다.

"이곳에서는 엘프 여인을 구할 수 있다고 들었소. 그게 사실이오?"

드류모어 후작의 눈가에 떨떠름한 표정이 스쳐지나갔다. 여자를 유난히 밝히는 맨스필드 후작의 악취미는 트루베니아로 건너와서도 변함이 없었다.

"아무래도 아르카디아보다는 구하기가 쉽겠지요. 한 번 수배해 보겠습니다."

"모쪼록 부탁드리오."

그때 문 밖에서 노크소리가 들렸다. 그쪽으로 걸어간 드류모어 후작이 살짝 문을 열었다. 문 밖에는 부관으로 보이는 사내가 귀엣말을 건네며 조그마한 서류를 내밀었다.

"흠. 그래? 알았다."

고개를 끄덕이며 서류를 받아든 드류모어 후작이 눈매를 좁혔다. 그 모습을 보고 웰링턴 공작이 말을 걸었다.

"무슨 일이 생겼는가?"

"그렇습니다. 아르니아와 쏘이렌 사이에서 결국 전쟁이 터졌군요."

서류를 들여다보는 드류모어 후작의 표정은 그리 좋지 못했다.

"멍청한 작자들. 내 그럴 줄 알았어."

"무슨 일인가? 좋지 않은 소식인가?"

"그렇습니다. 쏘이렌의 국경수비군이 참담하게 패배했다고 하는군요. 너무도 어이없이 말입니다."

서류에는 정보부 요원들이 분석한 정보가 가득 담겨 있었다.

"에를리히 측에서 멍청한 짓을 했습니다. 자기 사람에게 병권을 쥐어주기 위해 유능한 지휘관을 경질해 버렸군요. 그것도 나이가 39세밖에 안 되는 새파란 애송이에게 말입니다."

"그런가?"

"그렇습니다. 비록 블러디 나이트에게 목숨을 잃었지만 바그수스 후작은 꽤나 머리가 잘 돌아가는 인물이었습니다. 그런데 그 뒤를 이어 참모 자리에 오른 코모도 후작은 영 어리석은 인물이로군요. 지금 상황에서 뭐가 중요한지를 모르니 말입니다. 작은 욕심에 눈이 멀어 유능한 지휘관을 경질시키다니……."

어처구니가 없었는지 드류모어 후작이 혀를 끌끌 찼다. 명색이 일국의 국경수비군인데 이토록 어이없이 돌파 당할 줄 모른 모양이었다.

"게다가 전황이 기울어지자 지휘관과 각급 참모들은 살기 위해 전장을 이탈했다고 하더군요. 병사들을 모두 내팽개치고 말입니다."

그 말을 들은 웰링턴 공작의 눈가에 스산한 빛이 감돌았다.

"용서할 수 없는 작자로군. 지휘관이라는 놈이 도망을 가?"

아르카디아라면 도저히 있을 수 없는 일이다. 살아 돌아가

더라도 병사들을 버린 죄로 마땅히 사형당할 것이기 때문이
다. 그러나 여기는 아르카디아가 아니다. 인명경시 풍조가 강
한 트루베니아에서, 그것도 사람 목숨을 파리처럼 여길 정도
로 경시하는 쏘이렌이기 때문에 가능한 일이다.

"아르니아의 피해는?"

"적지 않다고 하더군요. 숫자가 20만이나 되는 수비군을 궤
멸시키다 보니 피해가 생기지 않을 수가 없겠죠."

"혹시라도 아르니아가 이길 가능성이 있나?"

그 말에 드류모어 후작이 머리를 절레절레 흔들었다.

"불가능합니다. 일단 양국은 인구수에서 열 배 가까이 차이
가 납니다. 아르니아 군이 제아무리 정예라고 해도 안 되는 것
은 안 되는 것이죠."

드류모어 후작의 분석은 철저히 상식에 기반한 것이었다.

"강력한 기사단과 정예병사들 덕분에 전투에서 이기더라도
사상자는 반드시 발생합니다. 게다가 수도까지 가는 길에는
강력한 군사력을 지닌 동부 영주들이 산재해 있습니다. 그들
의 영지를 하나하나 함락시키다 보면 계속해서 병력이 줄어들
겠지요. 수도에 도착하면 절반 정도밖에 남지 않을 것입니다.
반면 에를리히 진영은 전장을 수도 인근 평원으로 삼고 모든
병력을 수도로 운집시키고 있습니다. 대충 잡아도 다섯 배 이
상의 병력 차이가 날 것 같습니다."

병력 차이가 세 배 이상이라면 전략전술이 무의미하다. 때

문에 그들은 아르니아의 의도를 곡해했다. 드류모어 후작이 손가락을 뻗어 지도의 한 부분을 가리켰다.

"아마 아르니아는 이곳을 점령한 뒤 더 이상 진격하지 않을 것 같습니다."

그의 손가락 아래에는 벨렌 협곡이라는 지명이 기재되어 있었다.

"이곳에 건설된 요새를 보강하면 쉽사리 공략할 수가 없지요. 소수의 정예가 다수를 막아낼 수 있는 유일한 장소입니다. 아무래도 아르니아는 벨렌 요새 동쪽의 평원을 집어삼키려 하는 것 같습니다. 국내 사정이 복잡한 쏘이렌으로서는 쉽사리 보복에 나설 수 없으니까요."

"하지만 그렇게 되면 오히려 쏘이렌을 하나로 묶어주는 격이 되지 않을까? 영토를 빼앗긴 것은 사실이니 말이야."

"그럴 가능성도 있지만 당장 손을 쓸 수는 없지요."

드류모어 후작과 웰링턴 공작은 아르니아의 침공 의도가 쏘이렌의 영토 일부를 집어삼키는 것이라 단정했다. 객관적으로 분석하니 그게 제일 타당한 이유였다.

"보고에 의하면 아르니아가 보유한 두 명의 초인인 블러디 나이트와 커티스가 모두 전투에 참가했다고 합니다."

드류모어 후작은 다수의 요원들을 전장에 파견했다. 때문에 상황을 일목요연하게 파악할 수 있었다.

"그렇다면 이번 기회에 블러디 나이트를 처리해야 하지 않을까? 에를리히 진영과 합세를 하더라도 말이야.”

웰링턴 공작의 말에 드류모어 후작이 고개를 흔들었다.

“그럴 수는 없습니다. 절차 자체가 복잡하기도 하지만 이 대 이 구도로 상대하는 것은 위험부담이 있습니다. 두 분께서는 철저히 이 대 일로 적을 상대하셔야 합니다.”

웰링턴 공작의 눈매가 일그러졌다.

“허허. 이거 어린아이가 된 것 같군.”

“불쾌하셔도 어쩔 수 없습니다. 두 분 중 한 분이라도 잘못되실 경우, 아니 상처를 입으시는 것조차도 본국에게는 크나큰 손실입니다.”

“그래도 블러디 나이트는 작금의 상황을 만든 최고의 원흉일세. 가만히 내버려둘 수는 없어.”

“방법은 있습니다.”

드류모어 후작의 눈빛이 묘하게 번들거렸다. 상황을 이 지경으로 이끈 블러디 나이트에게 크나큰 타격을 가할 수 있다는 기대 때문인 듯했다.

“우선 아르니아의 초인은 두 명이 전부가 아닙니다.”

“두 명이 아니라고?”

“그렇습니다. 쏘이렌에서 일을 망친 용병왕 카심, 그자가 아르니아에 숨어 있을 가능성이 농후합니다.”

그 말에 웰링턴 공작의 눈에서 스산하게 살기가 피어났다.

“확실한가?”

“그렇습니다. 이미 저는 궤헤른 공작에게 자초지종을 들었

습니다. 알고 보니 카심은 트루베니아로 건너오자마자 아르니
아를 찾아갔더군요."

"그런데 그가 왜 궤헤른 공작과 손잡은 게지?"

"여러 가지 사연이 있습니다만 대여된 것으로 보면 틀림없
을 것입니다. 아마 그는 궤헤른 공작을 떠난 뒤 아르니아로 돌
아갔을 가능성이 농후합니다."

웰링턴 공작이 마음에 들지 않는다는 듯 코웃음을 쳤다.

"아르니아처럼 작은 나라에 세 명의 초인이라니, 어처구니
가 없군."

"아마 카심은 아르니아의 왕궁에 머물러 있을 가능성이 높습
니다. 우리가 공격해야 하는 곳도 바로 아르니아 왕궁이고요."

"아르니아의 왕궁?"

"그렇습니다."

드류모어 후작의 눈빛이 묘하게 빛났다.

"블러디 나이트의 옆에는 커티스라는 초인이 있습니다. 그
리고 다수의 기사들이 호위하지요. 그러나 아르니아의 왕궁은
그렇지 않습니다. 기껏해야 카심 혼자일 뿐이지요."

"그렇다면 아르니아의 여왕을 노리자는 말인가?"

드류모어 후작이 머뭇거림 없이 고개를 끄덕였다.

"그렇습니다. 대동하신 다크 나이츠들과 함께 아르니아의
왕궁을 치는 것입니다. 대부분의 기사들이 대 쏘이렌 전장에
나선 탓에 남은 기사는 얼마 되지 않을 것입니다. 십여 명의
근위기사 말고는 제대로 된 전력이 없을 것입니다."

드류모어 후작의 입가에 비릿한 미소가 떠올랐다.

"왕궁에 난입한 뒤 가장 먼저 할 일은 아르니아 여왕을 찾아 죽이는 것입니다. 그녀는 블러디 나이트의 아내이지요. 그렇게 할 경우 블러디 나이트의 이성을 무너뜨릴 수 있습니다. 그 사실을 들으면 그는 반드시 혼자서 수도로 돌아오는 길을 택할 것입니다."

"길목을 지키자는 뜻인가?"

"바로 그렇지요. 두 분과 다크 나이츠들이 나선다면 수도로 돌아오는 블러디 나이트를 잡아 죽일 수 있을 것입니다. 별다른 일이 없다면 말입니다."

웰링턴 공작의 표정이 살짝 굳어졌다.

"여자를 죽여야 하다니……. 그것도 일국의 여왕인데 말이야."

"어차피 아르니아는 멸망해야 할 나라입니다. 지도상에 존재해서는 안 되지요. 무엇보다도 아르니아의 여왕은 블러디 나이트와 함께 아르카디아를 방문해 본 트루베니아 인입니다. 우선적으로 입을 막아야 하지요."

"흠. 마음에 들지는 않지만 어쩔 수 없지. 알아서 일을 추진하게."

드류모어 후작이 빙그레 웃으며 고개를 끄덕였다.

"알겠습니다. 최대한 신경 써서 일을 진행하도록 하겠습니다."

드류모어 후작의 입가에 걸리는 미소 속에는 블러디 나이트, 즉 레온에 대한 원한이 새록새록 묻어나고 있었다.

IV

아르니아 왕궁에 잠입한 제국의 기사들

국경에서 벌어진 전투는 쏘이렌 국경수비군의 참패로 끝났
다. 공을 세워야 한다는 생각에 상대와 자신의 전력을 제대로
비교하지 않은 쏘이렌 지휘관의 안일함이 빚어낸 결과라고 봐
도 무방했다. 노련한 지휘관 켄싱턴 공작은 최대한 아르니아
측에 유리하게 전황을 이끌어나갔다. 기사단을 투입해 적군의
진형을 뒤흔들고 난 뒤 적재적소에 병력을 배치해 쏘이렌 국
경수비군을 전방위적으로 압박해 들어갔다. 잘 훈련된 아르니
아 병사들은 마치 톱니바퀴처럼 움직였다. 기사단에 의해 진
형이 뒤흔들린 쏘이렌 국경수비군은 일사분란한 움직임을 보
이지 못하고 우왕좌왕하기만 했다.

　　패전의 원인에는 쏘이렌 군 지휘관 윈켈 백작의 판단착오가 큰 역할을 했다. 아르니아 기사단의 선두에는 두 명의 초인 레온과 커티스 공작이 있었다. 이미 기사전력이 형편없이 무너진 쏘이렌이라 그들이 해야 할 일은 없었다. 그저 기사단의 선두에 위치해 위압감을 표출하는 것이 전부였다.

　　접전이 시작되고 얼마 되지 않아 레온은 휘하 기사들을 대동한 채 적진을 뚫고 들어갔다. 겉으로 보기에는 쏘이렌 군 총사령관인 윈켈 백작과 그 참모들을 공격하러 가는 모양새였다. 만약 경험이 많은 지휘관이었다면 그 움직임이 허세라는 사실을 금세 알아차렸을 것이다. 돌격해 오는 레온 대공과 윈켈 백작 사이에는 무려 십만이 넘는 쏘이렌 중군 병사들이 바글거리고 있다. 말의 기력을 생각해 보더라도 돌파는 무리일 수밖에 없다. 그러나 윈켈 백작은 그 정도로 노련한 지휘관이 아니었다. 이미 내전 당시 레온 대공이 인의 장막을 뚫고 들어가 파하스 왕자의 목을 베는 것을 직접 목격한 윈켈 백작이었다.

　　"허억."

　　그는 중압감을 이기지 못하고 전장을 이탈했다. 영문을 모르는 참모들 역시 윈켈 백작을 따라 후퇴를 감행했다. 물론 노련한 지휘관인 켄싱턴 공작이 그 기회를 놓칠 리가 없었다.

　　"이때다. 공격하라!"

　　그의 명에 따라 아르니아 군은 파상공세를 감행했고 결국 승기를 확실하게 거머쥘 수 있었다. 명령체계가 무너진 탓에 쏘이렌 국경수비군은 너무도 허무하게 패배했다.

"퇴각하라. 퇴각하라."

몇 되지 않는 쏘이렌 기사들과 참모진, 그리고 장교들은 별 어려움 없이 후퇴할 수 있었다. 그러나 쏘이렌 국경수비군의 대다수를 차지하는 징집병들은 얼마가지 못하고 붙잡혀야 했다. 특이하게도 아르니아 군은 쏘이렌 장졸들을 죽이는 것보다 생포하는 데 주력했다. 상식적으로 귀족이나 장교를 붙잡아야 후하게 몸값을 받아낼 수 있지만 그들은 일반 병사를 붙잡는 데 주력했다. 그 결과 많은 병사들이 포로로 붙잡혔다. 지휘관이나 장교들은 대부분 빠져나갔지만 말이다. 아르니아 측에서는 그들을 대상으로 회유에 들어가지 않았다.

국경수비군을 격파한 아르니아 군은 거침없는 진군을 시작했다. 십만이 넘는 대군이 물밀 듯 국경을 넘었다. 국경 너머에는 두 개의 백작령과 하나의 자작령이 있었다. 영주성을 가진 제법 큰 규모의 영지들. 그러나 그곳에 주인은 없었다. 선전포고가 이루어지자마자 영주들이 재산을 챙겨 피난을 떠났기 때문이었다. 기사들까지 모두 데리고 떠났기 때문에 영지에는 이렇다 할 수비 병력이 남아 있지 않았다. 덕분에 아르니아 군은 거의 힘을 들이지 않고 세 영지를 점령할 수 있었다. 아르니아 군의 병력 충원은 바로 그곳에서 시작되었다.

아르니아 군이 점령한 세 영지의 상황은 심각했다. 각 곡물
저장고와 영주성의 창고는 텅 비어 있었다. 영주들이 영지를
떠나며 깡그리 털어가 버린 것이다. 영지를 관리하던 관리들
역시 도망쳐 버렸기에 영지의 상태는 아수라장이었다. 논과
밭은 경작이 되지 않아 잡초가 무성했고 영민들은 집에 틀어
박혀 나올 생각을 하지 않았다. 방앗간이나 대장간 같은 상점
들도 문을 닫아 건 지 오래였다.

아르니아 군이 진주하자 그들은 불안한 표정을 지었다. 점
령군인 아르니아 군이 어떻게 나올지는 아무도 모른다. 최악
의 경우 약탈행위를 할 가능성도 있었다. 그런데 아르니아 군
은 의외로 조용했다. 그저 영주성을 장악한 뒤 바깥출입을 하
지 않았다. 그러나 그들이 각 마을 광장과 입구에 포고를 내어
걸자 영지 전체가 발칵 뒤집혔다.

직업군인 채용 공고
대상— 20에서 35세 사이의 사지 멀쩡하고 건강한 남자
복무기간— 10년
보수— 복무기간 동안 가족들에게 1평방킬로미터의 농토를
무상으로 대여. 상기 기간 동안은 일체의 세금을 납부하지 않
아도 됨

이 공고로 인해 영지가 술렁대기 시작했다. 삼삼오오 모이는 사람마다 이번 아르니아 군의 포고내용을 이야기했다.

"그게 사실인가?"

"틀림없어. 아르니아 여왕의 이름으로 선포된 포고령일세."

사람들은 놀라워했다. 특히 영민들의 대다수를 차지하는 농노들의 반향은 컸다. 지금껏 뼈 빠지게 농사를 지어 70에서 80%의 세금을 납부해야 했던 그들이었다. 고생은 고생대로 하고 쥐꼬리만 한 몫을 쪼개어 가족의 생계를 해결해야 했다. 그런 그들에게 일체의 세금을 납부하지 않아도 된다는 것은 그야말로 천상의 소리였다. 물론 우려의 목소리도 없진 않았다.

"설마 그럴 리가?"

"분명 다른 명목으로 수확물을 빼앗아갈 걸세."

그러나 포고에 희망을 품은 농노들이 더욱 많았다. 결국 그들은 하나둘씩 아르니아 군 주둔지를 찾아가기 시작했다. 가족들의 생계를 책임지기 위해 나선 가장이나 큰아들이 대부분이다. 아르니아 군이 정한 기준에 걸맞다고 자부하는 장한들이 하나둘씩 지원하고 나섰다.

아르니아 군이 정해놓은 기준은 높았다. 기초적인 체력과 영양상태, 그리고 질병의 유무를 따져 기준에 미달할 경우 머뭇거림 없이 내쳤다. 그러나 합격되는 장정들의 수도 적지 않았다. 그리고 합격자들에 대한 아르니아 측의 처우로 인해 지원하는 장정들은 하루가 갈수록 늘어만 갔다.

"그게 사실이야?"

"그렇다니까? 합격과 동시에 가족들에게 농토를 지급했어. 십 년 동안 단 한 푼의 세금도 납부하지 않아도 된다니까?"

"그렇다면 가만히 있을 수 없지."

아르니아 군 병영을 찾는 장정들의 수는 기하급수적으로 늘어났다. 게다가 쏘이렌 국경수비군 포로들 중 세 영지 출신 포로들을 골라 모두 풀어주자 병영 앞에는 끝을 가늠하기 힘든 인간의 줄이 생겨버렸다.

비록 징집병이었을지언정 소정의 군사훈련을 받고 전쟁을 치러본 병사들이다. 강제로 징집되어 보수 한 푼 받지 못하고 병사가 되어야 했던 그들이다. 그런 그들이 가족에게 농토가 주어지는 이번 기회를 버릴 수는 없었다. 먼저 지원한 병사들의 가족에게 농토가 지급되는 모습은 그들에게 꿈을 불어넣어주었다.

사실 아르니아 측에서는 그리 부담이 가는 것은 없다. 어차피 전쟁을 통해 빼앗은 영토였으므로 징집병의 가족에게 대여해 주는 것은 아무런 부담이 없다. 그러나 농토를 대여받은 농노들에게는 엄청난 혜택이었다. 농사를 지어서 나오는 소출의 전부가 자신들의 것이 되는 것이다. 게다가 농토를 합법적으로 소유할 수 있는 방법 또한 생겼다.

—현재 경작하는 농토는 10년의 복무기간을 마치거나 혹은 중간에 전사했을 경우 가족들에게 저렴하게 불하될 수 있다.

설명을 들은 지원병들의 눈빛이 빛났다. 이제 이것은 그들에게 생존의 문제였다. 자신이 병사로 복무함으로써 가족들이 사람답게 살 수 있는 방법이 생긴 것이다.

그런 지원병들을 더욱 고무시킨 것은 지급된 장비였다. 알리시아 여왕의 명령으로 헬프레인 제국에서 위탁생산한 장비가 한 벌씩 내려지자 병사들은 감격에 겨워할 수밖에 없었다. 한눈에 보기에도 견고한 철제 투구와 흉갑, 그리고 속에 받쳐 입는 가죽갑옷과 잘 담금질된 장창과 검. 비싼 급료를 받는 용병이나 영주의 정예병 못지않은 고급 장비였다. 평생을 밭에서 보내던 농노들이 어찌 이런 고급 장비를 접해 보았겠는가?

'이런 장비를 지급해 놓고 화살받이로 최전방에 세울 리는 없어.'

합격된 병사들에게는 며칠 동안 가족들과 보낼 수 있게 휴가가 주어졌는데 지급된 장비를 입고 가는 것이 허락되었다. 번쩍번쩍한 갑옷을 입고 온 병사들의 모습에 가족들은 안도의 한숨을 내쉴 수 있었다.

새로 가세한 징집병들의 사기는 드높았다. 가족들에게 농토가 지급되는 것을 확인도 했고 질 좋은 장비를 지급받아 기분도 우쭐했다. 게다가 그들을 거느린 선임병도 애당초 쏘이렌 포로 출신이다. 처지가 같으니 만큼 융합하는 데에는 그리 오랜 시간이 걸리지 않을 터였다.

이번 징집 덕분에 아르니아 군은 다소의 병력을 충원할 수 있었다. 그러나 국경수비군과의 접전에서 잃은 전력을 충원하기에는 아직까지 역부족이다. 그들이 앞으로 상대해야 할 적은 많은 병력과 기사를 보유한 동부의 대영주들이다. 저마다 자신의 영지를 지키기 위해 충실히 훈련시킨 정예병을 보유했고 기사들도 다수 휘하에 거느리고 있었다. 그들의 영지를 점령하며 얼마나 피해를 줄이는 건지가 중요한 상황이다.

쏘이렌의 새로운 왕위계승자인 에를리히 왕세자는 수도 인근에 병력을 결집시키고 있었다. 대충만 잡아도 수십만의 대군이 운집할 터였다. 얼마나 피해를 줄이고 병력을 수급해서 수도에 도착하는가가 관건이었다.

✦

국경을 넘어선 아르니아 군은 열개의 군단으로 나뉘어 파상적인 진군을 시작했다. 각 군단의 지휘관들은 켄싱턴 공작이 가려 뽑은 인재들이었다. 실력이 검증된 참모들이 그들을 보필했다. 그렇게 열 갈래로 갈라져서 진군한 아르니아 군은 필연적으로 동부 대영주들의 성과 맞닥뜨릴 수밖에 없었다.

동부 영지는 대부분 텅 비어 있었다. 주민들은 집에 틀어박혀 문을 걸어 잠그고 있었고 가게들도 죄다 문을 닫았다. 싸울 수 있는 남자들은 모조리 영주들이 징집해서 성으로 끌고 갔기에 마을에는 여자들과 아이들만 남아 있었다. 아르니아 군은 텅 빈 농토와 마을을 관통해 영주가 거주하는 성에 도착했다.

끝이 보이지도 않는 사람들의 대열이 쭉 이어져 있다. 꼬리에 꼬리를 물고 지평선 너머로 드러나는 인의 장막. 성 위에서 밖을 내다보던 중년 사내가 기가 차는지 고개를 흔들었다.

"많기는 정말 많군. 저걸 모두 상대해야 하다니……."

애석하게도 몰려드는 자들은 자신을 공격하러 오는 적이었다. 그럼에도 불구하고 사내의 얼굴에는 결코 물러서지 않겠다는 투혼이 타오르고 있었다. 사내의 신분은 벤슨 백작. 쏘이렌 동부에서 알아주는 대영주 중 한 명이다.

흔하디 흔한 백작 중 한 명이지만 그의 영지는 매우 넓은 편이었다. 이번 내전 당시 그는 파하스 왕자의 편을 들어 다수의 기사를 파견했다. 이른 바 줄을 잘못 선 것이다. 그가 지지했던 파하스 왕자는 최후의 결전 당시 허무하게 죽어 버렸다. 그로 인해 파견한 기사의 대다수가 귀환하지 못했고 지원했던 물자마저 허공에 붕 떠버렸다. 그것보다도 가슴 아픈 점은 새로이 왕좌에 오를 에를리히 왕세자의 눈 밖에 났다는 점이다. 벤슨 백작의 눈매가 살짝 일그러졌다.

"아무리 정적이라고 해도 이럴 수는 없는 법인데."

그의 영지는 아르니아 침공군의 진격로에 위치해 있다. 다시 말해 수도로 통하는 길의 관문인 셈이다. 그런 만큼 적군이 침입해 온다면 중앙에서 지원을 해 줘야 한다. 병력과 무기가 힘들다면 물자라도 지원을 해 줘야 적을 막을 수 있다. 입술이 다치면 이빨이 시리다고 자신의 성이 함락되면 당장 수도의 안위가 위협받는다. 그 사실을 모를 턱이 없는데도 에를리히 정부는 일절 지원을 해주지 않았다. 입술을 비집고 푸념이 흘러나왔다.

"한심한 작자들."

벤슨 백작은 오로지 자신의 영지병과 자원만으로 아르니아 군을 막아내야 한다. 이미 그는 영지에 총 동원령을 내린 상태였다. 18세부터 40세까지의 남자를 모조리 징집해서 성에 배치했다. 허름한 솜옷에 죽창을 든 영지 징집병들이 성 안에 득실거렸다. 심지어 그는 여자들까지 징집했다. 징집병들의 식사를 준비하고 잡무를 하는 것이 그녀들의 임무였다.

벤슨 백작은 옥쇄를 각오하고 있었다. 성 밖으로 집결중인 아르니아 병력은 이만 명에 달한다. 하지만 그의 성을 지키는 병력은 단 이천 명. 성을 끼고 싸운다고 해도 승산이 있을 리가 없었다. 벤슨 백작이 바라는 것은 단 하나. 아르니아 군에 조금이라도 많은 피해를 입히고 죽는 것이다.

'이미 모든 준비를 마쳤다.'

성문이 깨어질 경우 미리 명을 내린 병사들이 성내의 곡물 창고에 불을 지를 것이다. 그렇게 백작은 아르니아 군과 함께 파멸을 맞이하려는 결심을 하고 있었다. 그러나 그의 군은 각오는 편지 한 장으로 인해 사르르 허물어졌다.

벤슨 백작의 성 앞에 모두 집결한 아르니아 군은 섣불리 공격을 감행해 오지 않았다. 단지 백기를 등에 매단 전령 한 명을 파견했을 뿐이었다.

"무슨 일이지?"

의아해 하긴 했지만 벤슨 백작은 쪽문을 열어 전령을 받아들였다. 전령이 내민 서신에는 아르니아 왕가의 인장이 선명히 찍혀 있었다. 그런데 서신을 받아든 벤슨 백작의 눈이 커졌다.

"뭐라고? 재산을 가지고 아르카디아로 이주하는 것을 허락하겠다고?"

서신에는 벤슨 백작이 이해하기 힘든 내용이 적혀 있었다. 우선 아르니아 군이 권유하는 것은 항복이 아니었다. 성을 비워줄 경우 지금껏 모은 재산과 거느린 기사들을 데리고 성을 나설 수 있게 해 준다는 것이었다. 목적지로는 아르카디아로의 이주를 권유하고 있었다. 상식적으로 상상하기 힘든 조건이었기에 벤슨 백작은 고민에 사로잡혔다.

"도대체 무슨 꿍꿍이일까?"

아무래도 속이려는 의도는 아닌 것 같았다. 이미 그는 아르니아에서 전향했던 두 영주, 휴그리마와 델파이 공작이 아르니아 군의 허락을 얻어 아르카디아로 이주한 것을 들은 적이 있다. 당시 소식을 듣고 상당히 놀랐다. 아르니아 왕가는 분명 두 공작에게 깊은 원한을 가지고 있을 것이다. 그런 그들이 어찌하여 두 공작에 대한 복수를 과감하게 포기했는지 이해하기가 힘든 것이다. 그런데 그런 상황이 자신에게 닥쳤으니…….
벤슨 백작은 조용히 아르카디아에 대해 떠올려 보았다.
　"흠, 몇 번 이주를 가볍게 고려해 보기는 했지만."
　아르카디아. 트루베니아보다 모든 면에서 발전한 대륙으로 그곳으로 이주하는 것은 귀족들에겐 로망이나 마찬가지였다. 그러나 영지와 생활기반이 트루베니아에 있기 때문에 벤슨 백작은 금세 생각을 머리에서 지워버려야 했다. 그런데 그와 그의 가족에게 싫어도 어쩔 수 없이 아르카디아에 이주해야 할 기회가 생긴 것이다.
　아르니아 군의 제의를 거절할 경우 돌아오는 것은 파멸이다. 열 배가 넘는 아르니아 군의 공격에 가족과 함께 처참한 최후를 맞이해야 한다. 그 대가로 아르니아 측에 상당한 피해를 입히긴 하겠지만 말이다. 그렇다고 해서 치욕스런 항복을 하는 것도 아니다. 단지 성을 비워주는 조건으로 재산과 가족을 데리고 신대륙 아르카디아로 떠나갈 수 있게 되는 것이다.
　벤슨 백작에게 거리낄 것이 있을 리가 없었다. 어차피 새로운 왕 에를리히와는 이미 사이가 틀어진 상태, 그런 상황에서 쏘이렌 왕가에 한 충성서약을 지킬 이유는 없다. 결국 벤슨 백작은 현명한 선택을 했다.
　"좋소. 가족과 재산을 가지고 떠날 수 있게 해 준다면 성문을 열고 모든 것을 넘겨드리리다."
　결국 그는 가족과 함께 아르카디아로 건너가기로 결정한 것이다.

덜커덕, 쿠웅.

육중한 성문이 열렸다. 병장기를 거꾸로 든 병사들이 겁먹은 눈초리로 다가오는 아르니아 군을 쳐다보았다. 하나같이 번쩍번쩍한 갑옷을 입고 투구를 눌러쓴 아르니아 병사들에게 잔뜩 주눅이 든 눈초리였다.

벤슨 백작은 이미 재산을 모조리 챙겨 가족과 함께 마차에 실어 둔 상태였다. 충성을 맹세한 기사들이 칼자루를 움켜쥔 채 마차 주위를 경계했다. 병사들과 함께 나타난 아르니아 군 지휘관을 보자 벤슨 백작의 얼굴에 초조함이 떠올랐다.

"약속은 지키실 것이라고 믿소."

아르니아 군 지휘관이 머뭇거림 없이 고개를 끄덕였다.

"물론이오. 우리 군의 관할을 벗어날 때까지 최대한 안전을 보장하리다. 아군 장교 한 명이 동행할 것이니 걱정하지 않아도 되오. 대신 쏘이렌 국내를 통과하는 것은 만류하고 싶소. 쏘이렌 당국에서 어떻게 나올지 모르기 때문이오."

"그것은 본인도 알고 있소. 티라스까지 최대한 본국을 거치지 않는 경로를 선택할 것이오."

한결 편안해진 표정으로 벤슨 백작이 큼지막한 열쇠 꾸러미를 내밀었다.

"곡물 등 각종 창고의 열쇠요. 약속을 지킨 대가로 아무것도 건드리지 않았소."

"고맙소."

열쇠를 받아든 지휘관이 고개를 끄덕였다. 성 안에서는 아르니아 병사들이 징집된 농노병으로부터 무기를 압수한 뒤 집으로 돌려보내고 있었다. 살았다는 표정으로 집을 향해 달려가는 농노병들. 그러나 징집령 포고가 내걸릴 경우 저들 중 대부분이 다시금 이곳을 찾을 터였다. 이런 일은 동부 여러 곳에서 벌어지고 있었다.

아르니아 군의 진군로에 위치한 동부 영주들은 예외 없이 이와 같은 권유를 받았다. 만약 쏘이렌의 정국이 불안하지 않았다면 영주들은 아마도 그 투항 권유를 받아들이지 않았을 것이다. 성을 비운 채 게릴라전을 벌이며 시간을 끈다면 나중에 영지를 되찾을 가능성이 있기 때문이다. 그러나 에를리히 정부는 그들에게 아무런 지원을 해 주지 않았다. 그에 대한 반발심 때문인지 영주들은 별 반감 없이 아르니아 군에 성을 내주었다.

쿠르르르.

짐을 가득 실은 마차 대열이 성을 나섰다. 아르니아 군의 권유를 받아들인 영주의 이주행렬이다. 값나가는 재물을 가득 실었기 때문에 마차바퀴가 땅 속 깊이 파고들었다. 마차 주변은 영주에게 충성을 바친 기사들이 배치되어 주위를 철통같이 경계했다. 이와 같은 광경은 동부 영지 곳곳에서 볼 수 있었다.

　중앙과의 사이가 틀어진 탓에 대부분의 영주들은 영지를 내어주는 길을 택했다. 싸우다 죽느니 발전된 대륙 아르카디아에서 새로운 삶을 살기로 작정한 것이다. 지금껏 긁어 모아온 재물을 가지고 갈 수 있었기 때문에 전쟁을 선택한 영주는 극소수였다. 그들은 애지중지 조련해 온 기사들의 호위 아래 머나먼 티라스로의 여정을 시작했다. 그리고 그들의 영지는 아르니아 군의 수중에 들어왔다.

　성에 남은 것은 별로 없었다. 값나가는 재화나 보물은 영주가 성을 떠나며 깡그리 털어가 버렸다. 그러나 창고의 곡물과 원자재 따위와 같은 부피 큰 물품들까지 가져갈 수 없는 노릇이다. 영주들은 마치 선심이라도 쓰듯 창고의 열쇠를 넘겨주었다.

　그러나 아르니아 군에게 당장 필요한 것은 금은보화가 아니다. 영주가 넘겨준 창고의 곡물과 원자재가 더욱 절실하다. 영주로부터 성을 넘겨받음으로써 아르니아 군은 식량과 더불어 화살과 공성무기를 만들 수 있는 목재와 각종 광석을 대량으로 확보할 수 있었다. 그리고 소작농에 대한 자료 따위의 영지를 경영해 온 서류도 온전하게 넘겨받았다. 때문에 영지의 혼란은 적었다. 그저 점령한 영지에서 일정수의 지원병을 뽑은 다음 본국에서 데리고 온 관리 영주를 책임자로 앉히고 다시금 진군을 시작하면 된다.

그로 인해 수많은 동부의 영지가 아르니아 군의 수중으로 들어왔다. 그러나 수도의 에를리히 정부는 동부 영지에서 일어나는 사실을 전혀 알지 못했다.

✦

아르니아의 수도 아르곤. 작지만 강한 왕국 아르니아의 왕궁답게 고풍스러운 성이 펼쳐져 있었다. 주변 환경과 어우러진 아름다운 왕궁이었다. 그 성을 쳐다보는 수십 개의 눈동자가 있었다.

"이곳이 왕궁인가?"

별 특색 없는 상인의 차림새를 한 사내들이다. 그러나 그들의 몸에서 피어나는 기질과 분위기는 그들을 결코 평범한 상인으로 볼 수 없게 만들었다.

그들 사이에서 드러나는 낯익은 얼굴. 다름 아닌 드류모어 후작의 얼굴이었다. 그들은 작전수행을 위해 비밀리에 아르니아로 잠입한 크로센 제국의 기사들이었다. 놀랍게도 배를 타고 건너온 두 명의 초인들까지 함께 포함되어 있었다.

아르니아로 잠입하는 것은 비교적 쉬웠다. 나라 전체가 전쟁준비에 몰두한 상황이었기 때문에 각국의 상인들이 끊임없이 국경을 넘나들며 물자를 수송했다. 그런 까닭에 상인으로

위장하니 무척 쉽게 잠입할 수 있었다. 수도의 왕궁 인근까지
는 말이다.

그러나 문제는 지금부터였다. 상인의 신분으로 왕궁에 들어
갈 수 없었기에 부득이 실력행사를 해야 한다. 즉 힘으로 뚫고
들어가야 하는 것이다. 그러나 요원들의 얼굴에는 도무지 긴장
감을 찾아보기 힘들었다. 인간의 한계를 벗어던진 그랜드 마스
터, 두 명의 초인과 함께 하니 두려울 일이 있을 리가 없다.

선두에 선 중년인, 드류모어 후작의 얼굴에는 살짝 긴장감
이 배어 있었다. 전형적인 문관으로서 일선에 거의 나가지 않
는 그가 이번에는 적국의 수도에까지 잠입해 있었다. 그 정도
로 그가 느끼는 부담감이 크다는 것이다. 반면 그들이 가진 최
고의 무력인 두 초인들에게서는 아무런 긴장감도 찾아볼 수
없었다. 마치 산책을 나온 듯 유유자적하게 주변을 둘러볼 뿐
이었다.

"정보부의 조사에 의하면 왕궁의 경비 병력은 그야말로 최
소화되어 있습니다. 가장 우선적으로 여왕을 경호하는 자는
근위기사 십여 명과 근위기사단장입니다. 단장은 마스터 급으
로 펜슬럿 출신이라고 알려져 있습니다. 그 외에 중앙기사단
소속 기사 오십여 명이 내궁에 머무르고 있습니다. 근위병들
이 다수 있겠지만 일단 기사 전력은 그게 전부입니다."

그 말에 웰링턴 공작이 고개를 내저었다.

"일개 왕궁의 전력 치고는 너무 허술하군. 정녕 그것밖에

없나?”

“그렇습니다. 신생왕국이라 귀족들이 거의 없어서 그런 것 같습니다.”

아르니아와는 달리 다른 나라의 왕궁에는 많은 귀족들이 득시글거린다. 물론 그들의 안전을 책임져야 할 기사들도 많았다. 그게 바로 왕궁에 기사들이 많은 이유였다. 하지만 아르니아의 경우 사정이 조금 달랐다. 멸망했다가 다시 세운 나라였기 때문에 신흥귀족층이 매우 얇았으며 대부분 쏘이렌과의 전쟁터에 나가 있었다. 때문에 여왕이 기거하는 왕궁의 기사 전력은 채 백여 명도 되지 않았다. 그것이 드류모어 후작이 자신감을 가지는 이유였다.

“두 분과 동행한 다크 나이츠 열 명이라면 임무수행은 식은 죽 먹기입니다. 여기서 관건은 여왕이 비밀통로를 통해 탈출하지 못하도록 하는 것입니다.”

이미 드류모어 후작은 면밀하게 작전을 짜 두었다. 가장 먼저 왕궁에 난입하는 이는 맨스필드 후작을 비롯한 열 명의 다크 나이츠이다. 그 역시 그들과 동행한다. 초인이 나타났다는 사실을 알게 될 경우 아르니아 측에서는 궁정에 머무르고 있을 것으로 추정되는 초인 카심을 내보낼 것이다. 그것을 확인한 순간 웰링턴 공작이 내궁으로 난입하는 것이 작전의 주요 뼈대였다.

“어차피 카심은 맨스필드 후작님의 적수가 되지 못합니다.

맞서 싸워봐야 30분이 한계이지요."

드류모어 후작의 분석이 비교적 정확했기에 맨스필드 후작이 고개를 끄덕였다. 그의 말대로 맨스필드 후작은 아르카디아 서열 3위에 랭크된 실력자이다. 반면 카심은 초인 서열 중 최하위였다. 일 대 일로 싸운다면 상대가 될 리가 없다. 그 말을 듣자 웰링턴 공작이 입을 열었다.

"그렇다면 차라리 나도 가세하는 것이 어떤가? 둘이 상대한다면 병아리 목 분지르듯 카심을 처치할 수 있을 텐데 말이야."

다분히 비꼬는 듯한 어조. 드류모어 후작이 쓴웃음을 지으며 머리를 흔들었다.

"그럴 수는 없습니다. 시간을 허비할 경우 아르니아 여왕이 비밀통로를 통해 도망칠 수도 있습니다."

"비밀통로는 모두 파악해 두지 않았나?"

아르니아는 한때 크로센 제국을 종주국으로 모셨다. 매년 사신이 오갔으며 그 와중에 정보부 요원들도 상주한 적이 있다. 그런 만큼 왕궁의 구조에 대해서는 훤히 알려져 있었다.

"그렇긴 합니다. 하지만 우린 모든 상황을 염두에 두어야 합니다."

비밀통로의 위치가 머릿속에 있는 이상 웰링턴 공작의 눈을 피해 도망칠 방법은 없다. 그러나 최근 들어 자신들이 모르는 새로운 비밀통로가 만들어졌을 가능성도 있다. 때문에 만전을 기하려면 아르니아 측에 시간을 주어서는 안 되는 것이 현실이다. 바로 그 때문에 맨스필드 후작으로 하여금 카심을 상대하게 하고 웰링턴 공작을 알리시아 여왕 제거에 투입하는 것이다. 웰링턴 공작이 알겠다는 듯 고개를 끄덕였다.

"알겠네. 그리 하도록 하지."

"알리시아 여왕을 제거하는데 성공하면 그 사실은 일주일 이내로 블러디 나이트의 귀에 들어갈 것입니다. 그러면 그는 십중팔구 수도로 돌아와 사실여부를 확인하려 할 것입니다. 우린 그때를 노리는 것입니다."

"알고 있네."

"이번 작전에 있어 어떠한 차질이 있어서는 안 됩니다. 이번 임무를 성공시켜야만 헬프레인 제국 공략을 부담 없이 추진할 수 있습니다."

드류모어 후작의 얼굴에서는 반드시 작전을 성공시키겠다는 결의가 번뜩였다. 객관적인 수치상으로 임무의 성공 가능성은 백 퍼센트에 가까웠다. 이미 블러디 나이트와 커티스 공작이 대 쏘이렌 전선의 최전방에 나가 있는 것을 확인한 상황. 그들이 궁정의 상황을 전해 들으려면 최소한 이틀은 걸린다. 설사 공간이동 마법을 쓰더라도 여왕이 죽기 전에 돌아올 수 없다는 뜻이다. 그 때문인지 드류모어 후작의 표정은 밝았다.

햇살이 쏟아지는 조그마한 방. 거기에는 푸석푸석한 얼굴의 젊은 여인이 연신 서류뭉치에 서명을 하고 있었다. 서류뭉치는 얼굴이 보이지 않을 정도로 쌓여 있었다. 그럼에도 불구하고 여인은 단 한 장의 서류라도 허투루 보지 않았다. 하나하나 꼼꼼히 살펴가며 흡족하다고 생각될 때에만 서명을 했다.

여인의 정체는 알리시아. 바로 아르니아의 여왕이었다. 하루 종일 서류 결제를 하느라 피곤했지만 알리시아의 얼굴은 밝았다. 일이 힘들기는 하지만 오랫동안 꿈꿔왔던 일이기에 피로를 모르는 것이다. 그녀가 결제하는 서류들은 아르니아 전역에서 올라오는 것들이었다. 심지어 쏘이렌 점령지에서 올라오는 서류들도 있었다. 만약 아르니아가 여타의 왕국처럼 봉건제를 표방했다면 그녀가 이렇게 업무에 치일 이유가 없다. 땅을 적당히 귀족들에게 나눠 주면 매년 납부하는 세금 외에는 신경 쓸 것이 없기 때문이다. 그러나 그것은 알리시아가 바라는 바가 아니다.

그녀는 레온과 함께 아르카디아를 여행하며 많은 것을 보고 배웠다. 그리고 한 가지 다짐을 했다. 그것은 바로 자신에게 기회가 생길 경우 백성들을 행복하게 해 주겠다는 것이었다. 물론 당시에는 나라를 되찾을 가능성이 희박하기 때문에 그런 맹세를 했었을 수도 있다. 그러나 소망은 현실이 되어 버렸다.

남편인 레온은 결혼 선물로 그녀에게 나라를 선사했다. 아르
니아가 재건된 이후 알리시아는 그때의 맹세를 실행으로 옮겼
다. 다시 말해 백성들 전체를 행복하게 해 주기 위해 지금과
같은 수고를 마다하지 않는 것이다.

현재 봉건제로 인한 폐해는 엄청난 수준이다. 아르카디아와
는 달리 전통을 쌓지 않은 신흥귀족들이 태반인 것이 트루베
니아의 현실이다. 그들은 영주로써 져야 할 책무를 무시하고
오로지 혜택만을 누리려 한다. 영민들이야 굶어 죽건 말건 자
신과 가족들의 배만 불리면 된다고 생각하는 자들이 태반이
다. 물론 그렇지 않은 영주들도 있겠지만 그 비율은 그리 높지
않았다. 여행하면서 본 아르카디아의 현실과는 정말로 다른
것이다.

트루베니아와 아르카디아는 제도적인 측면에서 큰 차이가
없다. 단지 군림하는 영주들의 사고방식이 다를 뿐이다. 아르
카디아의 영주들은 군림은 하되 거기에 따르는 책무를 지키려
고 노력한다. 그 사소한 차이로 인해 양 대륙 영민들의 삶이
판이하게 차이 나는 것이다.

사람들의 사고방식을 고치는 데에는 시간이 필요한 법이다.
영주들의 생각을 바꾸는 것보다는 제도 자체를 바꾸는 것이
낫다. 그 때문에 알리시아는 헬프레인 제국의 중앙집권제도를
받아들였다. 개혁에 반발할 귀족세력들이 사라진 마당에 제도
자체를 뜯어고치는 것이 현명한 선택이다.

현재 아르니아는 전형적인 중앙집권제 국가로 변해가고 있다. 각 지방은 행정구역이 개편되고 중앙에서 임명한 관리가 그 지방을 다스린다. 쏘이렌 점령지 역시 마찬가지였다. 그 많은 관리들로부터 보내지는 서류를 결제하는 것은 전적으로 여왕의 임무. 그 때문에 이처럼 알리시아가 일에 파묻혀 지내야 하는 것이다. 막 서류 한 장에 서명을 마친 알리시아가 기지개를 켰다.

"아직 많이 남았군. 그래도 많이 줄어들었어."

앞으로 서명해야 할 서류를 쳐다보면서도 알리시아의 얼굴에는 미소가 떠나지 않았다. 그때 문이 열렸다.

"전하."

모습을 드러낸 자는 아르니아의 근위기사단장인 쿠슬란이었다. 알리시아의 안위를 책임지는 그가 갑자기 뛰어 들어온 것이다. 평소에 볼 수 없는 모습이기에 알리시아의 눈이 커졌다.

"근위기사단장님?"

"큰일 났습니다."

쿠슬란의 얼굴은 딱딱하게 굳어 있었다. 알리시아가 자신도 모르게 자리에서 벌떡 일어났다. 과묵하고 차분한 쿠슬란 근위기사단장이 저런 모습을 보인다는 것은 어지간히 큰일이 일어났다는 뜻이다.

"무슨 일이지요?"

"왕궁이 공격을 받았습니다. 그런데 그 대상이……."

이유를 들은 알리시아의 눈이 커졌다. 쿠슬란의 보고에 따르면 그랜드 마스터, 즉 인간의 한계를 벗어던진 초인이 왕궁을 습격해 온 것이다.

"숫자는 열세 명, 그들 중 선두에 선 자는 초인이 확실한 것 같습니다. 그 증거로 정문 경비조 기사 열 명과 근위병 삼십 명을 단숨에 전멸시켰습니다. 그들 중 단 한 명이 한 짓입니다. 나머지 열두 명은 접전에 가세하지 않았습니다. 근위기사들이 길목을 틀어막고 있지만 오래 버티지 못할 것 같습니다. 그러니 서둘러 자리를 피하셔야 합니다."

알리시아의 손에 들린 펜이 떨어졌다.

"초인이라고요? 도대체 누가?"

그러나 상황은 그 대상이나 파악하고 있을 정도로 한가하지 않았다.

"우선 별궁의 카심 님께 전갈을 보내도록 하세요. 도와달라고 말이에요."

"알겠습니다. 우선은 이곳을 피하심이……."

알리시아가 굳은 표정으로 몸을 일으켰다. 그들의 목적지는 비밀통로가 설치된 지하 홀이었다.

⚜

"크어억."

다급한 비명소리와 함께 검이 바닥에 떨어졌다. 이어 숨이 넘어간 기사의 시신이 바닥에 털썩 쓰러졌다. 맨스필드 후작이 우아하게 검을 휘둘러 핏방울을 털어냈다. 그가 지나온 길에는 근위병과 기사들의 시신이 즐비하게 쌓여 있었다. 금방 자신의 손에 죽은 아르니아 기사의 시신을 쳐다보던 맨스필드 후작이 눈매를 살짝 좁혔다.

'기사들의 실력이 상상 이상이로군. 놀라워.'

방금 그의 손에 죽은 기사의 검술실력은 상당히 예리했다. 실전경험을 많이 겪어본 듯 상상도 하지 못한 방위로 파고드는 검에 순간적으로 당황해야 했던 맨스필드 후작이었다. 그러나 초인을 넘어설 정도는 아니었다. 십여 합의 공방 끝에 결국 적 기사를 저세상으로 보낸 맨스필드 후작이 허리를 폈다.

그가 버티고 서 있는 곳은 내궁으로 향하는 통로, 외궁의 경비병들과 기사는 모두 그의 손에 목숨을 잃었다. 내궁 바깥쪽에 근위병과 기사로 구성된 방어진이 쳐져 있었지만 뚫는 것은 시간문제였다. 돌연 맨스필드 후작의 눈매가 일그러졌다.

"이거 원. 잔챙이들을 나 혼자 정리해야 한다니……."

명색이 초인으로서 일반 병사들까지 처리해야 한다는 사실에 모욕감을 느끼는 모양이었다. 하지만 어쩔 수 없는 노릇이다. 웰링턴 공작은 해야 할 일이 있었고 그 외의 기사들은 일회용이다. 한 번 힘을 발산하면 더 이상 쓸 수 없는 존재, 다크 나이츠들인 것이다. 그렇다고 해서 문관인 드류모어 후작을 믿을 수도 없다. 어쩔 수 없다고 생각한 맨스필드 후작이 검을 움켜쥐고 한 발 앞으로 나섰다. 그때 그가 멈칫했다.

"응?"

고개를 돌린 맨스필드 후작의 눈매가 꿈틀했다. 그곳에는 한 명의 중년 사내가 서너 명의 기사를 거느린 채 달려오고 있었다. 사내의 몸에서 풍기는 짙은 마나의 향기. 그것을 느낀 맨스필드 후작이 빙그레 미소를 지었다.

"드디어 초인의 등장인가?"

상대도 맨스필드 후작의 존재감을 느꼈는지 그 자리에 우뚝 섰다.

스르릉.

허리에 찬 검을 뽑아드는 손길에서 긴장감이 느껴졌다. 귓전으로 나지막한 음성이 파고들었다.

"저자가 바로 카심입니다. 아르니아 왕궁에 머물러 있을 것이란 제 예상이 맞아 떨어졌군요."

카심을 쳐다보는 드류모어 후작의 눈빛은 이글이글 타오르고 있었다. 물론 그는 자신을 애먹였던 카심이 가짜라는 사실을 전혀 눈치채지 못했다. 맨스필드 후작에게 전하는 음성에서 살기가 뚝뚝 묻어나왔다.

"확실하게 처리해 주십시오."

걱정 말라는 듯 고개를 끄덕인 맨스필드 후작이 성큼성큼 걸어 나갔다. 그것을 본 드류모어 후작이 이번에는 웰링턴 공작을 쳐다보았다.

"지금이 나서야 하실 때입니다. 반드시 여왕의 목숨을 거둬야 합니다."

웰링턴 공작이 묵묵히 고개를 끄덕였다. 여자를 죽여야 하는 만큼 내키지 않았지만 어쩔 수 없는 노릇이다. 조국인 크로센 제국의 이익을 위해서는 더한 일도 해야 하는 법이다.

카심이 등장하자 내성의 방어인원 중 절반이 그쪽으로 이동했다. 카심을 지원하려는 의도인 것 같았다. 그것을 본 웰링턴 공작은 내심 다행이라는 표정을 지었다. 아무리 적이라도 상대가 되지 않는 일반인을 상대로 학살을 자행하는 것은 내키지 않는다. 그가 무리에서 떨어져 나와 내성을 향해 걸어가자 근위병들이 병장기를 겨눴다.

"접근하지 마라."

그러나 웰링턴 공작은 들은 척도 하지 않고 묵묵히 걸음을 옮겼다. 그런데 그를 쳐다보는 근위 기사들의 얼굴에 식은땀이 맺혔다. 웰링턴 공작으로부터 뿜어지는 무형의 기세가 그들을 주눅 들게 하고 있었다. 마나를 다루지 못하는 병사들은 느끼지 못하지만 기사들은 웰링턴 공작의 위압감을 바로 지척에서 느꼈다.

"으으으."

웰링턴 공작이 가까이 다가올수록 이마에서 흐르는 식은땀의 양은 많아졌다. 어느새 가까이 다가온 웰링턴 공작이 입을 열었다.

"길을 열어준다면 죽이지 않겠다. 어떻게 하겠는가?"

사색이 되었지만 기사들은 길을 열어주지 않았다. 도리어 입술을 질끈 깨물며 병장기에 마나를 불어넣는 모습에 웰링턴 공작이 고개를 끄덕였다.

"의당 그래야지. 그래야만 내 칼에 죽을 자격이 있지."

말이 끝나는 순간 눈부신 섬광이 일어났다. 너무도 순간적이었기에 기사들이 눈을 감았다 떴다. 짧은 순간이었지만 웰링턴 공작의 손에는 어느새 장검이 들려 있었다. 검신을 또르르 구르다 떨어지는 것은 핏방울. 뭔가를 느꼈는지 기사 한 명이 목에 손을 가져다댔다. 손이 닿자 목젖이 벌어지며 핏줄기가 쭉 뿜어졌다.

"어, 언제……."

믿을 수 없다는 표정으로 입술을 달싹이던 기사의 몸이 맥없이 바닥으로 허물어졌다.

"마, 막아라."

사색이 된 기사들이 오러가 서린 검을 마구 휘둘렀다. 그러나 검이 제대로 궤적을 그리기도 전에 기사들의 몸에서 피가 튀었다. 제대로 식별조차 하기 힘들 정도의 쾌검이었다.

"끄으으."

기사 한 명이 검을 떨어뜨리며 두 손으로 목을 움켜쥐었다.

손가락 사이로 피가 주르르 흘러내렸다. 힘없이 나뒹구는 기사 옆으로 절명한 근위병들의 시체가 즐비하게 쌓여 있었다. 순식간에 방어진을 전멸시킨 웰링턴 공작이 걸음을 옮겼다.

내궁의 문은 굳건히 닫혀 있었다. 강철로 보강된 두터운 나무문. 보통 사람이라면 감히 들어갈 엄두도 내지 못했으리라. 그러나 인간의 한계를 초월한 초인에게는 결코 장애물이 될 수 없었다. 마나를 집중시키자 검에 서린 푸른빛이 더욱 짙어졌다.

파츠츠츠.

웰링턴 공작이 머뭇거림 없이 검을 내궁의 문에 박아 넣었다.

스르르 철컥.

검은 마치 두부를 파고들 듯 손잡이까지 들어가 박혔다. 그 상태로 웰링턴 공작은 문을 동그랗게 오려냈다. 강철로 보강된 문이 아무런 저항도 받지 않고 타원형으로 도려내어졌다. 검을 뽑아든 웰링턴 공작이 문을 밀었다.

쿠르르 쿵.

도려내어진 문이 흙먼지를 일으키며 나뒹굴었다. 웰링턴 공작이 여유 있는 걸음으로 내성 안으로 걸어 들어갔다.

그를 맞이한 것은 하늘을 뒤덮은 화살세례였다. 보루와 첨탑에 배치된 궁수들이 채 눈을 뜨기 힘들 정도로 화살을 쏘아붙였다.

쐐애애액.

그럼에도 불구하고 웰링턴 공작의 입가에서는 미소가 사라지지 않았다. 느긋하게 검을 휘둘러 화살을 쳐내는 웰링턴 공작. 종횡무진 휘둘러 검막을 만드는 것도 아니었다. 그저 가까이 접근하는 화살의 기척을 간파해 튕겨내는 것이다. 그의 검은 정확히 화살촉의 모서리부분을 가격했다.

팅.

플레이트 메일을 뚫고 들어갈 정도의 힘이 실린 채 날아온 화살이었지만 정확히 힘이 작용하는 부위를 가격 당하자 화살은 맥없이 튕겨나갈 수밖에 없었다. 그것도 잠시. 웰링턴 공작이 내궁의 건물 안으로 들어가자 궁수들도 화살공격을 멈출 수밖에 없었다.

V

드류모어 후작의 최후

내궁 건물의 통로는 텅 비어 있었다. 병사들로서는 감당할 수 없는 강적이라 판단했기에 철수시킨 것이다. 웰링턴 공작이 한가롭게 걸음을 옮겼다.

"가장 먼저 수색할 곳은 지하 홀이라고 했지?"

지하의 홀은 다른 곳으로 피할 수 있는 비밀통로의 입구가 있는 곳이다. 비밀통로의 위치 정보를 떠올리며 웰링턴 공작이 계속 걸음을 옮겼다. 미리 도면을 보고 구조를 파악했기에 그는 정확히 지하 홀을 향해 나아갈 수 있었다.

지하 홀로 가며 그는 많은 사람들과 마주쳤다. 그들 중 일부는 결사의 의지로 길목을 틀어막은 근위병들. 그들은 통로에 바리케이트를 치고 필사의 각오로 석궁을 날렸다. 용기는 가상했지만 그러나 초인의 발걸음을 저지할 정도는 아니었다. 가볍게 쿼렐을 튕겨내며 들어온 웰링턴 공작의 검에 힘없이 최후를 맞이해야 했다.

　다음은 궁정에서 잡무를 보는 시종과 시녀들이었다. 짐을 옮기거나 청소를 하던 그들은 웰링턴 공작과 마주치자마자 그 자리에 얼어붙어 버렸다. 자신의 손에 의해 죽은 기사와 병사의 피로 범벅이 된 채 검에서 핏줄기를 주르르 흘리는 기사와 마주쳤으니 얼마나 놀랐을 것인가? 하지만 웰링턴 공작은 그들을 가만히 내버려 둔 채 걸음을 옮겼다. 하찮은 시종이나 시녀를 죽이는 것은 그의 명성에 누를 끼치는 일이다. 계단에 도착한 웰링턴 공작이 고개를 갸웃거렸다.

　'이 아래층이 중앙 홀이겠군. 과연 여왕이 어떤 비밀통로로 빠져나갔을까?'

　중앙 홀에 설치된 비밀통로는 모두 세 곳. 모두가 외성 바깥으로 통하는 통로였다. 아르니아 여왕의 탈출로를 가늠해보며 웰링턴 공작이 계단을 내려왔다.

　홀의 입구는 강철로 만들어진 튼튼한 문이 닫혀 있었다. 웰링턴 공작은 생각할 것도 없다는 듯 검에 마나를 불어넣었다.

　파츠츠츠.

　기다렸다는 듯 검에서 뿜어져 나온 빛무리가 철문을 파고들었다. 불똥을 튀기며 도려내어지는 철문. 두께가 손가락 한 마디 정도는 될 듯한 문이 허무하게 도려내어진 채 나동그라졌다.

쿠릉.

자욱하게 일어나는 먼지구름 사이로 모습을 드러내는 웰링턴 공작. 순간 그의 눈이 가늘어졌다. 뜻밖에도 일단의 사람들이 홀 저쪽에 포진해 있었기 때문이었다.

'뜻밖이로군.'

홀 구석에 운집한 사람들의 수는 오십여 명 정도 되어 보였다. 근위병 차림새를 한 병사들이 가장 많았고 군데군데 갑옷을 입은 근위기사들이 섞여 있었다. 가장 뒤에 선 여인을 본 웰링턴 공작의 눈이 빛났다. 수수한 옷차림을 하고 있었지만 호위 병력이 그녀를 중심으로 배치되어 있었다. 물론 그녀가 아르니아의 여왕일 가능성은 지극히 낮았다.

"대역인가?"

웰링턴 공작의 입가에 비릿한 조소가 맺혔다. 용모가 닮은 시녀에게 대역을 맡기는 것은 가장 흔한 일이다. 하지만 정황이 조금 이상했다. 대역 치고는 옷차림도 화려하지 않았고 왕관도 쓰지 않았다. 무엇보다도 상대에게서 은은히 풍기는 기품은 시녀 따위가 흉내 내기 힘들 정도로 고귀했다. 때문에 웰링턴 공작이 눈매를 좁힌 채 여인을 쳐다보았다. 시선을 받은 여인이 입을 열었다.

"그대는 누구인가요?"

“……”

“초인이란 존재는 매우 희귀하죠. 트루베니아에는 당신과 같은 초인이 없어요. 그렇다면 아르카디아에서 건너왔다는 뜻인데 도대체 무슨 이유로 아르니아 왕궁에 침범한 거죠? 어째서 제 목숨을 노리는 것인가요?”

여인을 쳐다보던 웰링턴 공작의 눈빛이 차분히 가라앉았다.

“알리시아 여왕이시오?”

여인이 머뭇거림 없이 고개를 끄덕였다.

“그래요. 내가 바로 아르니아의 여왕이에요.”

“믿겠소. 대역에게서는 결코 당신 정도의 기품을 찾기 힘들 테니 말이오. 흠, 이유를 밝히라고 했소?”

웰링턴 공작의 눈에서 뿜어져 나오는 살기가 서서히 짙어졌다.

“뭐 군인에게 이유가 달리 있겠소? 명령을 받았으니 실행에 옮기는 것뿐이지. 당신에게 감정이 있는 것은 아니지만 조국의 국익에 도움이 되니 어쩔 수 없지 않겠소? 나는 임무를 행할 뿐이오.”

시리도록 푸른 기운이 검에서 서서히 뿜어져 나왔다.

“정체를 밝히라고 했소? 본인은 아르카디아의 크로센 제국에서 왔소. 이제 더 이상 궁금한 것이 없겠지?”

웰링턴 공작이 알리시아 여왕을 노려보며 한 발 앞으로 내디뎠다. 그런 그를 알리시아가 매섭게 노려보았다.

“어처구니가 없군요. 도대체 무슨 이유로 이런 짓을 저지르는 거죠?"

"그대의 남편은 본국에 엄청난 손해를 끼쳤소. 그 대가를 당신에게 받아낸다고 생각하시오."

알리시아가 황당하다는 듯 머리를 내저었다.

"미쳤군요. 가만히 있는 남편을 먼저 건드린 쪽은 크로센 제국이에요. 그래놓고 뭐라고요?"

웰링턴 공작이 고개를 흔들었다.

"굳이 원인과 인과관계를 따지고 들자면 한도 끝도 없을 것이오. 굳이 더 이상 구구하게 긴 말을 늘어놓을 필요는 없다고 생각하오."

웰링턴 공작은 이미 살심을 굳혔다. 백여 명의 병사와 기사들이 에워싸고 있었지만 그의 발목을 잡진 못할 터였다. 처음부터 전력을 다해 모조리 전멸시킨 뒤 여왕의 목을 베는 것이 웰링턴 공작의 각오였다. 그런데 막 앞으로 나서려던 찰나 공작의 감각에 위험신호가 걸려들었다.

"웃."

급히 검을 거둬들이며 방어자세를 취하는 웰링턴 공작. 그의 고개가 옆쪽으로 돌아갔다. 이어 당황한 헛바람소리가 흘러나왔다.

"이, 이런."

초인답게 웰링턴 공작의 감각은 상상을 초월한다. 누군가가 그의 감각을 속이고 가까이 접근할 가능성은 희박하다. 그런데 여기에서 믿기 힘든 일이 벌어졌다. 놀랍게도 누군가가 지척으로 바짝 접근해 웰링턴 공작을 물끄러미 쳐다보고 있었다. 급히 대응태세를 취하는 웰링턴 공작의 얼굴에 황당함이 어렸다.

"믿기 힘들군. 내 감각을 속이다니……."

느닷없이 나타나 웰링턴 공작을 놀하게 한 자는 나이가 지긋한 노인이었다. 눈에 덮인 듯한 백발에 희디 흰 수염을 길게 늘어뜨린 노인이 심유한 눈빛으로 웰링턴 공작을 쳐다보고 있었다. 웰링턴 공작은 본능적으로 상대가 보통 사람이 아님을 알아차렸다. 우선 백발과 백염부터가 달랐다. 노인의 것처럼 푸석푸석한 머리칼이 아니라 윤기가 주르르 흘렀으며 얼굴에서는 주름 한 점 찾아볼 수 없었다. 마치 아이들처럼 홍조마저 서려 있는 얼굴이었다. 웰링턴 공작이 조심스럽게 입을 열었다.

"당신은 누구인가?"

공작과 마찬가지로 상대를 뚫어지게 쳐다보던 노인이 고개를 들었다. 허공에서 시선이 마주치며 불꽃이 지지직 튀겼다. 곧 노인의 입술이 벌어지며 창노한 음성이 흘러나왔다.

"자객을 파견하여 일국의 여왕을 죽이려 하다니……. 크로센 제국도 많이 변했군. 예전에는 이런 치졸한 짓 따윈 하지 않았는데 말이야."

그 말에 화가 났지만 웰링턴 공작은 경거망동하지 않았다. 상대에게서 풍겨오는 분위기가 왠지 모르게 심상치 않았기 때문이었다.

“하긴 세월이 변하면 사람도 변하기 마련인데 나라가 변하지 않으면 도리어 이상하지.”

노인의 혼잣말을 듣던 웰링턴 공작이 버럭 고함을 질렀다.

“누구인가? 정체를 밝혀라?”

“정체라……. 굳이 숨길 이유는 없지.”

노인이 웰링턴 공작을 지그시 쳐다보며 입을 열었다.

“내 이름은 미첼이라네. 미첼 브루노. 아마 자넨 들어보지 못했을 걸세.”

그러나 이름을 들은 순간 웰링턴 공작의 몸이 빳빳하게 경직되었다. 그가 익히 알고 있는 이름이었기 때문이다.

미첼 브루노. 백여 년 전 종족전쟁 당시 인간이 승리하는데 혁혁한 역할을 했던 카심 용병단의 핵심구성원으로서 아르카디아에 혁혁하게 명성을 떨친 초인의 이름이다. 아름다운 엘프 여인을 아내로 맞아들여 펜슬럿 사교계에서 상종가를 친 적이 있으며 등장했을 때와 비슷하게 홀연히 사라져버려 세상의 이목을 한데 끌어 모은 풍운아가 바로 그였다. 한때 아르카디아에서 가장 강한 무사로 인정받던 미첼의 이름을 웰링턴 공작이 모를 리가 없었다. 그가 믿기 힘들다는 듯 머리를 흔들었다.

“믿어지지가 않는군요. 당신도 인간일 텐데 어찌 지금까지 생존할 수 있단 말입니까?”

가늘게 떨리는 음성은 경어로 바뀌어 있었다. 그도 그럴 것이 미첼은 한 마디로 역사의 산 증인이었다. 웰링턴 공작이 태어나기도 전에 초인의 경지에 올랐던 사람이니 그럴 만도 했다. 지금껏 보고 들은 지식을 토대로 추정해 보면 미첼의 나이는 백 살이 훨씬 넘었다. 엘프가 아닌 인간이 그렇게 오래 살 수는 없다.

그러나 상대의 말을 거짓으로 치부해 버리기도 힘들었다. 상대에게서 풍기는 분위기가 만만치 않았기 때문이었다. 웰링턴 공작이 정색을 하고 미첼을 쳐다보았다.

"그 말을 믿어드리지요. 그런데 이곳에 나타나신 것은 무슨 이유 때문입니까? 설마 저를 막으시려는 것은 아니겠지요?"

"어째서 그렇게 생각하지?"

"당신은 펜슬럿 출신, 즉 아르카디아 인입니다. 설마 자신이 태어난 대륙을 버리실 생각이십니까?"

"재미있는 말을 하는군."

미첼의 입가에 묘한 미소가 감돌았다.

"자네가 하려는 것을 막는 것이 어찌 아르카디아를 버린다는 말인가? 뭐 설령 그렇게 된다고 해도 상관없겠지. 어차피 난 더 이상 인간사에 관여하지 않기로 한 몸이니 말일세."

그 말을 듣자 웰링턴 공작의 눈이 빛났다.

"그렇다면 반가운 일이로군요. 인간사에 관여하지 않겠다니 말입니다."

"그러나 친우의 일에는 관여해야 할 것 같네. 자네가 죽이

러 온 여왕, 그녀의 남편은 나에게 더할 나위 없는 은혜를 베
푼 자이니 말이야. 따지고 보면 내가 지금처럼 정정하게 살아
있는 것도 다 그 친구 때문이거든.”

웰링턴 공작의 눈빛이 스산하게 가라앉았다.

“그렇다면 더 이상 대화를 나눌 필요가 없겠군요.”

“그럴 것 같네. 게다가 그는 얼마 전 납치되었던 부족의 구
성원 한 명을 구해주었네. 그래서 감사인사 겸 들렀는데 정말
시기가 적절했군.”

미첼이 아르니아의 왕궁에 나타난 이유. 그것은 바로 레온
이 쏘이렌에서 구해준 엘프 여인 셀리나 때문이었다. 쏘이렌
을 빠져나온 뒤 레온은 믿을 만한 상단 편을 통해 그녀를 엘프
의 숲으로 보내주었다. 그 사실을 알게 된 미첼은 감사 인사차
아르니아를 방문하기로 결정했다. 덕분에 가장 적절한 순간에
나타날 수 있었던 것이다. 웰링턴 공작을 쳐다보며 미첼이 손
마디를 우두둑 꺾었다.

“정말 오랜만에 다시 검을 잡는군. 잡을 일이 없을 줄 알았
는데 말이야.”

그러면서 미첼은 자연스럽게 몸을 돌려 알리시아와 근위병
들이 진을 치고 있는 곳을 등졌다. 웰링턴 공작 역시 서서히
검에 마나를 불어넣기 시작했다.

“당신이 내가 태어나기 전부터 명성을 날린 사실은 인정하
오. 하지만 당신은 이미 전 세대 사람이오. 어떤 방법으로 지

금까지 살아남았는지 모르지만 이번 기회에 천수를 마치게 해
주겠소.”

“대단한 자신감이로군. 바람직한 일이지.”

미첼이 허리에 찬 검을 뽑아들었다. 놀랍게도 미세한 소리
조차 들리지 않았다.

“밖에서 난리치는 자는 동료인가 보군. 놀라워. 이 작은 나
라에 초인을 두 명이나 파견하다니 말이야.”

웰링턴 공작은 대답하지 않았다. 사실 그와 맨스필드 후작
은 헬프레인 제국을 견제하기 위해 파견되었다. 지금 하는 일
은 식전의 애퍼타이저와 비슷한 임무. 그런데 생각지도 못하
게 미첼이라는 전대의 초인이 끼어들었다. 웰링턴 공작이 마
른침을 꿀꺽 삼켰다.

‘싸워 보고 만만치 않으면 일단 후퇴해야겠군. 맨스필드 경
과 힘을 합쳐서 상대해야 해.’

그러나 미첼은 그의 속내를 훤히 읽고 있었다. 그리고 그는
혼자 오지 않았다. 레온을 보고 싶다고 고집을 부린 아들 휘나
르와 같이 아르니아에 방문했다. 그러나 미첼은 굳이 그 말을
입 밖에 내지 않았다:

‘녀석, 불과 얼마 전에 그랜드 마스터의 경지에 접어들었지
만 검에 대한 이해는 놀라운 수준이지. 카심이라고 했던가?
아르니아의 초인이 하나 있으니 그와 힘을 합치면 어렵지 않
게 밖의 초인을 상대하겠지?’

생각을 접어 넣은 미첼이 검에 마나를 불어넣었다. 무척 오랜만에 주인의 마나를 주입받은 장검이 기쁘다는 듯 검명을 울렸다.

✦

역시 초인간에도 수준차이가 존재했다. 십대 초인 중 3위에 랭크된 실력자답게 맨스필드 후작은 최하위인 카심을 압도적으로 밀어붙였다.

"크으윽."

묵직한 신음을 토하며 뒤로 주르르 미끄러지는 카심. 오러와 오러의 충돌에 의한 충격으로 내상을 입어 입가에 실낱같은 핏줄기가 흘러내리고 있었다.

"지금 장난하는 건가? 힘을 좀 내보란 말이다. 명색이 초인이면."

여유만만한 표정으로 걸어오는 맨스필드 후작. 만약 카심을 웰링턴 공작이 맡았다면 승부는 벌써 판가름 났을 것이다. 경험 많은 사자는 토끼 한 마리 잡을 때도 전력을 다 하는 법. 매사가 딱 부러지는 성품의 웰링턴 공작이었다면 처음부터 전력을 다해 카심을 무너뜨렸을 것이다. 그것은 가까이에서 지켜보는 드류모어 후작이 가장 바라는 바이기도 했다.

그러나 맨스필드 후작은 약자를 가지고 놀기를 좋아하는 가학적인 성품을 지녔다. 때문에 시간이 얼마가 걸리건 신경 쓰지 않고 카심을 농락하는데 주력했다. 카심은 트루베니아로 건너온 뒤 초인을 상대로 대련하며 비약적인 실력향상을 경험했었지만 아직까지 맨스필드 후작을 감당하는 데에는 역부족이었다. 지금도 겨우겨우 방어하며 주춤주춤 뒤로 물러나는 카심이다.

"퉤."

피 섞인 침을 뱉어낸 카심이 비릿한 미소를 지었다.

"크로센 제국에 초인이 셋 있는데 그들 중 하나는 행실이 개차반에다 변태라는 소문을 들었는데 사실이었군."

용병왕다운 입담. 그러나 맨스필드 후작은 추호도 동요하지 않았다.

"호! 용병왕의 귀에 들어갈 정도로 소문이 퍼졌나? 이거 영광이로군."

그러나 카심을 노려보는 맨스필드 후작의 눈에서는 서서히 살기가 배어나왔다.

"자근자근 저며 주지. 네놈이 본국에 끼친 피해에 대한 대가를 확실히 치르도록 말이야."

"그러긴 쉽진 않을 것이야."

여유롭게 대답했지만 카심의 낯빛은 어두웠다. 실력을 보니 무사히 위기를 모면하기 힘들어보였기 때문이었다.

'놀랍군. 나를 잡기 위해 크로센 제국이 서열 3위의 초인을 파견할 줄이야.'

　물론 그는 아르카디아 십대 초인 중 서열 1위의 웰링턴 공작까지 왔다는 사실은 전혀 눈치채지 못했다. 그렇다고 해서 도망칠 수도 없는 입장이다. 아르니아에서 받은 것이 있는 만큼 목숨이 다하는 그날까지 이곳을 지켜야 한다. 그렇게 각오를 다지던 카심의 눈이 커졌다. 상당히 놀란 듯한 표정에 맨스필드 후작이 비릿한 미소를 머금었다.

　"왜? 내 주의를 다른 곳으로 돌리고 도망치려고? 어림없는 소리."

　그럼에도 호기심이 치밀어 올랐는지 한 발 옆으로 이동해 퇴로를 차단한 맨스필드 후작이 고개를 돌렸다. 순간 그의 눈이 찢어질 듯 부릅떠졌다.

　"아, 아니?"

　뒤쪽에서 호리호리한 인영이 이쪽으로 다가오고 있었다. 맨스필드 후작이 놀란 것은 다가오는 이가 눈에 확 띌 정도로 아름다운 여인이었기 때문이다. 그것도 평범한 인간 여자가 아니라 귀가 머리 위까지 치솟은 엘프 여인. 맨스필드 후작의 눈가에 잔 경련이 스쳤다.

　"미, 믿을 수가 없군. 엘프 여인이 아름답다는 소문을 듣긴 했어도……."

　지금껏 맨스필드 후작은 수많은 여인들을 섭렵해 보았다. 농염한 귀족 부인에서부터 경험이 없는 어린 소녀까지. 모르긴 몰라도 지금껏 동침한 여인이 천 명은 넘을 것이라 자부했다. 그런 만큼 여자 보는 눈에 있어서는 일가견이 있다고 장담할 수 있었다. 그런데 눈앞의 엘프 여인은 맨스필드 후작이 머릿속으로 정립해 놓은 여자에 대한 관념을 송두리째 뒤흔들어버렸다.

"놀라워. 정말 놀라워."

지금껏 수많은 여인들을 유혹해오며 맨스필드 후작은 몇몇 여인들을 뇌리에 담아 두었다. 호수처럼 눈이 아름다운 쉐비스 공작 영애, 크지도 않고 작지도 않은 가슴이 가장 매력적인 라펠 백작부인, 쭉 뻗은 허벅지와 종아리가 돋보이는 소리아나. 그러나 눈앞의 엘프 여인을 보는 순간 맨스필드 후작은 모든 여인들을 머릿속에서 지워 버렸다. 엘프 여인의 용모는 그야말로 완벽 그 자체였다.

쉐비스 공작 영애보다 더욱 아름다운 눈, 페이벨 자작 영애보다 앙증맞고 오뚝한 코에 그 아래 자리 잡은 육감적인 입술, 그리고 가죽갑옷 위로 드러나는 완벽에 가까운 몸매. 그의 입술을 비집고 신음소리가 흘러나왔다.

"여, 역시 엘프로군. 인간과는 비교도 하지 못할 정도로 완벽해."

다가오는 엘프 여인은 평범해 보이는 차림새가 아니었다. 무두질한 가죽갑옷을 입었고 상체에 은빛 사슬갑옷을 걸쳐 입었다. 허리에 차고 있는 것은 얄팍한 장검. 퍼뜩 정신을 차린 맨스필드 후작이 입을 열었다. 여인에게 홀려 있으면서도 카심을 견제하는 것을 잊지 않은 그였다.

“누구시오? 아르니아 사람이시오?”

왕궁에 나타난 것을 보면 아르니아와 연관이 있을 가능성이 높았다. 그럼에도 불구하고 그는 그렇지 않을 한 가지 가능성만을 기대했다. 조용히 걸어오던 엘프 여인이 고개를 돌려 맨스필드 후작을 쳐다보았다. 그녀의 입술이 벌어지며 아름다운 음성이 흘러나왔다.

“당신은 누구죠?”

그 음성을 듣는 순간 맨스필드 후작은 정신이 아득해지는 것을 느꼈다. 그야말로 듣고 있는 것만으로도 기분이 좋아지는 미성이었다.

‘이 목소리에 비하면 데어린 자작 영애의 목소리는 돼지 멱따는 소리에 불과해.’

맨스필드 후작은 기억에 남아 있는 여인들 중 가장 목소리가 고운 데어린 자작 영애의 목소리를 또다시 머릿속에서 지워 버렸다. 흥분했는지 그의 음성이 살짝 떨렸다.

“내가 누구냐고 물었소?”

말을 마친 그의 눈에서 광망이 쭉 뿜어져 나왔다. 몸을 튼 그가 번개같이 공격을 가했다. 전력을 다해 가쁜 숨을 진정시키던 카심이 기겁할 정도로 갑작스런 기습이었다.

창, 좌좌좌창.

오러 블레이드가 솟아오른 장검을 눈으로 채 식별하기도 힘든 속도로 맞부딪혔다. 들끓는 기혈을 간신히 진정시킨 카심의 숨소리가 다시금 거칠어지기 시작했다. 그래도 명색이 용병왕이라 카심은 줄줄이 이어지는 맨스필드 후작의 연계공격을 모조리 막아냈다.

"제법이로군."

숨을 헐떡거리는 카심을 보며 맨스필드 후작이 만족스런 표정을 지었다. 사실 이번 공격은 엘프 여인의 관심을 끌기 위해 시도한 것이었다.

'흐흐흐, 자고로 여자란 강한 남성에게 끌리기 마련이지.'

그의 생각대로 후작의 실력을 본 엘프 여인의 눈에는 놀란 기색이 역력했다. 그런 여인을 뚫어지게 쳐다보며 맨스필드 후작이 입을 열었다.

"맨스필드라고 불러주시오. 바다 건너 아르카디아의 크로센 제국에 몸을 담고 있소이다. 국가의 명령을 수행하기 위해 이곳으로 파견되었소."

"놀라운 실력이로군요. 상대하는 분도 만만치 않아 보이는데 말이에요."

맨스필드 후작이 어깨를 으쓱했다.

"그도 아르카디아 출신 그랜드 마스터요. 십대 초인 중 최하위에 랭크되어 있지. 나의 조국에 크나큰 피해를 끼쳤기 때문에 책임을 묻고 있는 중이오. 그건 그렇고, 레이디께선 아직까지 정체를 밝히지 않았소이다."

조금 놀란 듯 엘프 여인의 눈이 살짝 커졌다.

"아, 질문에 대답을 하지 않았군요? 물론 제가 아르니아 사람일 리는 없겠죠? 보시다시피 전 엘프니까요."

말을 마친 엘프 여인이 배시시 미소를 지었다. 보고 있던 맨스필드 후작이 현기증을 느껴야 했을 정도로 아름다운 미소였다. 가슴이 걷잡을 수 없을 만큼 뛰는 것을 느끼며 맨스필드 후작이 급히 입을 열었다.

"그렇다면 아르니아와는 무슨 관계를 맺고 계시오? 어떤 이유로 이곳을 찾으셨는지."

엘프 여인은 별 거부감 없이 대답해 주었다.

"아버지를 따라왔어요. 만날 사람이 있어서 말이죠. 이제 대답이 되었나요?"

"물론이오."

맨스필드 후작의 입가에 미소가 맺혔다. 이미 그는 마음을 굳히고 있었다. 눈앞의 엘프 여인을 수단방법을 가리지 않고 소유하기로 말이다.

'백 년 전 종족전쟁 당시 혁혁한 공을 세웠던 초대 그랜드 마스터 미첼은 아름다운 엘프 아내로 인해 펜슬럿 귀족사회에서 엄청난 인기를 누렸다. 만약 저 엘프 여인을 아내로 맞이한다면 크로센 사교계에서의 내 위상은 누구도 넘보지 못할 것이다.'

물론 그런 이유 말고도 엘프 여인의 미모는 그의 마음을 완전히 뒤흔들어 놓았다. 그가 탐욕스런 눈빛으로 엘프 여인을 처다보았다.

"실례가 되지 않는다면 레이디의 이름을 물어봐도 되겠소?"

"실례랄 것까진 없지요. 제 이름은 휘나르예요."

"아름다운 이름이구려."

짐짓 감탄사를 토하는 맨스필드 후작을 휘나르가 무심히 처다보았다.

'흠, 저자가 적이로군. 맞서 싸우는 상대가 우리 편이고 말이야.'

아버지 미첼은 이곳으로 가서 아르니아 측 기사들을 도와주라고 말했다. 그런데 이곳에 초행인 그녀에게 피아를 구분하는 것은 힘든 일이다. 그런데 다행히 자신의 미모에 넋이 나간 맨스필드 후작 덕분에 사정을 상세히 알게 되었으니……. 그녀가 맨스필드 후작을 보며 방긋 웃었다.

"저와 아버지는 아르니아에 볼일이 있어 왔어요. 엘프의 관점에서 일시적으로 아르니아와 친구가 되는 거죠. 그런데 당신은 우리의 친구를 적대하고 있군요. 때문에 저도 부득이 당신을 적대해야 할 것 같아요."

맨스필드 후작의 눈이 커졌다. 그런 후작의 얼굴을 빤히 들여다보며 휘나르가 허리에 찬 장검을 뽑아들었다.

스르릉.

푸르스름한 검신이 드러났다.

"지금부터 저는 당신을 공격하겠어요. 맞서 싸우는 아르니아의 기사분과 힘을 합쳐 말이에요."

칼을 뽑아들었음에도 불구하고 맨스필드 후작은 전혀 적대
감을 느끼지 못했다. 마치 철없는 어린 소녀가 장난감 칼을 꺼
내든 것 같은 느낌 이상은 없었다. 이미 휘나르에게 흑심을 품
고 있었기에 맨스필드후작이 너털웃음을 터뜨렸다.

"나를 공격하시겠단 말이오? 그랜드 마스터인 나를?"

"친구를 공격하는 자는 엘프의 율법에 따라 나에게도 적이
에요. 공격할 테니 준비하세요."

"흠. 이거 불공평하구려. 만약 내가 이긴다면 레이디는 어
떻게 하실 것이오."

휘나르가 대수롭지 않다는 듯 대답했다.

"패자의 운명은 승자가 결정하기 마련이죠. 당신이 이긴다
면 날 죽여도 좋아요."

그 말에 맨스필드 후작은 결심을 굳혔다. 눈앞의 아름다운
엘프 여인을 상처 없이 제압해 아르카디아로 데려가기로 말이
다. 그리고 그에겐 충분히 그럴 만한 실력이 있었다.

"좋소. 내가 이긴다면 당신의 운명은 내 것이오. 인정하시
겠소."

"인정해요."

고개를 끄덕인 휘나르가 카심을 쳐다보았다. 휘나르의 등장
덕분에 카심의 숨결은 많이 가라앉아 있었다.

"이제부터 저는 당신을 도와 저 크로센 제국의 기사를 공격

하겠어요. 아시겠죠?”

카심이 묵묵히 고개를 끄덕였다. 만약 눈앞의 엘프 여인이 나타나지 않았다면 지금쯤 카심은 피를 낭자하게 쏟으며 차디찬 바닥에 나동그라져 있었을 터였다. 실력의 고하를 불문하고 아군이 생기는 것은 좋은 일이다.

“알겠소.”

“좋아요.”

고개를 끄덕인 휘나르가 검을 움켜쥐고 자세를 잡았다.

드류모어 후작의 얼굴은 참담하게 일그러져 있었다. 맨스필드 후작의 행태가 도무지 마음에 들지 않았기 때문이었다. 웰링턴 공작이었다면 끝났어도 진작 끝났을 카심과의 대결을 질질 끌어가는 것도 마음에 들지 않았다. 그런데 그의 분노는 엘프 여인의 등장 이후 극에 이르렀다.

‘도대체 상식적으로 이해가 되지 않는군.’

그들은 지금 적국의 수도에 잠입해 작전을 펼치고 있다. 위험한 만큼 서둘러 임무를 완수하고 빠져나가야 한다. 그런데 맨스필드 후작은 인물이 반반한 엘프 계집에게 정신이 팔려 임무를 도외시하고 있었다. 마음 같아서는 욕을 퍼부어주고 싶은 마음이 굴뚝같았다. 하지만 그럴 순 없다.

비록 같은 작위이지만 드류모어 후작과 맨스필드 후작은 신분 자체가 달랐다. 국가의 전략병기이자 그랜드 마스터인 맨스필드 후작에게 함부로 할 수 없는 것이 드류모어 후작의 입장이었다. 그것이 드류모어 후작이 아무런 말도 하지 못하고 끙끙 앓는 이유였다. 그가 한심하다는 듯 혀를 찼다.

"죽으면 썩어버릴 한낱 껍데기에 왜 저렇게 집착하는지……."

아름다운 여자에게 환장하는 맨스필드 후작을 드류모어 후작은 도무지 이해할 수 없었다. 아니 이해하기 싫었다.

⚜

맨스필드 후작이 여유만만한 표정으로 손짓을 했다.

"레이디에게 먼저 공격할 기회를 드리리다."

그는 휘나르를 완전히 얕잡아보고 있었다. 그도 그럴 것이 휘나르가 전혀 강해 보이지 않았기 때문이었다. 마나의 향기가 미약하게 느껴지는 것을 보아 오러 유저 이상은 되어 보였지만 어지간한 경지가 아니면 맨스필드 후작을 위협할 수 없다.

그러나 그는 크나큰 착각을 하고 있었다. 휘나르. 레온과 만날 당시 이미 마스터의 경지를 돌파한 천재검사이다. 게다가 그랜드 마스터인 아버지로부터 집중적인 조련을 받았다. 마나가 풍부하고 조용한 엘프의 숲은 검사의 집중력을 기르기에 더할 나위 없는 장소이다.

여러 가지 요소가 작용한 끝에 휘나르는 자신의 앞을 가로

막고 있던 벽을 허물어뜨렸다. 그랜드 마스터의 경지에 접어든 것이다. 그것이 불과 1년 전의 일이었다. 비록 맨스필드 후작에 비해서는 손색이 있지만 그래도 초인은 초인이었다. 휘나르가 마나를 집중시키자 검이 검명을 토해내며 부르르 떨기 시작했다.

촤아아아아앙.

순식간에 시퍼렇게 물든 장검에서 유형의 기운이 뿜어져 나왔다. 오러 블레이드가 줄기줄기 뿜어지는 검을 꼬나 쥐고 휘나르가 몸을 날렸다.

"뭐, 뭐야?"

검명이 울리는 순간 맨스필드 후작은 경악했다. 어지간한 실력자가 아니면 검명을 울릴 수 없기 때문이다. 당황한 그의 눈에 오러 블레이드를 자욱하게 뿜어내며 육박하는 휘나르의 모습이 보였다. 그의 눈이 경악으로 물들었다.

"미, 믿을 수 없어."

저 정도 속도로 오러 블레이드를 뽑아내려면 최소한 그랜드 마스터 이상이 되어야 한다. 그렇지 않다면 흉내조차 내기 힘들다. 그러나 저 가녀린 외모의 여인이 그랜드 마스터 급 검사일 것이란 사실은 꿈에도 눈치채지 못했다. 맨스필드 후작이 다급히 검에서 오러 블레이드를 뽑어냈다.

촤아아아.

시퍼렇게 물든 검에서 섬뜩한 빛무리가 솟구쳤다.

콰콰콰콰쾅!

오러의 집약체가 허공에서 연거푸 격돌했다. 불똥이 사방으로 흩날리며 굉음이 울려 퍼졌다. 명성이 헛되지 않았는지 맨스필드 후작은 줄줄이 이어지는 휘나르의 연환공격을 모조리 막아냈다. 실력 하나는 의심할 여지가 없어 보였다.

맨스필드 후작의 얼굴에 여유가 돌아왔다. 이어지는 공격을 모조리 막아냈으니 이제는 반격을 가해야 할 차례였다. 그러나 그가 맞서 싸우는 적은 하나가 아니었다. 그가 막 공격 세를 취하려는 순간 뒤에서 사나운 기세가 파고들었다. 힘을 되찾은 카심이 공격을 가한 것이다. 맨스필드 후작의 눈매가 급격히 휘말려 올라갔다.

"이런 개자식."

그가 이를 부드득 갈아붙이며 검을 휘둘렀다. 그보다 하수이긴 하지만 카심 역시 명색이 초인. 공격을 막아내는데 맨스필드 후작은 상당히 많은 심력을 기울여야 했다. 그리고 그 시간 동안 휘나르는 공격의 예기를 가다듬을 수 있었다. 그의 눈빛이 예리하게 빛났다.

'이대로 가면 힘들어. 어떻게든 타개책을 찾아야 해.'

우선 맨슬필드 후작의 실력은 생각보다 뛰어났다. 게다가 상대해야 할 적은 그뿐만이 아니다. 뒤에 버티고 서 있는 열 명의 기사들, 그들의 전력도 감안해야 한다. 그때 뇌리로 위험 신호가 전해졌다. 급격히 짙어지는 마나의 파동을 느낀 휘나르의 눈빛이 순간적으로 빛났다.

'저들이 아버지께서 말씀하신 바로 그자들인가?'

크로센 제국의 비밀병기. 평소에는 평범한 기사들이지만 비상 상황 시 숨겨둔 힘을 개방하여 한정된 시간 동안 비약적으로 강해지는 자들. 이미 휘나르는 아버지를 통해 그들의 정체를 들은 바가 있다. 게다가 레온의 입을 통해 그들에 대한 정확한 정보도 들었다. 파동을 보니 그들이 힘을 개방하려는 것 같았다. 휘나르가 입술을 질끈 깨물었다.

'어쩔 수 없다. 모험을 하는 수밖에……'

휘나르가 착 가라앉은 눈빛으로 맨스필드 후작을 쳐다보았다. 상황을 타개하려면 상대가 자신의 미모에 빠져 있는 것을 최대한 이용해야 할 것 같았다. 결심을 굳힌 휘나르가 몸을 날렸다.

⚜

드류모어 후작이 명령을 내린 것은 휘나르의 검에서 오러 블레이드가 솟아나는 것을 확인한 순간이었다.

"저, 저런."

혼비백산하며 놀란 그가 머뭇거림 없이 명령을 내렸다.

"전원 힘을 개방한다. 그대들이 나서야 할 때다."

명령이 떨어지자 다크 나이츠들이 흠칫 놀라 드류모어 후작을 쳐다보았다. 하지만 그들은 오래 고민하지 않았다. 바로 지금 같은 때를 위해 키워진 존재가 바로 자신들 아니던가? 비록 두 번 다시 검을 들지 못하게 되더라도 명령은 수행해야 한다.

쾨쾨쾨쾨.

다크 나이츠들의 눈동자가 시뻘겋게 충혈되며 가공할 만한 마나의 회오리가 뿜어져 나왔다. 뿌드득 소리와 함께 전신의 근육이 부풀어 올랐다. 다크 나이츠들이 마나를 폭주시켜 약 30분가량 초인의 능력을 발휘할 수 있게 된 것이다. 비록 이후에는 힘을 잃어 두 번 다시 검을 들 수 없겠지만 말이다.

원래 계획대로라면 다크 나이츠들이 각성할 일은 없어야 했다. 두 명의 초인이 모든 임무를 완수할 것이기 때문이다. 다크 나이츠들을 대동한 것은 만약을 위해서였다. 초인들이 위험에 처하거나 아니면 임무 수행이 불가능하게 되었을 때를 대비해서 말이다. 그런데 불가피한 일이 생겨 버렸다.

난데없이 나타난 엘프 여인, 그녀의 실력이 마스터 급을 넘어선다는 사실을 알게 되자 드류모어 후작은 머뭇거림 없이 결단을 내렸다. 웰링턴 공작과 맨스필드 후작이 다치는 일은 어떠한 경우에도 생겨서는 안 된다. 그것이 단 1회성이며 결정을 내린 이후에는 돌이킬 수 없는 다크 나이츠에게 각성을 명한 이유였다.

기혈이 역류하며 솟구쳐 오르는 힘에 다크 나이츠들이 몸을 부르르 떨었다. 다음 순간 그들의 장검에서 소름 끼치는 빛의 오러 블레이드가 뿜어져 나왔다. 이제부터 30분, 생명력이 모두 소진될 때까지 그들은 무적의 능력을 발휘할 수 있을 터였다.

카심의 공격을 막아내는 과정에서 가해진 휘나르의 맹공. 그것은 맨스필드 후작을 긴장시킬 정도로 위력적이었다. 비록 그보다 하수라고는 하나 초인의 공격을 경시할 순 없는 법이다. 그는 종횡무진 검을 휘둘러 두 초인의 공격을 막아내고 틈을 내어 카심에게 반격을 가했다. 푸슉.

검으로 방어하며 뒤로 물러나던 카심의 팔뚝에서 피가 튀었다. 급히 상처를 지혈하며 전역을 이탈하는 카심. 그 틈을 타서 맨스필드 후작이 몸을 돌렸다. 그의 눈동자에는 놀란 빛이 역력했다.

'놀랍군. 설마 엘프 여인이 그랜드 마스터 급이었다니……'

그랜드 마스터, 그리 쉽게 볼 수 있는 존재가 아니다. 하물며 이제 갓 스물이 넘어 보이는 아름다운 여인과 그랜드 마스터가 쉽사리 매치가 될 리가 없다. 그러나 맨스필드 후작의 소유욕은 수그러들기는커녕 더욱 활활 타올랐다.

'그녀를 제압해서 아내로 만들 경우 크로센 제국은 한 명의 초인을 더 거두는 셈이 된다. 반드시 생포해야만 해.'

그 순간 휘나르의 맹공이 퍼부어졌다. 맨스필드 후작이 여유 있게 검을 들어 공격을 막아냈다. 불똥이 현란하게 튀며 사방으로 충격파가 뿜어져 나왔다. 그런데 이번 공격은 아까와

는 달리 그리 정교하지 않았다. 오로지 공격 일변도로 나오는
것이다.

푸캉.

목을 노리고 뻗어오는 검을 가로막아 흘린 맨스필드 후작이
검을 쭉 내밀었다. 휘나르의 앞가슴을 노린 공격이었는데 통
할 것이라곤 예상하지 않았다. 상대가 막거나 피해내는 찰나
의 순간을 통해 또다시 공격을 가하려는 계산이었다. 그런데
상대는 그의 생각대로 움직이지 않았다.

콰콰콰콰.

시퍼런 오러 블레이드를 머금은 장검이 정통으로 휘나르의
앞가슴을 파고들어갔다. 그럼에도 불구하고 휘나르는 막거나
피하려 하지 않았다. 방어 따윈 도외시하고 도리어 상대를 공
격해 들어가는 것이다. 그렇게 되자 도리어 당황한 것은 맨스
필드 후작이었다.

"헉."

그의 검에는 오러 블레이드가 짙게 농축되어 있다. 거기에
걸릴 경우 가슴이 대번에 꿰뚫릴 것이 틀림없다. 인간이든 엘
프든 심장이 꿰뚫리고는 살아날 도리가 없다. 만약 상대가 카
심이었다면 맨스필드 후작은 아무런 망설임 없이 검을 내뻗었
을 것이다. 하지만 상대는 그가 흑심을 품고 있는 아름다운 엘
프 여인. 그가 무의식적으로 검을 틀었다. 머릿속에는 엘프 여
인을 죽일 수 없다는 생각밖에 없었다. 그 덕에 검은 아슬아슬

하게 휘나르의 옆구리를 스치고 지나갔다.

슈가가각.

그 행동이 가져온 파급효과는 컸다. 휘나르가 매섭게 검을 휘둘러 맨스필드 후작의 팔뚝을 노렸다. 후작이 급히 공격을 막으려는 순간 예기가 사납게 뒤에서 파고들었다. 호시탐탐 틈을 노리던 카심의 일격. 급히 몸을 뒤틀어 피해냈지만 이어지는 휘나르의 일격은 피할 수 없었다. 섬뜩한 파육음과 함께 핏줄기가 솟구쳤다.

"크으윽."

맨스필드 후작의 얼굴이 고통으로 일그러졌다. 맨스필드 후작의 어깨가 길게 갈라지며 핏줄기가 뿜어져 나왔다. 얼굴을 찡그리며 뒤로 물러서는 맨스필드 후작. 그러나 위기는 계속되었다. 뒤에 있던 카심이 기력을 한데 끌어 모아 강력한 내려치기를 가한 것이다. 반사적으로 검을 들어 올렸지만 이미 휘나르의 공격에 어깨근육 대부분이 끊어진 상태였다.

푸캉.

강력한 충격을 견디지 못하고 장검이 맨스필드 후작의 손아귀를 벗어나 바닥에 나뒹굴었다.

"이, 이런."

사색이 된 맨스필드 후작이 바닥으로 몸을 던지려고 했다. 그러나 시퍼런 빛이 돋아난 장검이 유유하게 목을 파고들었다. 금방이라도 맨스필드 후작의 목을 잘라버릴 것 같던 장검은 그러나 피부를 지적에 두고 멈췄다. 뒤이어 옆구리에서 전해지는 뜨거운 감촉. 어느새 카심이 가까이 다가와 오러 블레이드를 토해내는 장검을 맨스필드 후작의 옆구리에 대고 있었다. 입술을 비집고 거친 고함소리가 토해졌다.

"멈춰라."

그 말과 동시에 장내의 움직임이 멈췄다. 맨스필드 후작이 흐릿한 시선을 들어 정면을 쳐다보았다. 순간 그의 얼굴이 참담하게 일그러졌다. 다크 나이츠 전원이 막 달려들려다 주춤하는 것을 본 것이다.

"힘을 개방했는가? 내가 바보짓을 했군."

참담함이 뇌리를 가득 메웠다. 고작 엘프 여자의 미색 하나 때문에 다시 돌이킬 수 없는 처지에 빠져버린 것이다. 그러나 후회란 아무리 빨리 해도 이미 늦어버린 것. 그는 완벽하게 엘프 여인과 카심에게 제압된 상태였다.

"물러나라고 했다."

사납게 으르렁거리는 카심의 숨결은 거칠었다. 지칠 대로 지친 데다 마나홀은 거의 고갈되어 있었다. 그런 상황에서 초인과 버금가는 위력을 발휘하는 크로센 제국의 비밀병기를 감당할 순 없다. 때문에 그는 사로잡은 맨스필드 후작의 몸에 칼을 들이댄 채 다크 나이츠들을 협박하고 있었다. 그 기세에 다크 나이츠들이 주춤주춤 뒤로 물러났다. 비록 힘을 개방하기는 했지만 제국 최고의 비밀병기인 맨스필드 후작의 목숨을 걸고 모험을 할 순 없는 노릇이다.

기분이 참담했는지 맨스필드 후작이 눈을 질끈 감았다. 돌이킬 수 없는 선택을 한 다크 나이츠들의 시선을 도저히 맞받을 수 없었기 때문이었다.

"후우우."

심호흡을 한 드류모어 후작이 눈을 감았다. 여러 가지 가능성을 염두에 두고 작전을 짜긴 했지만 이처럼 최악의 경우에 봉착할 줄은 몰랐다. 맨스필드 후작이 아무 무리 없이 카심을 제압할 것이라 판단했고 그 시간이면 웰링턴 공작이 무난히 아르니아 여왕의 수급을 취해 올 수 있었다. 그렇게 임무를 마치면 유유히 아르니아를 빠져나오면 된다. 초인 두 명이 함께하는 만큼 아르니아 기사들은 감히 추격할 엄두를 내지 못할 것이다.

그런데 상황이 이처럼 꼬여버린 것이다. 맨스필드 후작은 난데없이 나타난 그랜드 마스터 엘프 여인과 카심의 합공에 사로잡혔다. 기껏 힘을 개방한 다크 나이츠들은 포로가 된 맨스필드 후작의 안위 때문에 행동에 나서지 못한다. 게다가 여왕의 수급을 취하러 간 웰링턴 공작은 아직까지 감감무소식이었다. 물론 상황을 타개할 방법은 오직 하나뿐이었다. 드류모어 후작이 마음속으로 간절히 웰링턴 공작을 찾았다.

'웰링턴 공작 전하, 서둘러 오십시오. 전하가 오셔야 일이 해결될 것입니다.'

다크 나이츠들은 이미 숨겨둔 힘을 개방한 상태였다. 30분

동안 무적의 힘을 발휘할 수 있지만 그 시간이 지나면 급격히 무력화된다. 그러나 그들이 능력을 발휘할 무대는 펼쳐지지 않았다. 제국 최고의 비밀병기인 맨스필드 후작이 포로로 잡혀 있는 상황이기 때문이다. 그의 목숨을 도외시하고 공격을 할 순 없다. 그렇게 시간은 덧없이 흘러가고 있었다.

⚜

쾅 콰콰쾅.

폭음과 함께 불똥이 사방으로 튀었다. 섬광으로 인해 눈을 뜨기조차 힘든 상황. 어둑어둑해야 할 지하 홀은 훤히 밝혀져 있었다. 초인, 인간의 한계를 벗어던진 두 명의 절대자가 치열하게 대결을 벌이고 있었기 때문이다.

번쩍 버번쩍!

검과 검이 오가며 대기가 갈가리 쪼개졌다. 심지어 오러 블레이드에 흩날리던 먼지까지 미세하게 분해되었다. 두 초인은 그야말로 혼신의 힘을 다해 접전을 펼쳤다. 전 세대에 무적이라 추앙받던 미첼과 현 세대 최고의 실력자 웰링턴 공작. 마나가 응축될 대로 응축된 장검에서는 시퍼런 불기둥이 연거푸 토해졌고 충돌로 부서진 오러 부스러기가 어둠을 몰아냈다.

그 광경을 아르니아 근위기사들이 입을 딱 벌리고 쳐다보았다. 그런데 그들 중에는 근위기사단장 쿠슬란을 찾아볼 수 없었다. 물론 알리시아 여왕도 보이지 않았다. 자칫 잘못해서 뿌려진 오러 잔해에 다칠 수도 있었기 때문에 비밀통로를 통해 다른 곳으로 대피한 상태였다. 그러나 웰링턴 공작은 그 사실을 인지하지 못했다. 미첼과의 대결에 모든 것을 집중하고 있었기 때문이다.

미첼. 역시 강했다. 웰링턴 공작의 혼신을 다한 공격도 척척 받아넘겼고 오랫동안 접전을 치르면서도 숨결 하나 가빠지지 않았다. 마치 태곳적부터 유유히 흐르는 지하수와 같은 풍모였다. 그에 비하면 웰링턴 공작은 활활 타오르는 화산이었다. 끊임없이 솟구치는 용암 줄기처럼 위력적인 공격이 줄줄이 펼쳐졌다.

그 엄청난 장관을 아르니아 기사들이 입을 딱 벌린 채 관전했다. 검의 길을 추구하는 기사로서 이런 대결을 본다는 것은 정말로 행운이 아닐 수 없다. 웰링턴 공작은 모든 것을 잊었다. 아르카디아에 남겨두고 온 가족에서부터 이곳에 온 이유, 임무, 모든 것이 머릿속에서 사라졌다. 의식하는 것은 오로지 하나, 미첼과의 대결뿐이었다. 치열한 접전을 펼치며 웰링턴 공작은 초인이 된 이후 한 번도 느껴보지 못한 흥분감에 젖어 있었다.

'아아. 피가 끓는구나.'

그 어떤 공격을 가해도 척척 받아넘기는 상대였다. 흥이 돋지 않으면 그게 거짓말일 터였다.

기묘한 대치상황은 제법 오래 지속되었다. 맨스필드 후작이 포로가 된 상황이라 다크 나이츠들은 섣불리 공격을 가하지 못했다. 이대로 가다간 한계시간까지 움직이지 못할 터였다. 보다 못한 드류모어 후작이 입술을 질끈 깨물었다.

'어쩔 수 없다.'

웰링턴 공작을 더 이상 기다릴 수도 없었다. 그가 착잡한 시선으로 맨스필드 후작을 쳐다보았다.

"어쩔 수 없군요. 공격하겠습니다."

맨스필드 후작도 체념한 듯 눈을 감았다. 출혈로 인해 그의 얼굴은 지극히 창백했다. 얼굴을 일그러뜨린 드류모어 후작이 명령을 내렸다.

"공격하라."

머뭇거리던 다크 나이츠들이 일제히 공격을 시작했다.

퍽.

둔중한 음향과 함께 맨스필드 후작의 몸이 맥없이 바닥에 나동그라졌다. 휘나르가 칼자루로 뒤통수를 쳐서 기절시킨 것이다. 그가 카심을 쳐다보았다.

"한계시간은 15분 정도, 그 정도만 버티면 저자들은 무력화될 수밖에 없어요. 서로 등을 지켜주며 방어를 굳건히 하도록 해요."

　그 말에 카심이 적이 놀랐다. 자신만 알고 있을 것이라 생각했던 다크 나이츠의 비밀에 대해 의문의 엘프 여인이 저토록 깊이 있게 알고 있다니……. 그러나 의아하게만 생각할 여유란 없었다. 이제부터 그들은 초인과 버금가는 실력의 기사 열 명의 합공을 막아내야 하는 것이다.

　"알겠소."

　서로 등을 맞댄 휘나르와 카심. 그들의 장검에서 소름끼치는 빛의 오러 블레이드가 뿜어져 나왔다.

⚜

　"끝장이로군."

　드류모어 후작의 얼굴에는 허탈함이 가득했다. 그토록 심혈을 기울였던 작전은 완전히 실패로 돌아갔다. 아르니아 여왕을 암살하러 간 웰링턴 공작은 소식조차 없고 맨스필드 후작은 의식을 잃은 채 포로가 된 상태였다. 힘을 개방한 다크 나이츠들이 공격을 가했지만 서로 등을 맞댄 엘프 여인과 카심은 끄떡도 하지 않고 공격을 막아냈다. 갑자기 강해져서 적응이 되지 않은 다크 나이츠 열 명을 대상으로 수비만 두텁게 하며 시간을 끄는 것은 두 명의 초인에겐 그리 힘들지 않은 일이다. 다크 나이츠들의 한계시간은 그렇게 해서 지나버렸다.

　"크으으."

두 초인을 둘러싸고 맹공을 퍼붓던 다크 나이츠 한 명이 돌연 몸을 부르르 떨었다. 간헐적으로 경련하던 그의 몸이 힘없이 바닥에 주저앉았다. 힘 개방으로 인한 기력이 다한 것이다. 그를 시발점으로 여기저기서 기사들이 주저앉았다. 드류모어 후작이 묵묵히 주머니에서 뭔가를 꺼내들었다.

'글렀군.'

아직까지 나타나지 않는 것을 보니 웰링턴 공작도 일이 잘 안 풀리는 듯했다. 맨스필드 후작은 여전히 포로 상태. 거기에다 다크 나이츠들은 목적을 이루지 못하고 무력화되어 버렸다. 더 이상 기대할 만한 것이 남아 있지 않았다. 드류모어 후작이 꺼낸 것은 조그마한 알약이었다. 갈등 어린 눈빛으로 그것을 쳐다보던 후작이 두말없이 알약을 삼켜 버렸다.

"크으윽."

약을 삼키는 순간 드류모어 후작의 얼굴이 검게 물들었다. 그것은 정보부 요원들이 최후의 순간 사용하기 위해 소지한 독약 앰플이었다. 그는 아무런 머뭇거림 없이 자결을 결심했다. 다른 기사들과는 달리 그는 머릿속에 많은 정보를 가지고 있다. 그것이 폭로되면 크로센 제국에 엄청난 손실을 끼칠 것이다. 무엇보다도 이 나리의 주인인 블러디 나이트와의 알력을 생각하면 깨끗하게 죽는 것이 좋았다. 그간 쌓인 감정이 있었기에 포로로 잡힌다면 필시 블러드 나이트는 자신을 곱게 죽이지 않을 것이다. 이것저것 떠올려보면 차라리 자진하는 것이 마음이 편했다. 통증이 심했는지 검게 변색된 얼굴이 처참하게 일그러졌다.

'그래도 나라를 위해 바친 인생 후회는 없다.'

그 생각을 끝으로 드류모어 후작의 숨이 끊어졌다.

저벅.

축 늘어진 그의 곁으로 두 쌍의 발이 다가왔다. 전신이 상처투성이가 된 카심과 휘나르였다. 검게 변한 드류모어 후작의 얼굴을 보며 휘나르가 입을 열었다.

"자결한 것인가요?"

"그렇소. 그의 입장에선 최선의 선택이지요."

고개를 끄덕인 카심이 손을 들어 병사들을 불렀다. 멀리서 주뼛거리던 근위병들이 조심스럽게 다가왔다.

"괘, 괜찮으십니까?"

"괜찮다. 현장을 정리하라."

근위병들이 달려들어 늘어진 맨스필드 후작을 포박하고 다크 나이츠들을 체포했다. 그리고 죽어 나자빠진 드류모어 후작의 시신을 수습했다. 지친 기색이 역력한 두 초인은 가쁜 숨을 몰아쉬며 그 모습을 지켜보기만 했다.

⚜

지하 홀에서의 결투는 꼬박 하루 동안 이어졌다. 그 정도로 두 초인 간의 실력 차이는 경미했다. 승부를 결정지은 것은 다름 아닌 마나의 순수성. 두 초인은 이미 근력으로 싸우는 단계를 넘어섰다. 때문에 지구력을 결정지은 것은 마나였다. 엘프의 숲은 더없이 순수한 마나를 품고 있다. 그 속에서 연공을 한 미첼의 마나가 더욱 정순함은 두말할 여지가 없었다. 그 경미한 차이가 두 초인의 승부에 결정적인 영향을 미쳤다.

쾌쾅.

두 자루의 검이 맞부딪혔다. 치열하게 불똥을 튀겨내던 검에서 서서히 오러가 사그라졌다. 마침내 오러라는 매개체가 아닌 검신이 직접 맞닿은 것이다. 금속과 금속이 맞닿자 날카로운 음향이 울려 퍼졌다. 놀랍게도 장검이 토막 나며 그대로 부스러져 내리는 것이다. 충돌로 약해진 상태에서 오러가 사라지자 금속 자체가 버티지 못했다.

"크으으."

웰링턴 공작의 머리는 백발이 되어 있었다. 얼굴에는 주름이 가득했고 마치 수전증에 걸린 것처럼 끊임없이 손을 떨었다. 미첼과의 대결에 모든 마나를 쏟아 부은 결과였다. 입술을 비집고 떨리는 음성이 흘러나왔다.

"과연 강하구려."

웰링턴 공작에 비하면 미첼의 상태는 양호한 편이었다. 핏기 하나 없이 창백하긴 했지만 얼굴에 여유가 감돌고 있었으니까.

"자네도 강했네. 현 세대 최고로 인정받을 수 있을 정도로……."

그 말을 들은 웰링턴 공작의 입가에 흐릿하게 미소가 맺혔다. 제국의 황제에게 칭찬을 받은 것보다 더욱 기뻤다. 그러나 그의 의식은 거기까지였다.

털썩.

힘없이 바닥에 엎어진 웰링턴 공작이 고개를 떨궜다. 절명한 것이다. 사인은 과도한 마나의 소진. 널브러진 웰링턴 공작의 시신을 미첼이 착잡한 눈빛으로 쳐다보았다.

"그대가 조금만 덜 강했어도 중간에 싸움을 멈출 수 있었을걸세. 하지만 그럴 수 없더군."

그도 맥이 빠졌는지 힘없이 바닥에 주저앉았다. 멀리서 지켜보던 근위기사들이 다급히 다가왔다. 그들의 부축을 받으며 미첼이 눈을 감았다. 손가락 하나 까딱할 수 없을 정도로 몸이 노곤했다.

✦

크로센 제국의 대 아르니아 작전은 결국 실패로 돌아갔다. 초인 두 명 중 한 명은 죽었고 나머지 한 명은 포로로 잡혔다. 일을 추진했던 드류모어 후작은 자결했고 다크 나이츠 열 명 또한 포로로 붙잡혔다. 그러나 그 사실은 크로센 제국으로 전해지지 못했다. 아르니아를 벗어난 사람이 아무도 없었기 때문이었다.

“크으윽.”

묵직한 신음소리와 함께 맨스필드 후작이 눈을 떴다. 시야에 들어오는 것은 창문과 출입구를 차단한 철창. 반사적으로 몸을 일으키려던 그가 오만상을 찌푸렸다. 몸 여러 곳에 자상을 입었는지 붕대가 감겨져 있었는데 그곳에서 피가 배어나오고 있었다. 그가 착잡한 표정으로 고개를 흔들었다.

“포로가 되었는가?”

반사적으로 마나를 운기해 보려던 그의 시선이 손목에 가서 닿았다. 그의 손목과 발목에는 기이한 형태의 팔찌가 채워져 있었다. 맨스필드 후작은 본능적으로 그것이 마나의 응집을 방해하는 아티팩트라는 사실을 알아차렸다.

‘하긴, 초인을 그냥 가둬두진 않을 테지.’

머리를 흔든 맨스필드 후작이 몸 상태를 점검해 보았다. 엘프 여인에게 입은 어깨의 상처 이외에도 많은 상처가 몸에 아로새겨져 있었다. 그러나 목숨을 위협할 만한 중상은 아니었다.

‘그나마 다행이로군. 서둘러 몸을 추스른 뒤 이곳을 빠져나가야 해.’

후작의 눈빛이 미묘하게 빛났다. 그때 문 밖에서 인기척이 들렸다. 문 쪽을 쳐다본 그의 눈이 커졌다. 문을 열고 들어온 이가 후작이 붙잡히는 데 가장 큰 역할을 한 엘프 여인이었기 때문이다. 무표정한 얼굴로 쳐다보던 그녀가 살짝 목례를 했다.

“몸은 좀 어떠신가요?”

멍한 표정으로 그녀를 쳐다보던 맨스필드 후작이 퍼뜩 정신을 차렸다.

"나, 나는 괜찮소."

엘프 여인을 쳐다보는 맨스필드 후작의 심사는 복잡했다. 저 여인으로 인해 아르니아에서의 작전이 실패로 돌아가 버렸다. 큰일을 망친 원흉인 것이다. 이미 그는 다크 나이츠들이 힘을 개방한 것을 목격했다. 포로로 잡혔건 탈출했건 그들은 앞으로 두 번 다시 검을 들지 못할 것이다. 그럼에도 불구하고 여인에게 좀처럼 반감이 서리지 않았다. 지금 보고 있는 것만 해도 가슴이 울렁거리지 않는가? 억눌렀던 소유욕이 다시금 서서히 고개를 들고 있었다.

"그나저나 대단한 실력이시오. 어떻게 그 나이에 그랜드 마스터가……."

맨스필드 후작이 말을 끊었다. 불연 듯 엘프에 대한 상식이 떠오른 것이다. 젊음이 매우 오랫동안 지속되는 종족이 엘프이다. 겉보기에는 스물 안팎으로 보여도 실은 백 살이 넘었을 수도 있었다.

'그래. 백 년이 넘게 수련했다면 충분히 그랜드 마스터의 경지에 오를 수 있지.'

그렇다고 해서 여인이 꺼림칙해지거나 하진 않았다. 엘프의 평균 수명을 떠올려보면 저 여인은 자신이 늙어 죽을 때까지 지금의 모습을 유지할 것이다. 후작의 눈빛이 예리하게 빛났다.

'이 여인은 나에게 호감을 가지고 있어. 그렇지 않고서야 날 찾아올 이유가 없지. 그녀를 잘 꼬드겨 이곳을 탈출해야겠군. 그런 다음 여인을 아르카디아로 데리고 가야 해.'

드류모어 후작이 추진한 작전은 실패로 돌아갔다. 맨스필드 후작도 작전 실패에 대한 책임을 져야 한다. 그러나 여인을 데리고 간다면 상황은 판이하게 뒤바뀐다. 초인 한 명을 영입한 것은 그야말로 최고의 공적이다. 모든 과오를 상쇄하고도 남을 정도였다. 그 사실을 떠올린 맨스필드 후작의 얼굴이 부드럽게 변했다.

"그래, 내가 걱정이 되어서 찾아온 것이오?"

물끄러미 후작을 쳐다보던 엘프 여인이 고개를 끄덕였다.

"그래요. 당신은 나 때문에 입지 않아도 될 상처를 입었어요. 당신을 찾아온 것은 바로 그 때문이에요."

그 말에 맨스필드 후작은 내심 쾌재를 불렀다. 그러나 그는 내심을 겉으로 드러내지 않았다. 귓전으로 엘프 여인의 아름다운 음성이 파고들었다.

"그때 당신은 충분히 내 가슴에 검을 찔러 넣을 수 있었어요. 그런데 왜 그러지 않은 거죠?"

맨스필드 후작이 짐짓 착잡한 표정을 지으며 한숨을 내쉬었다.

"휴. 어쩔 수 없었소. 당신의 아름다운 몸에 도저히 칼질을 할 수 없더구려. 조국이 맡긴 임무를 수행하지 못하는 한이 있더라도 어쩔 수 없었소."

후작이 촉촉한 눈빛으로 엘프 여인을 쳐다보았다. 짐짓 우울하면서도 냉소적인 그 눈빛은 지금껏 여러 여인을 혼절시킨 전력이 있다.

"본인은 모든 것을 감수하고 그대를 살렸소. 왜냐하면."

음성이 서서히 매혹적인 중저음으로 변해갔다. 수많은 여인들을 매료시켰던 바로 그 음성이었다.

"내가 그대를 절실히 사모하기 때문이오."

만약 이 말을 들은 대상이 크로센 제국의 귀족 부인이었다면 분명히 얼굴을 붉히며 후작의 가슴에 얼굴을 파묻었을 것이다. 순진한 평민 여인이라고 해도 부끄러워서 어쩔 줄 몰라 했을 것이다. 그러나 엘프 여인의 반응은 색달랐다. 눈만 끔벅거릴 뿐 별달리 동요하지 않았다.

"당신과 저는 오늘 처음 만났어요. 그런데 어찌하여 당신이 나를 사모할 수 있단 말인가요?"

"인간들에겐 운명적인 사랑이란 게 있지요. 만나자 마자 사랑을 느끼는 경우는 인간들에게 흔한 일이라오."

엘프 여인이 이해하기 힘들다는 듯 눈매를 좁혔다.

"왜 날 사모하나요?"

"그것은 말로 설명할 수 없다오. 가슴이 시켜서 그런 것이니 말이오."

"그런가요?"

이해할 수 없다는 듯 고개를 갸웃거리는 엘프 여인을 보며 맨스필드 후작이 환하게 미소를 지었다. 이제 저 순진한, 직설적으로 말해 어리버리한 엘프 그랜드 마스터를 요리할 확신이 생긴 것이다. 달콤한 말로 더 꼬드기면 순순히 넘어와 자신의 금제를 풀어줄 것이다. 그렇게 되면 모든 것이 해결된다. 여인과 힘을 합쳐 아르니아를 빠져나간 뒤 곧바로 티라스로 가서 아르카디아행 배를 타면 되는 것이다. 맨스필드 후작을 뚫어지게 쳐다보던 엘프 여인이 입을 열었다.

"인간들은 참 이해할 수 없어요."

"그것은 엘프도 마찬가지 아니겠소? 서로 다른 환경에서 살다 보니 익숙하지 않은 것이오. 지내다 보면 본받을 점이……."

엘프 여인 휘나르가 조용히 말을 끊었다.

"엘프의 상식으로 사랑이란 것은 여자와 남자 사이만 가능한 것이에요. 그런데 어째서 인간들은 동성끼리 사랑을 고백하는 것이죠?"

뜻밖의 말에 맨스필드 후작이 얼떨떨한 표정으로 고개를 갸웃거렸다.

"물론 그런 경우가 없지는 않소. 하지만 그런 자들은 인간 중에서도 매우 희박하지. 불행 중 다행으로 본인은 그 범주에 속하지 않소."

"어째서 자신을 부정하는 거죠?"

"그, 그게 무슨 말이오."

맨스필드 후작의 눈을 들여다보던 엘프 여인이 빙그레 미소를 지었다.

"그렇지 않다면 어째서 남자에게 사랑고백을 하는 것이죠?"

후작의 눈이 급격히 커졌다.

"마, 말도 안 되는 소리."

"어째서 말이 안 되는 거죠? 저는 엄연히 남자예요. 외모가 어쨌든 말이에요. 당신은 남자인 나에게 사랑 고백을 했어요. 인간들에겐 가능할지 몰라도 엘프 사회에선 불가능한 일이에요."

맨스필드 후작이 믿을 수 없다는 듯 머리를 절레절레 흔들었다.

"노, 농담이 심하시구려. 어찌 그런……."

"엘프는 거짓말을 하지 않아요. 원하신다면 증거를 보여드리죠."

말을 마친 휘나르가 셔츠의 단추를 풀었다. 옷깃을 풀어헤치자 드러나는 것은 봉긋한 젖가슴이 아니었다. 무척이나 탄탄한, 발달될 대로 발달된 가슴 근육이 모습을 드러냈다. 그것을 본 맨스필드 후작은 눈이 툭 튀어나올 정도로 놀랐다. 도저히 인정할 수가 없는 현실이었다.

"이……. 이……."

인간의 한계를 벗어던진 초인답게 이성을 되찾는 데에는 그리 오랜 시간이 걸리지 않았다. 놀라움 다음으로 이어진 감정은 분노였다. 그가 잡아먹을 듯한 눈빛으로 휘나르를 노려보았다.

"이런 씹어 먹을……."

거친 욕설에도 불구하고 휘나르는 동요하지 않았다.

"흠. 역시 제가 남자라는 사실을 알고 나니 태도가 돌변하는군요."

"다, 닥쳐라. 이놈."

"역시나 인간은 믿기 힘든 존재임이 확실해졌어요. 겉과 속이 다른 존재라는 뜻이죠."

그 말을 끝으로 휘나르가 몸을 돌렸다. 걸어 나오는 그의 얼굴에는 짓궂은 악동과도 같은 표정이 떠올라 있었다.

'후후후. 속이 뒤집어질 것이다.'

잠시 후 맨스필드 후작의 방에서 괴성이 터져 나왔다.

"끄아아아아."

분기를 참지 못한 맨스필드 후작이 고래고래 지르는 고함소리였다. 그 소리를 들으며 휘나르가 흐뭇한 표정을 지었다.

⚜

아르니아 군이 쏘이렌 동부를 집어삼키는 데에는 불과 한 달밖에 걸리지 않았다. 무려 70%에 가까운 동부 영주들이 아르카디아로의 이주를 선택하고 영지를 넘겨준 것이다. 물론 그들은 성을 비워주는 대가로 값나가는 패물은 모조리 챙겨갔다. 그러나 아르니아에게 진정으로 필요한 것은 남겨진 영지

민과 창고속의 곡물, 자재들이다.

영지 하나를 점령하면 아르니아 군은 지금껏 해온 대로 농토를 불하해주는 대가로 병력을 충원했다. 그리고 창고 속의 자재를 이용해서 뽑은 병력을 무장시켰다. 영주들이 넘겨준 창고 속에는 식량뿐만 아니라 병사들을 무장시킬 갑옷과 무기도 있었다.

이러한 방식으로 인해 아르니아 군의 수는 시간이 지날수록 불어만 갔다. 불후의 명장인 켄싱턴 공작의 손에 편제가 되었고 제대로 교육받은 장교 아래 배치되었으며, 경험 많은 선임병들이 이끌어준 덕분에 신병들은 금세 전장에 적응했다. 제대로 된 갑옷과 무기를 지급받은 덕분에 신병들의 사기는 하늘을 찌를 듯했다.

동부 평원을 모조리 집어삼킨 아르니아 군의 수는 무려 20만에 근접해 있었다. 대군으로 변한 아르니아 군은 물밀 듯 쏘이렌의 수도를 향해 진군해 나갔다.

"진군하라. 진군하라."

수도 인근 평원에는 에를리히 왕세자와 그의 추종세력이 긁어모은 30만의 병력이 기다리고 있었다. 모두 합쳐 50만에 달하는 대 병력이 바야흐로 충돌하려는 순간이었다.

VI
해상전의 공포, 캡틴 드라쿤

쿠르르르 쾅.

거친 파도가 연이어 들이쳤다. 지금껏 수많은 배를 침몰시킨 악명 높은 대해의 파도였다. 그런데 그 파도를 헤치고 범선한 척이 유유히 항행하고 있었다. 족히 6백 톤이 넘어 보이는 대형 갤리언이었다.

라이노스 호는 페이류트 선적의 대형 여객선이었다. 주로 사람들을 실어 나르지만 선창에 큰 공간이 있어 다량의 화물을 실을 수 있는 대륙간 정기선. 티라스 항을 떠나온 지 아직 하루가 지나지 않았지만 머지않아 대해로 들어설 터였다.

3층 구조로 된 선실에는 빈틈없이 승객들이 차지하고 있었

다. 아르카디아로 건너가는 승객의 수는 거의 일정한 편이었
다. 대부분 트루베니아에 파견근무를 온 아르카디아 사람들과
아르카디아로 이주를 결정한 트루베니아 귀족들이 여객선을
이용한다. 그런데 최근 들어 승객의 수가 부쩍 늘었다. 파견근
무를 마치고 귀환하는 사람들의 수는 일정했지만 아르카디아
이주를 결정한 귀족들의 수가 늘었기 때문이었다. 물론 라이
노스 호의 선원들은 그 이유를 잘 알고 있었다.

"아르니아가 전쟁을 일으킨 이후 일어난 일이지."

조용히 뇌까리는 자는 흰 수염이 희끗희끗한 노인이었다.
깊숙이 눌러쓴 선원모자가 더없이 잘 어울리는 노인의 신분은
레이노스 호의 함장 랄센이었다. 해도를 들여다보던 랄센 함
장이 길게 한숨을 내쉬었다.

"그나저나 티라스의 분위기가 영 좋지 않아."

티라스. 아르카디아가 트루베니아 극서에 조성해 놓은 해군
기지 겸 교역도시. 아르카디아의 파견인력이 치안을 담당하는
탓에 티라스는 매우 안전한 도시였다. 그러나 최근 들어 철옹
성 같던 티라스의 치안이 흔들리기 시작했다. 바로 한 명의 해
적 때문이었다.

캡틴 드라쿤.

이름을 들으면 울던 아이도 놀라 울음을 멈출 정도로 악명
이 치솟은 해적선장의 이름이었다. 놀랍게도 그는 인간이 아
니었다. 트루베니아 남부의 습지에 서식하는 리자드 맨 일족

이었다. 대부분의 리자드 맨들은 지능이 낮아 매우 원시적인 생활을 영위한다. 그러나 캡틴 드라쿤은 달랐다. 인간의 말을 자유자재로 구사할 정도로 지능이 높은데다 놀랍게도 마스터급의 오러 유저였다. 실전경험도 풍부해서 상급 기사 한두 명 정도는 찜쪄 먹는 검술실력을 보유했다. 물론 그 정도가 전부라면 그리 주목받을 리가 없었다. 문제는 그로 인해 티라스의 해군 전력이 엄청난 타격을 입었다는 점이다.

캡틴 드라쿤은 킹 서펜트를 데리고 다닌다고 알려져 있다. 몸길이 20미터의 무시무시한 해양 몬스터를 애완동물 겸 탈 것으로 기르는 것이다. 드라쿤은 그 킹 서펜트를 이용해 누구도 흉내 내지 못할 활약을 펼쳤다. 무려 스무 척이 넘는 티라스 프리깃을 공격해서 나포한 것이다. 그로 인해 트루베니아 근해의 질서가 완전히 뒤바뀌어 버렸으니…….

지금껏 트루베니아 근해의 치안은 티라스의 프리깃들이 꽉 움켜쥐고 있었다. 진보된 기술로 만든 빠른 프리깃의 속력이 그것을 가능하게 했다. 해적은 물론이고 심지어 헬프레인 제국의 전함조차도 바닥이 넓적한 평저선이니 프리깃을 당해 낼 도리가 없다.

그런 상황에서 캡틴 드라쿤이 여러 척의 프리깃을 공격해 탈취했다. 그리고 그 배들을 비싼 값을 받고 무법항의 해적들에게 팔아넘겼다. 그로 인해 프리깃을 기함으로 삼은 해적들이 하나둘 생겨나기 시작했으니……. 티라스의 해군들은 더 이상

무적이 아니었다. 그들만큼 빠른 해적선들이 잇달아 트루베니아 근해를 누비고 있으니 십분 조심해야 할 수밖에 없다.

한 척, 두 척, 프리깃들이 해적선들에게 격파당하기 시작했다. 그간 당한 울분을 설욕하려는 듯 해적선들은 프리깃을 보고도 도망치지 않았다. 비록 프리깃에 용감한 수병들과 기사들이 타고 있었지만 해적들은 죽음을 두려워하지 않는다. 캡틴 드라쿤의 사냥으로 프리깃이 한 척씩 나포되어 해적들에게 팔려갈 때마다 해적들의 전력은 상승했다. 급기야 티라스 순시선들에게 항해를 금지하는 금역까지 생겨날 정도였으니……. 티라스 해군에서 복무 중인 아들을 떠올린 랄센이 길게 한숨을 내쉬었다.

"후. 모쪼록 사태가 원활히 해결되어야 할 텐데."

그러나 바다에서 잔뼈가 굵은 랄센 함장도 모르는 사실이 있었다. 그가 생각했던 캡틴 드라쿤이 바로 그의 배 바닥에 찰싹 달라붙어 있다는 사실을 말이다.

⚜

후우우우.

기포가 살짝 피어올라 수면으로 떠올랐다. 배의 흘수선 바로 옆에서 떠올랐기에 배 위의 선원들은 아무도 그 사실을 알지 못했다. 라이노스 호는 매우 빠른 속도로 순항하고 있었다.

순풍을 받은 라이노스 호를 따라잡을 바다 생명체는 몇 되지 않는다. 기껏해야 돌고래와 청새치, 그리고 빠르기로 소문난 서펜트 일족 정도밖에 없는 것이다.

보글보륵.

기포는 계속해서 올라왔다. 누군가가 뱃전 아래에서 호흡을 하고 있는 것이다. 잠시 후 물 위로 조그마한 물체 하나가 떠올랐다. 전체적으로 동그란 형체 아래로 날카로운 빛이 번뜩였다. 물체의 정체는 생물의 머리통이었다. 푸르스름한 피부에는 비늘이 덮여 있었고 끝이 갈라진 혀가 연신 입 밖을 날름거렸다.

'빠르긴 빠르군.'

괴물의 정체는 다름 아닌 드라쿤이었다. 빠른 속도로 순항하는 라이노스 호의 선수 근처 뱃전에 바짝 붙어 있는 것이다. 그러나 라이노스 호의 선원들은 드라쿤을 발견하지 못했다. 뱃전 밖으로 상체를 한참 뽑아내야 겨우 보일만한 위치였기 때문이다. 상식적으로 빠른 속도로 항행하는 범선의 뱃전으로 적이 접근할 가능성은 희박하다. 드라쿤은 바로 그 허점을 노려 라이노스 호에 접근한 상태였다.

그는 지금 라이노스 호를 노리고 있었다. 정확히 말해 라이노스 호를 나포하여 해적선으로 개조한 뒤 대양 해적이 되려는 야망을 품고 있는 것이다. 그 목적의 실현을 위해 이처럼 라이노스 호 가까이 접근해 있는 것이다.

쿠루룩.

물속에서 괴성이 흘러나왔다. 그를 태우고 있는 킹 서펜트 렉스였다. 드라쿤이 빙긋 웃으며 물속으로 손을 넣어서 렉스의 머리를 쓰다듬어 주었다.

쿠륵.

만족스럽다는 듯 눈을 가늘게 뜨고 손길을 즐기는 렉스. 거의 다 자란 킹 서펜트의 콧등을 쓰다듬는 드라쿤의 얼굴에는 다행이라는 표정이 역력했다.

'이 녀석을 길들일 수 있었던 것은 정말로 천운이었어.'

킹 서펜트. 바다의 제왕이라고 불리는 무시무시한 몬스터이다. 그런 만큼 세상 사람들에게는 길들이는 것이 거의 불가능하다고 알려져 있다. 그러나 드라쿤은 우연한 기회에 위기에 빠진 렉스를 발견하고 길들였다. 그런데 그게 기가 막히게 운이 좋은 우연의 일치였으니……

렉스로 인해 드라쿤은 불가능한 일들을 수월하게 해치웠다. 때문에 그는 몇 마리의 킹 서펜트를 더 길들이려는 계획을 세웠다. 하지만 그게 수월했다면 어찌하여 서펜트를 길들이는 것이 일반화되지 않았겠는가?

렉스의 성공 이후 드라쿤은 여러 마리의 서펜트 새끼를 포획했다. 부하들로 하여금 길을 들여 서펜트 군단을 만들려는 생각에서였다. 하지만 인간이 서펜트를 길들이는 것은 원천적으로 불가능했다.

알에서 갓 깨어난 새끼에게 먹이를 주고 키웠어도 서펜트는 전혀 길들여지지 않았다. 심지어 흉성을 터뜨려 공격을 가하는 통에 몇몇 조련사들이 상처를 입는 경우도 있었다. 길을 들여도 문제인 것이 잠수 시간이 한정된 인간에겐 서펜트와의 공조 자체가 불가능하다는 점이다. 물속에서 30분 정도 버틸 수 있는 드라쿤만이 가능한 것이다.

몇 번의 실패 끝에 드라쿤은 방법을 달리하기로 결정했다. 이미 한 번 성공을 거둔 그가 여러 마리의 새끼를 길들이는 것. 하지만 그것 또한 실패로 돌아갔다. 원인은 다름 아닌 렉스의 질투심 때문이었다. 사실 렉스의 경우에는 길을 들일 수 있는 상황이 기가 막히게 들어맞았다. 렉스가 다른 서펜트에 의해 완벽히 제압되어 꼬리부터 먹히고 있던 상황에서 드라쿤이 구해주었다. 삶을 포기한 순간에 구원을 받았기 때문에 비교적 수월하게 길들일 수 있었던 것이다. 그 사실은 다른 서펜트 새끼를 길들이는 과정에서 드러났다. 킹 서펜트보다 순하다고 알려진 줄무늬 서펜트와 얼룩무늬 서펜트를 선택했음에도 불구하고 새끼들은 쉽사리 길들여지지 않았다. 게다가 새끼들이 약간이나마 드라쿤을 인식할 때가 되었을 때 사고가 발생했다. 렉스가 느닷없이 들이닥쳐 새끼들을 모조리 잡아먹어 버린 것이다.

"안 돼. 렉스. 그러지 마."

드라쿤이 필사적으로 만류했지만 렉스는 들은 척도 하지 않고 새끼들을 집어삼켰다. 서펜트 군단 조성계획은 그렇게 해서 물거품이 되어 버렸다. 그때를 떠올린 드라쿤이 눈을 가늘게 뜨고 렉스를 쳐다보았다.

'녀석. 그때 일만 아니었더라도.'

렉스는 드라쿤이 노려보는 것도 모른 채 배의 속도에 맞춰 유영 중이었다. 어쨌거나 이후 드라쿤은 새로운 서펜트를 길들이는 것을 포기했다. 당장은 렉스 하나만 운용해도 충분했기 때문이었다. 고개를 들어 하늘을 올려다보던 드라쿤이 좌표를 계산해 보았다.

"조금만 있으면 약속장소 근처를 지나치겠군. 슬슬 작업을 할 때가 되었어."

그는 갤리언 나포를 위해 네 척의 프리깃 해적선을 동원했다. 속도 자체는 갤리언에 뒤질 것이 없었지만 문제는 갑판의 높이였다. 갤리언의 갑판 높이는 프리깃의 두 배에 달한다. 다시 말해 사다리를 걸쳐야 갑판 위로 오를 수 있다. 문제는 갤리언이 가만히 정박해 있는 배가 아니라는 점이다. 프리깃이 빠른 속도로 순항하는 갤리언과 보조를 맞춰 사다리를 대는 것은 거의 불가능에 가깝다. 갤리언을 공략하기 위해서는 배가 반드시 정지해 있어야 한다. 드라쿤은 바로 갤리언을 정지시키기 위해 이곳에 와 있는 것이었다.

"이 정도면 되겠군."

시간을 가늠해 본 드라쿤이 허리춤에 찬 장도를 뽑아들었다.

파츠츠츠.

장도에 마나가 집중되어 푸르스름하게 변하자 그는 머뭇거림 없이 배 바닥에 박아 넣었다.

슈각.

바닷물에 절어 강도가 비약적으로 강해진 목재도 오러 앞에서는 무력했다. 선체가 결대로 잘렸고 그리로 바닷물이 새어 들어가기 시작했다. 얼마 되지 않아 배 안의 선원들이 침수를 알아차릴 것이다.

줄줄줄.

길게 갈라진 틈으로 새어 들어가는 바닷물이 발각되는 것은 시간문제였다. 선창에 물이 고이자 선원들이 즉각 그 사실을 랄센 제독에게 보고했다.

"침수 현상이 있습니다. 선체 하부에서 물이 새는 것 같습니다."

침수 현상은 배를 운행하며 빈번하게 발생하는 일이다. 랄센 함장이 대수롭지 않다는 듯 수선을 명했다.

"그래? 배를 정지시키고 파손 부위를 수선해라. 고인 물은 펌프를 이용해서 퍼내도록 하고."

"알겠습니다."

뚜우우.

선장의 지시를 받은 나팔수가 나팔을 불었다. 신호를 받은 선원들이 돛을 접었다. 바람을 안고 펄럭이던 돛이 차곡차곡 접혀졌고 배의 속도가 서서히 줄어들었다. 선수에 있던 선원들이 닻을 풀었다.

츄르르르 풍덩.

묵직한 닻이 물보라를 튕기며 물속으로 가라앉았다. 물속에서 그 모습을 지켜보던 드라쿤이 렉스의 옆머리를 툭툭 쳤다.

슈르륵.

렉스가 혀를 날름거리며 선미 쪽으로 이동했다. 배 바닥에 착 달라붙어 이동했기에 그 누구도 기미를 알아차리지 못했다. 선미에 도착한 드라쿤이 한 일은 프리깃을 나포했을 당시 했던 키 망가뜨리기였다. 일반적으로 갤리언은 돛을 이용해서 방향전환을 한다. 그러나 원활한 배의 움직임을 위해서는 키(방향타)를 병행해서 사용해야 한다. 라이노스 호의 후미에는 금속으로 보강된 매우 큰 키가 자리 잡고 있었다. 드라쿤이 머뭇거림 없이 장도에 오러를 끌어올렸다.

파츠츠츠.

키를 움직이는 쇠사슬이 종잇장처럼 끊어져 나갔다. 그러자 키가 반대쪽 쇠사슬의 장력에 의해 한쪽으로 쏠렸다. 그것을 드라쿤이 끊어진 쇠사슬을 이용해 친친 동여맸다. 이제 라이노스 호는 쇠사슬을 풀어내지 않는 한 제자리만 빙빙 도는 신세를 면하기 힘들 터였다.

약속 시간이 되자 해적선단이 행동을 개시했다. 이미 드라쿤과 렉스의 정찰에 의해 대륙간 정기선의 항로가 면밀히 조사된 상태였다. 한때 티라스 소속의 수군 선박이었지만 드라쿤에 의해 해적선으로 개조된 프리깃들이 바람을 안고 접근하기 시작했다. 순풍을 받은 돛에다 노의 힘까지 더해졌기에 프리깃의 속도는 매우 빨랐다.

"영차, 영차."

물론 해적선의 정체는 수평선에 드러나는 순간 라이노스 호에 발각되었다. 돛대 위의 전망대에서 망을 보던 선원이 알아본 것이다.

"해적선입니다. 라이노스 호를 향해 빠른 속도로 접근 중입니다."

"뭐라고, 몇 척인가?"

"네 척입니다."

경보는 즉각 함교로 통보되었다. 함장 랄센이 깜짝 놀라 버럭 고함을 질렀다.

"닻을 올려라. 돛을 모두 펴고 출항한다."

망루에서 감시하는 선원은 배에 탄 선원들 중에서 시력이 가장 좋다. 때문에 해적선들이 수평선에 모습을 드러냈을 때 바로 알아차렸다. 그런 만큼 지금 출발을 해도 충분히 도망칠 수 있다. 물론 속도 자체는 갤리언이나 프리깃이나 별반 차이가 나지 않는다. 오히려 노의 추진력 때문에 단거리에서는 프리깃이 빠르다고 할 수 있다. 그러나 이곳은 조금만 들어가면 대해의 거친 파도가 도사리는 해역이다. 육중한 갤리언에 비해 가벼운 프리깃은 파도가 몰아칠 경우 급속히 속도가 줄어든다. 함장은 바로 그 사실을 염두에 두고 명령을 내렸다.

쿠르르릉.

쇠사슬이 팽팽히 당겨지며 닻이 끌어올려졌다. 여러 명의 선원들이 달라붙어 도르래를 감아올리고 있었다. 줄을 당기자 돛이 활짝 펼쳐졌다. 뒤에서 불어오는 바람을 받아 돛이 팽팽히 당겨졌다. 그러나 라이노스 호는 전진하지 못했다. 방향타가 고정된 탓에 배가 급격히 옆으로 기울었다.

"뭐, 뭐야?"

사색이 된 선원들이 감아올리던 줄을 반사적으로 풀었다. 돛이 접히며 배가 기울어짐을 멈췄다. 오랜 경험에 의한 본능적인 행동이었다. 이어 조타수의 경악서린 음성이 울려 퍼졌다.

"바, 방향타가 움직이지 않습니다."

그 말에 선원 몇 명이 달려들었다. 그러나 방향타는 요지부동, 미동도 하지 않았다. 조타실로 급히 달려온 랄센 함장의 얼굴이 일그러졌다.

"해적 놈들이 만반의 준비를 해 두었군."

무슨 연유인지는 모르지만 해적들이 수작을 부린 것 같았다. 그러나 그는 대수롭지 않다는 듯 전투 준비 명령을 내렸다.

“전원 전투태세. 놈들에게 쓴맛을 보여주기로 한다. 각 선원들은 승객석으로 가서 작금의 사태를 설명하도록 하라.”

“알겠습니다.”

명을 받은 선원들이 달려 내려갔다. 그 모습을 보는 랄센 함장의 입가에는 미소가 떠올라 있었다.

“내 배를 노린 것이 판단착오였음을 알게 해주마.”

라이노스 호의 승객들은 대부분 아르카디아로 이주하는 트루베니아의 귀족들. 마땅히 호위기사가 있을 것이며 대부분의 귀족들은 검술에 능하다. 해적들에게 배가 장악당할 경우 죽거나 노예로 팔리는 신세로 전락하기 때문에 목숨을 아끼지 않고 싸울 것이다.

‘현재 배의 승객은 800명, 그들 중 전투가 가능한 인원이 300명은 될 것이다. 그 중 절반 정도는 실력이 뛰어난 호위기사들. 충분히 승산이 있어.’

랄센 제독이 고개를 끄덕이며 선실로 걸음을 옮겼다.

네 척의 해적선이 라이노스 호에 접근하는 데에는 제법 시간이 걸렸다. 사정거리에 들어오자 라이노스 호의 선원들이 일제히 불화살을 쏘아붙였다. 뱃전에 설치된 작살포까지 모두 동원된 일제사격이었다.

쐐액슈슈슉—

물론 불화살 공격 정도로 해적선을 침몰시킬 수는 없다. 통상적으로 해전이 벌어지기 직전 갑판을 물로 흠뻑 적셔서 쉽사리 불이 붙지 않도록 만들기 때문이다. 일제사격이 노리는 것은 다름 아닌 돛. 돛을 불태워 적선의 움직임에 제약을 가하려는 것이다. 불화살이 쏟아지자 해적선의 해적들이 급히 돛을 접었다.

후두두둑.

불화살이 뱃전과 갑판에 틀어박혔지만 흥건히 젖은 덕분에 바로 불이 붙지는 않았다. 일제 사격은 단 한 번으로 끝이 났다. 만약 쫓고 쫓기는 추격전이라면 마음껏 화살을 퍼붓겠지만 애당초 정지한 목표물에 접근하는 상황이다. 빠른 속도로 접근하던 해적선들은 금세 사정거리 안으로 파고들었다. 그러자 라이노스 호의 전투원들은 활을 버리고 칼을 들었다. 이윽고 둔중한 충격이 배로 전해졌다.

쿠웅.

네 척의 해적선이 라이노스 호를 포위하는 형상으로 달라붙은 것이다. 이미 배의 승객들 중 검술을 배운 귀족들과 그들의 호위 기사들이 무장을 한 채 갑판 위로 모인 상황이었다. 그들이 머뭇거림 없이 뱃전으로 몸을 날렸다. 그것을 본 선원들이 기겁을 했다.

"위, 위험합니다."

경고성이 끝나기도 전에 신음소리가 울려 퍼졌다. 잔뜩 석궁의 시위를 당기고 있던 해적들이 뱃전으로 몸을 내민 사람들을 향해 일제히 사격을 가한 것이다.

"크으윽."

쿼렐이 몸에 박힌 기사들이 뒤로 나뒹굴었다. 몇몇은 바다로 거꾸로 떨어졌다.

후두두둑.

빗발치듯 퍼붓는 석궁 세례에 라이노스 호의 전투원들은 감히 뱃전 근처로 접근하지 못했다. 그동안 줄사다리가 잇달아 날아와 뱃전에 걸쳐졌다.

"와아아아!"

이어진 것은 입에 단검을 문 해적들의 돌격이었다. 하나같이 험악한 얼굴에 웃통을 벗어던진 건장한 몸집의 해적들이 일제히 줄사다리를 기어올랐다. 죽음을 두려워하지 않는 해적들의 본격 난입이었다. 뒤에서 석궁을 겨누고 있는 해적들 때문에 라이노스 호는 꼼짝없이 뱃전을 내주어야 했다.

"와아아아!"

해적들이 줄을 이어 사다리를 기어 올라갔다. 선두 열이 올라와 허리를 편 순간 라이노스 호의 전투원들이 달려들었다. 맹렬한 기세로 휘둘러대는 병장기에는 오러가 충만히 서려 있었다.

"아아악."

처절한 비명소리와 함께 피로 범벅이 된 해적들의 시신이 뱃전에 나뒹굴거나 바다로 거꾸로 떨어졌다. 선두에 선 자들이 대부분 오러를 구사할 수 있는 실력자들이었기 때문이다. 몇몇 해적들이 입에 문 단검으로 막았지만 오러의 위력은 그리 만만하지 않았다. 단검이 맥없이 잘려나가며 피분수가 치솟았다. 그럼에도 불구하고 해적들의 돌격은 끊이지 않았다. 죽으면 죽는 족족 빈자리를 채우는 것이다. 거칠 것 없어 보이는 오러검의 활약은 그러나 얼마 가지 않아 멈춰야 했다.

푸캉.

기사 한 명이 휘두른 오러검이 막혔다. 놀랍게도 해적 하나가 오러를 끌어올려 막아낸 것이다. 그 해적이 든 병기는 단검이 아니라 기사들이 흔히 쓰는 롱 소드였다.

"뭐, 뭐야."

깜짝 놀란 기사의 몸으로 해적들의 단검이 쇄도했다. 순식간에 난도질당한 기사의 몸에서 핏줄기가 뿜어졌다. 그것은 기사의 버릇이 빚어낸 결과였다. 평소 중갑옷을 입고 다니기에 단검 따위의 공격은 무시해 버린다. 그러나 지금은 아니었다. 배에까지 금속갑옷을 입고 탈 수 없었기에 몸에 걸친 것이라곤 가벼운 가죽 갑옷뿐이었다. 방심 때문에 치명상을 입은 기사가 힘없이 무릎을 꿇었다. 오러를 머금은 장검이 기사의 목을 베어냈다.

"으아악."

해적들 사이에서 실력자들이 속속 등장했다. 하나같이 검에 오러가 충만히 깃들어 있는 것을 보니 의심할 나위 없는 오러 유저들이었다. 그로 인해 갑판 위의 전투는 팽팽하게 진행되었다.

"마, 말도 안 돼."

랄센 제독의 눈은 경악으로 물들어 있었다. 해적 중에 저토록 많은 오러 유저가 있을 줄은 상상도 하지 못했다. 그의 상식으로 해적들이란 먹고살기 힘들어 조운선이나 털어 생계를 유지하는 무뢰배들의 집단이다. 그런 해적들 중에 오러 유저가 있다는 것은 금시초문이었다. 물론 한두 명 정도는 돈으로 고용했다고 간주할 수도 있다. 그러나 지금 해적들 중에서 오러가 서린 검을 구사하는 자는 최소 수십 명은 되어 보였다.

'이, 이대로 가다간 승산이 없다.'

해적들은 네 방위를 점거한 채 핍박해오고 있었다. 오러 유저의 수가 두 배나 차이가 났기 때문에 라이노스 호의 전투원들은 속수무책으로 밀리고 있었다.

오러 유처, 뼈를 깎는 수련으로 마나를 다스려 검에 응축시킬 수 있는 고급 기사들. 소드 마스터만큼은 안 되지만 그래도 쉽게 육성할 수 있는 인재들이 아니다. 그런데 대관절 어떤 이유로 해적들 사이에 이렇게 많은 오러 유저들이 등장하게 되었을까? 이어지는 상황이 의문점을 풀어주었다.

라이노스 호의 후미 선실 쪽에서 해적들과 맞서 싸우는 일단의 무리가 있었다. 나이가 지긋하며 옷차림이 화려한 중년 남자들. 그들은 다름 아닌 라이노스 호의 승객들이었다. 다시 말해 아르카디아로 이주를 결심한 귀족들인 것이다. 배가 해적들에게 장악당할 경우 큰일이 벌어지기 때문에 승객들 중 많은 수가 싸움에 가담해 있었다.

"하필이면 해적들이 우리 배를 습격하다니……."

흰 머리가 성성한 중년 귀족 한 명이 가쁜 숨을 몰아쉬었다. 그의 이름은 애쉬록 백작, 쏘이렌 동부의 대영주 중 한 명이었다. 그는 불과 얼마 전 일생일대의 대위기를 겪었다. 일만 명에 가까운 아르니아의 대군이 그의 영지로 쳐들어온 것이다. 병력이라고 해봐야 영지병 일천에 기사 오십 명이 전부였기 때문에 정상적이었다면 가문의 운명은 거기서 끝장났을 것이다. 그러나 아르니아 군은 곧바로 공격해 오지 않았다. 그들은 성을 에워싼 다음 귀에 솔깃한 제안을 해 왔다.

—성을 비워줄 경우 원하는 만큼 재산을 가지고 떠나게 해주겠다. 이번 기회에 아르카디아로 이주하는 것이 어떠한가?

애쉬록 백작은 두말없이 제안을 받아들였다. 온 가족이 몰살당하는 것보다 월등히 나은 선택이었다. 그는 영지민들을 쥐어짜서 만든 보물을 모두 마차에 싣고 길을 떠났다. 그에게 충성을 맹세한 오십 명의 기사들이 마차를 철통같이 지켰다.

티라스까지는 무척이나 오랜 시간이 걸리는 여정이었다. 그 동안 산적들의 습격도 있었고 도적단의 야습도 있었다. 그러나 기사들의 활약 때문에 무사히 위기를 넘길 수 있었다. 영지민들의 반란을 진압하기 위해 거둬들인 기사들은 그간 지급한 봉급 이상의 역할을 해냈다. 기사들의 헌신적인 호위 덕에 애쉬록 백작 일행은 무사히 티라스에 도착할 수 있었다. 그러나 문제는 거기에서 발생했다.

—아르카디아행 배를 타려면 일인당 일만 골드의 요금을 지불해야 한다. 거기에는 일체의 예외조항이 없다.

애쉬록 백작 일행은 꽤나 인원이 많았다. 우선 가문의 식솔들이 오십여 명. 고용인이 칠십여 명이었고 병사 백여 명과 기사 오십 명, 이렇게 해서 이백 명이 넘는 대인원이다. 일인당 일만 골드의 요금을 감안하면 그들을 모두 데리고 가는 것은 말이 되지 않는다. 인원을 정리해야 할 필요성이 생긴 것이다.

우선 애쉬록 백작은 고용인들을 모두 해고했다. 요리사와 집사, 등등 인생 대부분을 애쉬록 가문을 위해 바친 고용인들이 헌신짝처럼 버려졌다. 병사들도 마찬가지였다. 돈 한 푼 받지 못하고 해고당한 고용인들과 병사들은 격하게 반발했다.

"어찌 이럴 수가 있습니까?"

그러나 애쉬록 백작은 눈썹 하나 까딱하지 않았다. 물론 가문에 헌신한 자들이니 만큼 미안한 감정이 없지는 않았다. 다른 곳으로 갈 수 있게 여비라도 몇 푼 쥐어주고 싶은 마음이 굴뚝같았다. 하지만 그럴 수 없는 것이 현실이었다.

그가 가지고 온 재산을 골드로 환산하면 약 팔십만 골드 정도 된다. 식솔 오십여 명의 뱃삯을 지불하면 불과 30만 골드밖에 남지 않는다. 아르카디아에 가서 자리를 잡으려면 그 정

도 돈은 있어야 한다. 이것이 고용인들을 무참히 해고한 이유
였다. 어이없이 내쫓기게 된 고용인과 병사들의 얼굴에는 분
노가 떠올라 있었다.

"세상에 이런 법은 없습니다."

그러나 그들의 반발은 기사들이 나서자 사그라져버렸다.

스르릉.

기사들이 뽑아든 장검이 푸르스름하게 물들자 고용인들이
입을 닫았다. 압도적인 무력 앞에서는 분노를 표출해 봐야 개
죽음만 당할 뿐이다. 그렇게 병사와 고용인들이 내쫓기고 나
자 이번에는 기사들 차례였다. 이미 애쉬록 백작은 기사들을
대상으로도 살생부를 작성해 둔 상태였다. 가장 실력이 뛰어
난 기사 다섯 명은 요금을 지불해 주고 아르카디아로 데리고
갈 계획이었다. 애석하게도 나머지 기사들은 버림받을 운명이
었다.

그러나 무력이 살아있는 기사들은 고용인들처럼 무단으로
해고할 수 없다. 가장 이상적인 해결책은 기사들에게 금전적
인 보상을 해 주고 봉신관계를 철회해 주는 것이다. 그렇게 한
다면 기사들은 새로운 주군을 찾아 깃발을 바꿀 수 있게 된다.
하지만 그렇게 할 경우 기사들에게 적지 않은 위로금을 지불
해야 한다. 때문에 애쉬록 백작은 극단적인 선택을 했다. 그것
은 바로 기사들에게 소소한 임무를 하달해서 외부로 내보낸
다음 야반도주를 하는 것이었다.

‘미안하지만 어쩔 수 없는 일이다.’

계획은 실행되었다. 마흔 다섯 명의 기사들이 임무 수행을 위해 외부로 나간 사이 애쉬록 백작은 가족과 기사 다섯 명을 데리고 거처를 옮겼다. 항구 근처의 허름한 거처에서 배에 자리가 날 때까지 숨어 있게 된 것이다. 그런 우여곡절 끝에 애쉬록 백작 일행은 배에 올랐다. 그러다가 해적들의 습격을 받게 된 것이다.

“재수가 더럽게 없군.”

가쁜 숨을 몰아쉬며 애쉬록 백작이 검에 묻은 피를 털어냈다. 어릴 때부터 검술을 익혀왔지만 나이가 들고 배에 기름기가 끼면서 검에 좀처럼 힘이 들어가지 않았다. 그의 곁에는 가문의 식솔 십여 명과 기사 다섯 명이 검을 움켜쥐고 해적들과 싸우고 있었다. 그때 그의 눈이 커졌다.

“아니?”

전신에 피 칠갑을 하고 승객들과 싸우는 해적들 사이에서 낯익은 얼굴을 발견한 것이다. 40정도 되어 보이는 날카로운 인상의 사내는 놀랍게도 한때 그를 섬기던 수하 기사였다. 애쉬록 백작이 믿기 힘들다는 표정으로 사내의 이름을 불렀다.

“마, 말라키?”

봉신관계 철회도 해주지 않고 외부로 내보낸 뒤 야반도주를 해 버렸던 45인의 기사 중 한 명이 해적이 되어 나타났으니 놀라지 않을 도리가 없었다. 애쉬록 백작의 말에 말라키라는 이름의 해적이 고개를 돌렸다. 그의 얼굴에 놀란 빛이 떠올랐다.

"애쉬록 백작?"

경악은 순간이었다. 말라키의 얼굴에 급격히 분노의 광망이 솟구쳤다.

"잘 만났소. 애쉬록 백작. 정말 하늘이 도우셨구려."

"어, 어째서 해적이?"

말라키가 이를 부드득 갈며 대답했다.

"당신 때문에 해적이 된 것 아니겠소? 봉신관계 철회도 하지 않고 내버렸으니 우리들은 도대체 어떻게 먹고살라는 말이오? 목에 풀칠이라도 하려면 해적이 되는 수밖에 없지 않겠소?"

말라키의 전신에서 살을 에는 듯한 살기가 뿜어져 나왔다. 명예로운 기사의 신분에서 해적으로 전락한 데 대해 가장 큰 원인을 제공한 사람이 바로 눈앞의 애쉬록 백작이었다. 한때 섬기던 주군이었지만 지금은 그렇지 않았다. 말라키의 눈에서는 그간 티라스를 떠돌며 겪은 설움이 줄기줄기 떠오르고 있었다.

티라스에서는 해마다 많은 기사들이 버려진다. 아르카디아로 이주를 결심한 귀족들에게 봉신관계를 철회당한 기사들이었다. 아르카디아로 건너가려면 엄청나게 비싼 뱃삯을 지불해야 한다. 때문에 귀족들은 몇 명만 남기고 나머지 인원은 포기해야 한다. 문제는 바로 거기에서 발생했다.

만약 정상적으로 봉신관계를 철회할 경우 기사에겐 큰 타격이 없다. 자유기사 신분이 되는 만큼 언제든지 다른 주군을 찾아 깃발을 바꿀 수 있는 것이다. 그런 기사들을 잡기 위해 티라스에는 많은 귀족들이 사람을 파견해 둔 상태였다. 실력 있는 기사를 손쉽게 구할 수 있는 곳은 오직 티라스밖에 없었다.

그러나 여기에서 문제가 되는 것은 바로 기사 말라키 같은 경우였다. 기본적으로 봉신관계를 철회할 때에는 체면에 무리가 가지 않을 정도의 보상금을 지급하는 것이 일반적이다. 기사가 인생을 걸고 충성을 바쳤으니 마땅히 대가를 줘야 하는 것이다.

그러나 아르카디아로 건너가야 할 귀족들에겐 단 1골드조차 아쉬운 마당이다. 때문에 많은 귀족들이 애쉬록 백작처럼 기사들을 봉신관계조차 철회하지 않고 내쫓았다. 그런 현상은 많은 문제점을 야기시켰다.

봉신관계가 철회되지 않은 기사. 우선 그들은 다른 주군을 구할 수 없다. 자신을 버린 주군에 대한 충성서약이 유효하기 때문이다. 한 주군을 향해 충성을 맹세한 기사가 어찌 다른 주군을 모실 수 있단 말인가? 때문에 그들은 귀족들이 파견한 사람들에게조차 배척받았다.

버림받은 기사들은 당장 생계문제에 봉착해야 했다. 기사란 기본적으로 소비집단이다. 그들이 필요한 곳은 피가 튀고 살이 찢어지는 전장. 그러나 티라스에 그럴 만한 곳이 있을 리가 없었다. 버림받은 기사들은 당장 한 끼의 식사를 걱정해야 하는 것이다. 그런데 평생을 검만 휘두른 기사들이 할 일은 그리 많지 않았다.

봉신관계가 걸린 덕분에 용병조차 되지 못하는 상황. 지금도 티라스에는 많은 버림받은 기사들이 한 끼 식사를 해결하기 위해 벌목일 따위의 막일을 했다. 최고의 인재인 기사들의 어이없는 몰락이었다. 급기야 기사들은 목구멍에 풀칠을 하기 위해 티라스에 만연한 투기장에까지 몸을 내맡겼다. 빵 한 조각을 얻기 위해 검을 파는 것이다.

드라쿤 해적단은 바로 그런 티라스의 사정에 주목했다. 그들에게 필요한 것은 오러를 발할 수 있는 실력 있는 기사. 그러나 정상적인 기사라면 해적이 되려 할 이유가 없다. 신분이 비천할뿐더러 각국의 치안대에 잡히자마자 목이 매달릴 처지의 해적을 왜 기사들이 하려 하겠는가? 하지만 티라스의 버림받은 기사들은 사정이 달랐다. 드라쿤 해적단의 해적들은 티라스의 버림받은 기사들 사이로 은밀히 소문을 퍼뜨렸다.

—드라쿤 해적단에서 실력 있는 단원들을 모집한다. 자격은 오러를 발할 수 있는 소드 엑스퍼트 이상. 대우는 해적단의 간부 수준으로 처우할 것이다. 다시 말해 약탈물의 총량 중 일정액을 분배받는 것이다.

소문은 은밀히 티라스로 퍼져나갔다. 그러자 버림받은 기사들은 거기에 관심을 가졌다. 그들은 평생을 검술을 연마한 살

인전문가들, 해적이 되어 사람을 죽이는데 거리낄 것이 있을 리가 없다. 게다가 다른 주군을 섬길 수도 없는 처지. 그렇다고 해서 용병을 할 수 있는 것도 아니다. 그러려면 신분을 숨겨야 한다. 당장 빵 한 조각을 사기 위해 투기장을 기웃거려야 하는 처지의 기사 몇 명이 해적단을 찾아왔다. 그리고 즉석에서 고용되었다.

오러 유저들이 드라쿤 해적단에 적을 두게 된 것은 바로 그 때문이었다. 반신반의하며 해적선에 오른 기사들은 오래지 않아 풍성한 결실을 거둘 수 있었다. 그것은 바로 드라쿤 해적단의 특성 때문이었다.

조운선이나 화물선을 노리는 일반 해적선과는 달리 드라쿤 해적단은 자잘한 것에는 손을 대지 않는다. 목적은 오직 하나, 티라스의 순시선을 노획해 팔아먹는 것이다. 물론 순시선에 검술실력이 뛰어난 수병과 기사들이 탑승하니 만큼 싸울 때마다 많은 사상자가 발생하는 것은 어쩔 수 없다. 그러나 일단 배를 손에 넣으면 거금을 손에 쥘 수 있다. 빠른 해적선을 원하는 해적선장들이 돈을 바리바리 싸들고 찾아오는 것이다.

노획된 프리깃은 상상도 못한 비싼 값에 팔려나갔다. 그리고 전투에 가세한 버림받은 기사들은 엄청난 돈을 손에 넣을 수 있었다. 기사였을 때보다도 월등히 후한 보수, 그리고 남아도는 시간, 실로 최고의 직장이 아닐 수 없었다. 전투에 투입되는 것은 한 달에 기껏해야 이삼 일 정도, 나머지는 수련을 하든 술과 여자로 지새우든 전혀 관여하지 않았다. 드라쿤 해적단에 대한 소문은 점점 버림받은 기사들 사이로 퍼져나갔다.

"그렇게 대우가 좋단 말이야?"

"기사였을 때의 봉록보다 족히 다섯 배 이상은 받는다고 들었어. 그리고 한 달에 사나흘 정도만 일하고 나머지는 자유시간이야. 나무그늘에서 쉬던지, 술을 마시거나 여자를 품거나 일절 상관하지 않는단 말이야."

물론 드라쿤 해적단에 대한 고용조건이 오러의 발출 유무였으므로 한정 없이 놀 수는 없다. 제아무리 오러 유저라도 어느 정도 수련을 해야만 오러를 구사할 수 있다. 그 모든 것을 감안해 봐도 버림받은 기사들에겐 실로 꿈의 직장이 아닐 수 없었다.

"그렇다면 가만히 있을 순 없지."

"나도 지원해 봐야겠어."

버림받은 기사들은 너나 할 것 없이 드라쿤 해적단에 입단 신청서를 제출했다. 드라쿤 해적단으로서는 가장 중요한 전력을 손쉽게 충원하게 된 것이다. 갤리언 습격을 계획한 것은 바로 그런 영향이 컸다. 백 명에 가까운 오러 유저라면 갤리언이라도 손쉽게 공격할 수 있다.

창, 촤촤촹.

갑판 위의 혈전은 점점 치열해졌다. 전황은 시간이 지날수록 수적으로 많은 해적들에게 유리해져갔다. 전투로 지친 해적들을 뒤에서 쉬고 있던 자들이 교대해 준 반면 라이노스 호의 전투원들은 그러지 못했다. 거기에다 해적선장 드라쿤의 등장은 그 격차를 더욱 벌려 버렸다.

좌아아악.

세찬 물기둥과 함께 거대한 동체가 물 위로 솟구쳤다. 바다의 제왕이라고 불리는 킹 서펜트 렉스였다. 아직 완전한 성체는 아니지만 라이노스 호의 전투원들을 질리게 만들기에 모자람이 없는 풍모였다. 렉스의 머리 위에는 드라쿤이 팔짱을 낀 채 유유히 서 있었다. 그것을 본 해적들이 환호를 했다.

"선장님이다."

"캡틴 드라쿤 만세."

무시무시한 해양 몬스터의 머리에 올라타고 유유히 전장을 관망하는 해적선장의 모습은 해적들에게 끝없는 투지를 불어넣어 주었고 맞서 싸우는 라이노스 호의 전투원들에게는 공포감을 안겨주었다. 그 모습이 유쾌했는지 렉스가 지느러미를 파르르 떨며 포효를 했다.

키에에엑.

다음 순간 드라쿤이 몸을 띄웠다. 순간적으로 뽑아든 장도에서 시퍼런 기운이 솟구쳐 올랐다. 해적선장 드라쿤의 전투 가세였다. 무시무시한 속도로 내리꽂히는 드라쿤의 장도는 정확히 기사 한 명을 노리고 있었다. 전투에서 십여 명 이상의 해적들을 죽인 실력자였는데 검에서 뿜어지는 오러 블레이드는 그가 마스터 급임을 증명해 주었다. 해적선장이 자신을 향해 내리꽂히자 기사가 반사적으로 검을 들어 막았다. 그러나 그는 이미 거듭된 전투로 지친 상태였다. 힘이 실린 드라쿤의 공격을 흘리지 못해 뒤로 주르르 밀려나며 한쪽 무릎을 꿇었다.

"크으윽."

검을 쥔 손아귀가 터져 피가 줄줄 흘러나왔다. 그런 상황에서 드라쿤의 공격이 계속 이어졌다. 결국 기사는 치명상을 허용하고 쓰러져야 했다. 적을 쓰러뜨린 드라쿤이 가슴을 앞으로 내밀며 포효를 했다.

"캬아아악."

드라쿤 해적단의 승리를 알리는 함성소리였다.

⚜

세 시간의 전투 끝에 라이노스 호는 해적단에 완전히 장악되었다. 선장인 랄센을 비롯한 고급선원들은 대부분 싸우다 죽었다. 전투에 가담한 승객들도 대부분 전사하고 일부는 포로로 붙잡혔다. 해적들의 손에 죽기 싫어 무기를 버리고 항복했지만 암울한 운명만이 그들을 기다리고 있었다. 노예로 팔리거나 아니면 죽을 때까지 프리깃의 선창에서 노를 저어야 할 테니 말이다.

해적들 중에서 경험 많은 수부들이 뽑혀 라이노스 호의 운행을 맡았다. 그들은 접전으로 부서진 기물을 수선하고 돛을 올렸다. 포로들의 입을 통해 실시간으로 배의 운행정보를 빼내고 있었으므로 금세 갤리언에 익숙해질 터였다.

"뱃머리를 돌려라. 무법항으로 운항한다."

드라쿤의 명령에 해적들이 땀을 뻘뻘 흘리며 줄을 잡아당겼다.

화아악.

활짝 펼쳐진 돛이 모로 기울어지며 라이노스 호가 포물선을 그리며 선회했다. 네 척의 프리깃이 마치 호위하듯 갤리언을 에워싸고 이동했다. 잠시 후 다섯 척의 배는 그곳에서 흔적도 없이 사라졌다. 남은 것이라곤 수면에 둥둥 떠다니는 시체들뿐이었다. 그나마 피 냄새를 맡은 상어와 물고기들이 몰려들어 시체를 먹어치우기 시작했다. 이곳에서 무슨 일이 벌어졌는지는 아무도 알지 못할 터였다.

⚜

드라쿤을 비롯한 해적단 간부들은 즉각 배에 대한 조사에 들어갔다. 해적단의 수뇌부 중 한 명인 던컨이 우선적으로 챙긴 것은 선장실의 항해일지였다. 이것과 자신이 창공의 자유호를 타고 트루베니아로 오면서 작성한 항해일지를 대조하면 아르카디아까지의 안전한 항로를 만들어낼 수 있다. 그런데 선장실의 금고를 연 순간 해적선 수뇌들의 입이 딱 벌어졌다.

놀랍게도 금고 속에는 노란 금화가 가득 차 있었다.

"세, 세상에……."

"이게 도대체 얼마야?"

세기조차 힘들 정도로 많은 금화가 선장실 금고에서 발견되었다. 그것은 다름 아닌 승객들의 뱃삯이었다. 일인당 일만 골드씩 지불한 뱃삯이 라이노스 호를 통해 운반되고 있었던 것이다.

비록 페이류트 선적이지만 요금을 라이노스 호의 선박회사가 전부 갖는 것은 아니었다. 티라스에 치안 병력을 파견한 국가들이 인원의 비율대로 나누기 때문에 우선은 돈을 아르카디아로 보내는 것이 정석이다. 만약 해적들의 습격을 받지 않았다면 페이류트에서 돈이 분배되어 각 왕국의 파견 관리들이 챙겨갔을 것이다. 드라쿤이 놀란 눈빛으로 혀를 내밀어 입가를 핥았다.

"이, 이건 정말 짭짤하군."

소득은 그것뿐만이 아니었다. 선실에서 벌벌 떨고 있는 승객들—남자들은 대부분 싸우다 죽고 대부분이 여자와 어린아이들이다—의 짐에서도 거금이 발견된 것이다. 승객들 대부분이 아르카디아로 이주하려는 귀족들이다 보니 숨겨둔 돈이 많고도 많았다.

사실 드라쿤은 배 자체를 노리고 라이노스 호를 습격했다. 그런데 배에서 거둬들인 소득은 상상을 초월할 정도였다. 이토록 엄청난 부가 아르카디아로 넘어갔을 줄은 꿈에도 상상하지 못했다. 드라쿤의 눈빛이 예리하게 빛났다.

"이거 앞으로는 무조건 대륙간 여객선을 털어야겠군. 이토록 짭짤하다면 말이야."

그 말에 동의한다는 듯 간부들이 정신없이 고개를 흔들었다.

물론 걸림돌은 없었다. 무법항에서 라이노스 호를 해적선으로 개조해 선원들이 배에 익숙해지면 즉각 다른 배를 약탈하러 출항할 수 있다. 실력 있는 선원들은 얼마든지 무법항에서 조달할 수 있었고 전투원으로 쓸 오러 유저의 수급에도 문제가 없었다. 티라스의 버림받은 기사들이 앞을 다투어 티라스 해적단에 들어오려고 하는 판국이다.

"이 사실을 해적들에게 널리 퍼뜨려야겠군. 앞으로는 시시하게 조운선 따위나 털 필요는 없어."

드라쿤의 입가에 묘한 미소가 번져가기 시작했다.

⚜

쏘이렌 수도의 외곽에서 벌어진 전투는 무려 6개월 만에 결판이 났다. 쏘이렌 측에서 30만, 아르니아 측에서 20만의 병력을 투입한 어마어마한 규모의 전투. 아르니아 군이 바로 수도 인근까지 밀고 들어오자 발등에 불이 떨어진 에를리히 왕세자는 잡아 가두었던 케네스 백작을 복직시켜 수비군을 맡겼

다. 비록 파하스 파의 인물이지만 수비에 있어서는 자타가 공
인하는 명장이다. 에를리히 진영에는 그를 능가하는, 아니 필
적하는 지휘관이 없었다.

30만 대군의 지휘권을 맡은 케네스 백작. 그가 선택한 작전
은 전장을 넓게 가져가는 것이다. 수도 인근의 광활한 평야에
30만 대군을 흩어놓아 적의 분열을 유도하는 작전이 바로 그
것이었다.

"아르니아 군은 아군보다 수가 적다. 그러나 기사단 전력은
월등히 강하다. 기사단 전투에 영향을 받지 않으려면 반드시
병력을 분산시켜야 한다."

그에 따라 케네스 백작은 30만 병력을 사단별로 쪼개어 평
원에 풀어놓았다. 아르니아 군을 흩어놓고 각개격파하려는 계
산에서였다. 아르니아 군이 한데 뭉쳐 돌파를 시도할 경우 동
그랗게 포위하여 역공이 가능한 진형. 결국 아르니아 측은 케
네스 백작의 의도대로 병력을 분산시킬 수밖에 없었다. 아르
니아 군이 병력을 분산배치하자 케네스 백작이 무릎을 쳤다.

"되었어. 이것은 우리가 이긴 전쟁이야."

일단 쏘이렌 측은 병력이 10만이나 많다. 게다가 아르니아
는 원정군이라 보급로가 길다. 그런 상황에서 분산전투가 이
루어지면 절대적으로 쏘이렌에 유리한 것이 현실이다.

"시간만 끌면 우리가 반드시 이긴다."

케네스 백작은 승리를 자신했다. 그러나 그의 예상은 엉뚱

한 데서 빗나가 버렸으니…….

분산된 병력끼리 전투를 치렀지만 이기는 쪽은 아르니아였다. 아르니아 병사들이 훈련도 잘 되고 장비도 좋았기 때문이었다. 물론 그것만으로는 수적 열세를 극복하지 못한다. 문제는 아르니아 측에서 전사들을 투입한 데서 비롯된다.

세비 요새에서 조련된 전사들의 수는 만 명이 조금 넘는다. 그 중에는 기사와 맞먹을 정도로 강한 자도 있었고 훈련이 부족한 자도 있었다. 그러나 일반 병사들과는 비교도 되지 않을 정도로 강한 것이 사실이다. 켄싱턴 공작은 바로 이 전사들을 평원전투에 투입했다. 그들은 평원전투의 힘 싸움에 엄청난 역할을 했다.

만약 기사단을 투입했다면 이 같은 효과를 보지 못했을 것이다. 600명밖에 되지 않는 기사들을 20개 사단에 나누어 투입했다면 1개 사단에 고작해야 30명 정도밖에 배치되지 못한다. 결코 대세에 영향을 미칠 수 없는 수인 것이다. 그러나 전사들은 실력이 조금 떨어지는 반면 숫자가 많다. 1개 사단에 500명씩 배치된 전사들은 여러 전장에 투입되어 그간 해온 혹독한 수련의 성과를 만끽했다.

수적으로는 밀리지만 병사들의 장비와 훈련수준은 월등히 높다. 거기에 전사들의 힘이 가세하자 승부의 저울추는 아르니아 쪽으로 기울기 시작했다. 게다가 그들을 지휘하는 총사령관이 명장으로 이름 높은 켄싱턴 공작이었으니…….

쏘이렌을 더욱 궁지로 몰아넣은 것은 바로 포로에 대한 정책이었다. 기본적으로 아르니아 군은 쏘이렌 포로들을 회유 가능한 인적자원으로 간주했다. 그에 따라 아르니아 병사들은 적군을 죽이기보다는 생포하는 데 주력했다. 그리고 붙잡은 포로들을 다각도로 활용했다. 우선 가족들이 쏘이렌의 영토에 있는 포로는 노역 대상이었다. 가족들의 안위 때문에 진심으로 전향하지 못하기 때문이다. 그들은 무장이 해제된 채 파괴된 요새의 복구나 장비의 수리에 투입되었다.

포로의 가족이 아르니아 군 점령지에 있을 경우는 상황이 판이하게 달라졌다. 포로를 귀향시켜 자유의 몸으로 풀어주거나 아니면 가족들에게 농토를 수여하여 아르니아 군 신병으로 받아들였다. 병사로 복무할 경우 가족들에게 농토를 수여한다는 사실을 알게 된 포로들은 십중팔구 복무를 선택했다.

"그런 조건이라면 복무를 하겠습니다."

"반드시 약속을 지켜주십시오."

돈 한 푼 받지 못하고 강제 징집되어 무장을 자신이 준비하여 싸우던 쏘이렌 포로들, 그들은 가족들에게 내려질 농토를 위해 서슴없이 아르니아 군에 입대했다. 그들의 수는 넓게 펼쳐진 전장에서 전사하는 인원을 수급하는데 모자람이 없었다. 접전을 치르면서도 아르니아 군의 수가 줄지 않은 것은 바로 그 때문이었다.

반면 쏘이렌 군의 포로취급정책은 판이하게 달랐다. 드넓은 전장에서 많은 수의 아르니아 병사들이 포로로 붙잡혔다. 물론 본토 출신 포로들의 경우에는 목숨에 위협을 받지 않았다. 정기적으로 있는 포로교환에 중요한 자원이기 때문이다. 문제는 쏘이렌 출신 전향병이었다.

"이런 더러운 배신자."

"너 같은 놈은 살려둘 수 없다."

쏘이렌 군은 포로가 자국 출신 전향병이라는 사실이 밝혀지면 지극히 잔인한 방법으로 처형해 버렸다. 지독한 고문은 기본이었다. 그리고 그 사실은 금세 전향병들 사이에 퍼졌다. 점령한 쏘이렌 군의 주둔지에서 시체들이 속속 발견되니 모를 수가 없는 것이다. 하나같이 지독한 고문을 받아 흉한 몰골이었다.

"쏘이렌 군은 전향병을 붙잡는 족족 처형해 버린다며?"

"그 전에 지독한 고문은 기본이라더군. 붙잡혀도 쏘이렌 출신이란 사실을 밝히면 안 돼."

그러나 속이는 데에도 한계가 있었다. 사실이 밝혀져서 처형되는 포로들이 늘자 전향병들의 생각도 바뀌었다. 적에게 항복하느니 차라리 죽을 때까지 싸우자는 분위기가 팽배해진 것이다.

"어차피 죽을 것이라면 항복할 수 없어."

"차라리 전사하는 것이 깔끔해. 갖은 고문을 받으며 죽을 수는 없어."

동료 전향병들의 참혹한 모습에 몇몇 병사들은 사로잡은 적 포로를 대상으로 분노를 발출하려 했다. 그러나 그것은 아르니아 장교들의 적극적인 만류로 실행에 옮겨지지 못했다. 그런 여러 가지 요소가 작용해서 전투의 결과가 도출되었다. 아르니아 측의 압도적인 승리. 투입한 병력의 태반을 잃은 케네스 백작은 의기소침했다.

"아르니아 군이 이토록 강할 줄은 몰랐군."

그는 남은 병력을 모조리 긁어모아 수도를 방어했다. 수도 외곽을 둘러싼 성벽에 병력을 집중 배치한 것이다. 그러나 이미 승기는 아르니아 측에 넘어간 상태였다. 잘 훈련된 아르니아 병사들은 전사들의 선도 아래 쏘이렌 군을 마구 압박해 들어갔다. 무엇보다도 아르니아 군에는 초인이 있었다. 레온과 커티스 두 명의 초인이 함께 달려들어 성벽을 깨뜨렸다.

"와아아아."

"성문을 깨뜨렸다."

수도로 파고들어간 아르니아 군은 시가전을 전개했다. 쏘이렌 측으로서는 악몽의 순간이었다. 기사단은 월등한 우위였고 전사대라는 강력한 전력도 있다. 병사들 개개인의 훈련수준과 전투경험도 월등하다. 아르니아 군은 전장을 압도하며 궁성을 향해 거침없이 진군해 들어갔다.

"결국 이렇게 되어 버리는가?"

에를리히 왕세자의 얼굴에는 착잡함이 가득했다. 우여곡절 끝에 쏘이렌의 왕좌를 차지하는데 성공했지만 대관식을 치르지도 못하고 내쫓기게 생겼다. 아르니아 군이 왕궁에 입성하는 것은 시간문제였다. 그의 앞에는 케네스 백작이 초조한 표정으로 재촉하고 있었다.

"서두르십시오. 전하."

"괘, 괜찮겠소?"

"걱정 마십시오. 이미 저는 수비군과 함께 옥쇄할 각오를 굳혔습니다. 뒷일은 걱정하지 마십시오."

그는 에를리히 왕세자로 하여금 비밀통로로 빠져나갈 것을 종용하고 있었다. 그가 남아서 수비군을 진두지휘하여 시간을 끈다는 전제 하에 말이다. 왕세자가 착잡한 눈빛으로 케네스 백작을 쳐다보았다.

"내가 경을 잘못 평가했었구려."

간과 쓸개라도 빼줄 것 같이 행동하던 코모도 후작. 그는 전세가 불리해지자 에를리히 왕세자를 헌신짝처럼 버리고 도망쳤다. 아마 지금쯤이면 아르카디아 행 배를 타기 위해 티라스로 달려가고 있을 것이다. 그것은 다른 귀족들도 마찬가지였다. 각지에서 패전을 거듭하자 귀족들은 하나둘씩 왕세자의 옆에서 사라졌다. 최후의 순간까지 남은 자는 케네스 백작과 평소 탐탁지 않게 생각하던 중신들뿐이었다.

"그, 그럼 부탁하겠소."

에를리히 왕세자는 호위들을 데리고 비밀통로를 통해 왕궁을 빠져나갔다. 이미 그의 식솔들은 모처로 피난을 간 상태였다. 시내의 상황은 참혹했다. 곳곳에서 검은 연기가 피어올랐고 무장병력들이 각지에서 충돌했다. 그는 근위기사들의 철통 같은 호위를 받으며 시 외곽으로 빠져나왔다.

왕궁을 나선 에를리히 왕세자는 즉각 남부로 향했다. 쏘이 렌의 왕좌를 지키기 위해서는 남쪽으로 내려가야 했다. 우선 대대로 혼인을 통해 우호를 다져온 우방국 휴이라트에서 원병을 보낸다는 전갈을 받은 상태였다. 쏘이렌에 대한 지지성명을 밝혔지만 휴이라트는 사태에 개입하지 않고 관망하기만 했다. 쏘이렌이 질 것이라 생각하지 않았기 때문이었다. 겉으로보기에는 영락없이 어린아이와 어른이 싸우는 형국이었다.

그러다 수도방어전에서 아르니아가 승리하자 부랴부랴 원병을 편성해 보냈다. 그 수가 약 8만, 결코 대세에 영향을 끼칠 숫자가 아니다. 그러나 전통적으로 해군의 힘이 막강한 해상왕국 휴이라트로서는 그야말로 병력을 박박 긁어서 보낸 것이다. 호위 기사들과 함께 남쪽으로 내려가는 에를리히 왕세자의 얼굴에는 결연한 빛이 서려 있었다.

“반드시 궤헤른 공작을 끌어들여야 해.”

궤헤른 공작은 현재 영지를 봉쇄하고 누구의 출입도 허용하지 않았다. 어떻게든 그를 설득하여 병력을 지원받아야 한다. 또한 남부의 영주들을 규합하는 것도 그가 해야 할 일이었다. 대관식을 치르려면 어떻게든 아르니아의 침략군을 물리쳐야 한다.

그러나 에를리히 왕세자의 표정은 그리 밝지 않았다. 우선 궤헤른 공작에게 머리를 숙이고 싶지 않았고 남부 영주들을 규합해도 막강한 아르니아 군을 물리칠 수 있을 것 같지가 않았다.

불현듯 그의 시선이 서쪽으로 향했다. 그쪽으로 가면 안전한 피난처인 티라스가 있다. 이미 그는 군자금으로 쓰기 위해 왕실의 금고를 탈탈 털어온 상황. 그 돈을 모두 가지고 아르카디아로 간다면 아무런 걱정 없이 식솔들과 함께 잘 먹고 잘 살 수 있다. 그러나 그는 억지로 그 생각을 머릿속에서 날려버렸다. 사자가 풀만 먹고 살 수 없듯 강대한 쏘이렌 왕국의 왕위 계승자인 그가 일신의 안위만을 위해 모든 것을 포기할 수는 없었다.

“빌헬름 공작령으로 간다. 서둘러라.”

에를리히는 굳은 표정으로 말을 달렸다.

왕궁의 최후 방어선은 불과 이틀 만에 허물어졌다. 케네스 백작이 근위병들을 총 동원해서 방어막을 쳤지만 이미 한 번 넘어간 승기를 되찾아 오진 못했다. 왕성은 함락되었고 케네스 백작은 높은 성루에서 몸을 던져 스스로의 운명을 결정지었다. 지휘관이 자결하자 수비병들은 두 손을 들고 항복했다. 강대국 쏘이렌의 유서 깊은 수도가 아르니아 군에 의해 점령당한 것이다.

저벅저벅.

아르니아 군은 보무도 당당하게 왕궁에 입성했다. 물론 그들 대다수는 쏘이렌 출신 전향병 들이었다. 그들은 감회 어린 눈빛으로 얼마 전까지 조국이었던 나라의 왕성을 쳐다보았다.

"왕궁에 들어와 보다니 꿈만 같군."

비록 왕궁을 함락시켰지만 건진 것은 거의 없었다. 왕족들은 모두 외국으로 피신한 상태였고 창고는 텅텅 비어 있었다. 그러나 쏘이렌의 왕궁을 함락시킨 것은 상징적으로 큰 의미였다.

수도를 함락시킨 아르니아 군은 우선 전열을 재정비했다. 가장 시급한 것은 시가전으로 인해 흉흉해진 수도의 민심을 가라앉히는 것이다. 서부와 남부로 진격하는 것은 그런 다음에 행해야 한다.

VII
쏘이렌의 멸망

에를리히 왕세자의 협조요청에 궤헤른 공작은 한 가지를 조건으로 내세웠다. 그것은 바로 궤헤른 공작령의 공국화였다. 참전하는 대가로 궤헤른 공작령을 공국으로 인정해 달라는 요구조건. 에를리히 왕세자로서는 꽤나 고심할 수밖에 없었다. 그러나 달리 선택할 길이 없었다.

"만약 인정하지 않는다면 아르니아에 같은 조건을 제시할 것이오."

궤헤른 공작의 엄포 섞인 협박에 왕세자는 울며 겨자 먹기로 조건을 받아들였다.

"알겠소. 아르니아 침략군을 물리치고 나면 궤헤른 공작령을 반드시 공국으로 독립시켜 주겠소.”

에를리히의 회신을 받자 궤헤른 공작령은 즉각 전쟁참여를 선포했다. 에를리히 왕세자 역시 빌헬름 공작령의 병력을 기반으로 남부 영주들의 참전을 종용했다. 병력이 구름처럼 모여들기 시작했다. 거기에 휴이라트의 8만 원군이 더해졌다. 빌헬름 공작령에 모여든 병력은 줄잡아 20만 명, 궤헤른 공작령에서 출전시킨 10만 대군과 합쳐 물경 30만의 대군이 구성되었다. 그에 비하면 아르니아의 병력 수준은 여전히 20만 정도, 그러나 장비와 훈련수준이 상대적으로 뛰어난 정예병들이었다.

2차 대격전 역시 6개월에 걸쳐 이어졌다. 결론적으로 불후의 명장 켄싱턴 공작의 뛰어난 전략전술이 빛을 발한 전투였다.

“쏘이렌 군은 서쪽과 남쪽 양쪽으로 양면공세를 취하고 있다. 전력을 분산하면 패할 수밖에 없어. 하나를 묶어놓고 나머지 하나를 우선 박살내는 전략을 써야 한다.”

켄싱턴 공작은 궤헤른 공작군을 묶어놓고 에를리히 왕세자 군을 먼저 박살내는 전략을 구상했다. 궤헤른 공작령에서 수도로 넘어오려면 파렌 산을 통과해야 한다. 평야 한복판에 위치한 산이라 높거나 험준하진 않았지만 자연의 방벽 역할은 충분히 했다.

켄싱턴 공작은 파렌 산맥에 3만의 정예병과 전사 오천을 투입했다. 정예병 중 레인저의 비율이 비약적으로 높은 기형 부대였다. 그들은 파렌 산에 은밀히 매복하여 궤헤른 공작군의 발목을 막았다. 각 길목을 철통같이 틀어막고 장비가 부실한 궤헤른 공작군에게 화살을 쏘아붙였다.

"으아악."

화살에 꿰뚫린 병사들이 비명을 지르며 나가떨어졌다. 솜옷에 방패조차 들지 않은 징집병들에게 쏟아지는 화살비는 한마디로 악몽이었다.

"뚫어라. 반드시 뚫어야 한다."

사안이 사안이니만큼 궤헤른 공작이 직접 친정을 나온 상태. 그가 급조한 기사단을 선두에 세워 길을 뚫으려 했다. 내전을 통해 많은 기사를 잃었지만 티라스에 사람을 파견해 돈을 아끼지 않고 기사를 영입했고 용병기사까지 모집했다.

그러나 50명의 아르니아 기사와 5천의 전사대는 단 한 치의 땅도 내어주지 않았다. 기사와 전사들이 길목을 철통같이 틀어막고 레인저와 궁수들이 화살비를 퍼붓는 방어 전략에 궤헤른 공작군은 속수무책이었다. 특공대를 편성하여 수십, 수백차례 돌격을 시켰지만 덧없이 화살밥만 될 뿐이었다.

그렇게 궤헤른 공작군이 파렌 산에서 묶여 있는 동안 켄싱턴 공작은 모든 전력을 한군데 집중시켰다. 동원 가능한 병력을 모조리 에를리히 왕세자를 치는데 돌린 것이다.

드넓은 전장에 수도 없이 피가 뿌려졌다. 곳곳에 널린 것이 시체와 부서진 병장기였다. 피아 합쳐 수십만에 달하는 대규모 전쟁. 이런 대규모 전쟁에서는 보통 수가 많은 쪽이 유리하기 마련이다. 그러나 그러한 상식을 뒤엎고 모든 전장에서 아르니아가 우위를 지켰다. 그것을 가능하게 한 것은 아르니아 특유의 병력 충원방식이었다.

가족들에게 토지를 불하하는 대가로 신병을 충원하다 보니 항상 아르니아의 병력모집소 앞에는 인파가 북적였다. 10년을 복무하는 대가로 세금을 일절 내지 않는 것은 그야말로 엄청난 혜택이다. 그것은 아르니아 말고는 그 어떤 왕국에서도 추진하지 못하는 방식이다.

통상적으로 영지에 소속된 모든 토지의 주인은 영주이다. 그 토지를 소작농이나 농노에게 경작하게 하여 세금을 거두는 것이다. 영주의 화려한 생활이 가능한 것은 바로 그 세금 때문이다. 만약 세금을 거두지 않는다면 화려한 생활을 할 수가 없다.

그러나 아르니아가 점령한 지역은 관리 영주가 다스린다. 국가로부터 봉급을 받는 관리 영주에게 과도한 생활비가 들 까닭이 없다. 게다가 그들에겐 아르니아 여왕이 직접 하달한 명령이 있었다.

—약속은 반드시 지키도록 해요. 10년 동안 세금을 거두지

못한다고 해도 결코 국가적으로는 손해가 아니니까요. 해당 농민의 삶이 부유해지면 아르니아 역시 부유해진다는 사실을 명심하세요.

그에 따라 관리 영주들은 병역을 대가로 영민들이 내려받은 토지에 대해 일절 세금을 매기지 않았다. 그리고 그 사실은 가족들의 편지를 통해 전장에서 싸우는 병사들에게 전달되었다. 일선의 병사들로서는 고무될 수밖에 없는 상황이다.

"목숨을 걸고 싸울 것이다. 이번 전쟁에서 반드시 아르니아가 이겨야 해. 그래야만 가족들이 부유하게 살 수 있어."

전투의 성패를 가른 것은 바로 그 부분이었다. 쏘이렌은 몇몇 영주 직속의 정예병을 제외하면 대부분 징집병들이다. 장비도 부실할뿐더러 꼭 싸워야 한다는 동기가 없다. 애당초 강제로 끌려와서 병사가 된 경우이기 때문이다. 따라서 틈만 나면 탈영을 했고 전세가 조금만 불리해져도 대열을 이탈했다. 본보기 삼아 혹독한 군율을 적용시켰지만 완벽할 순 없다.

그러나 아르니아의 신병들은 사정이 달랐다. 가족들을 먹여 살리기 위해 지원을 한 만큼 탈영은 생각조차 하지 않았고 일단 명령을 받으면 최후의 순간까지 거점을 지켰다. 게다가 포로가 되면 갖은 고문 끝에 처형당한다는 소문이 퍼져서 어지간해서는 항복도 하지 않았다. 그런 하급 병사들의 사고방식 차이가 전쟁의 성패에 엄청난 영향을 미쳤다.

"이곳에서 기다리십시오."

"알겠다."

시종의 안내에 루치아넨이 고개를 끄덕였다. 그는 지금 황제를 배알하기 위해 입궐한 상태였다. 가방에 넣어온 서류를 정리하던 루치아넨이 조용히 보고내용을 머릿속에 정리했다. 그의 신분은 정보부 총수. 각지에서 전해진 정보를 선별해서 분류한 다음 황제에게 보고를 한다. 그러면 황제는 그 정보를 토대로 국무회의에서 대신들과 논의를 하게 되는 것이다. 돌연 그의 얼굴에 묘한 미소가 떠올랐다.

"폐하께서는 너무 수욕을 좋아하신단 말이야."

헬프레인 제국의 절대자 트로이데 황제는 지금 온천욕을 즐기고 있었다. 건강에 매우 신경을 쓰는 군주인 그는 매일매일 한 시간씩 운동을 했다. 그렇게 땀을 흘린 다음 화산지대의 온천수를 공수해 만든 욕탕에 들어가 수욕을 한다. 그 시간 동안은 그 누구도 황제를 방해하지 못한다. 정보부 총수인 루치아넨조차도 기다려야 하는 것이다. 그러나 그는 조바심내지 않고 조용히 서류를 분류했다.

덜컥.

문소리와 함께 두 명이 집무실 안으로 들어왔다. 얼굴이 벌겋게 상기되어 있는 혈색 좋은 중년인과 마치 철로 빚어 만든 듯 무표정한 기사. 헬프레인 제국의 절대자인 트로이데 황제와 근위기사단장인 벨로디어스 공작이었다. 바늘 가는데 실이 따라가듯 황제가 있는 곳에는 반드시 벨로디어스 공작이 있었다.

"오, 루치아넨 경. 많이 기다렸소? 미안하게 되었소."

"아닙니다. 폐하."

루치아넨이 당황해서 몸을 일으켰다. 황제가 그런 루치아넨의 어깨를 툭툭 치며 자리에 앉았다. 벨로디어스 공작이 마치 철탑처럼 뒤에 버티고 섰다.

"그래 회의를 시작합시다."

"네. 폐하."

첫 번째 보고 의제는 아르니아의 쏘이렌 수도 함락이었다.

"정확히 일주일 전 아르니아가 쏘이렌의 수도를 함락시켰습니다. 현재는 레인저가 대다수인 부대로 궤헤른 공작군의 진군을 막는 동시에 남쪽의 에를리히 군을 강하게 압박하고 있다고 합니다."

"정말 놀랍군."

트로이데 황제가 혀를 내둘렀다. 약소국 아르니아가 국력 차이가 열 배가 넘는 쏘이렌의 수도까지 치고 들어가리라곤 꿈에도 상상하지 못했다. 그저 적당히 영토를 점령한 뒤 농성할 것이라 판단했다. 하지만 예상이 송두리째 뒤엎어졌으니…….

"아르니아의 저력이 놀랍군. 어떻게 그렇게 할 수가 있지?"

"적국의 백성을 아군의 병사로 만든 발상의 전환이 정말 획기적이었습니다. 우리 군만 해도 상상도 하지 못했으니까요."

물론 헬프레인 제국이야 워낙 인적자원이 넘쳐나다 보니 그럴 필요가 없다. 국가에 대한 충성심에 불타오르는 수백만 장정이 존재하는 나라가 헬프레인 제국이다. 때문에 제국은 영토를 점령하면 포로로 붙잡은 적국 병사들을 노역도 시키지 않고 가두어두기만 했다. 아르니아처럼 자국의 병력으로 활용해야 할 이유가 전혀 없었다.

"현재 아르니아 군의 총 병력은 이십만이 넘어갈 것으로 추정됩니다. 본국에 위탁생산을 의뢰한 갑옷과 장비의 수를 따져보고 내린 결론입니다."

아르니아에서는 지속적으로 군수물자의 위탁생산을 의뢰해 왔다. 자국의 생산능력으로는 일주일에 백 명 분의 장비를 만들어내는 것도 벅차다. 어차피 장인들이 일이 없어 노는 형국이라 헬프레인 제국에서는 최대한 위탁생산을 해 주었다. 그런데 거기에서 드러난 아르니아 병사의 무장 수준은 오히려 헬프레인 제국을 능가하고 있었다.

아르니아 병사의 기본무장은 거창했다. 창날이 달린 금속제 원형투구는 목을 보호하기 위해 아랫부분이 완만하게 휘어져 있다. 상의에 걸치는 가죽갑옷과 그 위에 얇은 사슬갑옷이 있다. 그리고 그 위에 견고한 금속제 견갑과 흉갑을 걸친다. 기본무장은 장창과 중검. 하나같이 담금질이 잘 된 것들이었다.

거기에 금속으로 보강된 두터운 나무방패와 모직 망토를 착용한다. 말 그대로 영주의 직속 정예병들이나 장비할 만한 무구를 일반 병사들에게 지급하는 것이다. 그것도 한때 적국의 백성이었던 자들에게 말이다.

"대단한 일이로구려. 적국의 백성이었던 자들에게 그렇게 비싼 투자를 하다니 말이오."

"쏘이렌 하층민들의 국가의식이 그토록 옅을 줄은 몰랐습니다."

"그것을 간파해 낸 아르니아가 대단한 것이오. 누구도 예상하지 못한 발상 덕분에 이 같은 결과를 내고 있지 않소."

루치아녠이 조심스럽게 입을 열었다.

"아무래도 아르니아를 견제하는 것이 낫지 않겠습니까? 우선적으로 군 장비의 위탁 생산부터 조금씩 줄여나가는 것이……."

루치아녠의 걱정은 당연했다. 정보부 총수로서 인접국의 국력이 신장되는데 경계하지 않을 수가 없다. 그가 속한 헬프레인 제국의 안위가 그에게는 절대선이다. 그러나 트로이데 황제는 그렇게 생각하지 않는 듯했다.

"아르니아는 우리의 혈맹이오. 혼인관계로 맺어진 동맹국이지."

"동맹국이라고 볼 순 없습니다. 상호 불가침조약을 맺긴 했지만 서로에게 도움을 줄 수 없는 입장입니다."

"현재로써 그것이면 충분하오. 아르니아는 헬프레인 제국 외에 유일하게 중앙집권제를 채택한 국가란 사실을 명심하시오."

"하오나 쏘이렌을 점령해서 아르니아의 국력이 신장되면 문제가 생길 소지가 있습니다."

황제가 심유한 눈빛으로 루치아넨을 쳐다보았다.

"과거 우리는 전선을 매우 넓게 가져가야 했었소. 트루베니아 전체가 헬프레인 제국의 적이었기 때문이오. 하지만 지금은 아니오. 아르니아가 쏘이렌을 쳐서 점령한다면 그것 자체로도 좋은 것이오. 최소한 제국의 동남부를 지켜줄 든든한 교두보가 생기는 것이오."

"……."

"나는 아르니아 왕가를 믿소. 그리고 현 여왕, 그리고 그녀의 남편이 추구하는 노선을 지지하오. 그들이 궁극적으로 추구하는 절대선은 아르니아의 국민 대다수를 행복하게 만드는 것. 거기에 쏘이렌 국민들이 포함된다고 해도 상관하지 않소. 무릇 백성들의 안위를 가장 먼저 중시하는 군주는 절대적으로 믿어야 하는 법이지."

루치아넨이 숙연한 표정으로 고개를 끄덕였다. 어차피 정보부 총수의 입장에서 여러모로 생각하다 나온 의견이지 아르니아가 딱히 미운 것은 아니다.

"폐하의 생각을 이해하였나이다."

"경의 우려를 충분히 이해하오. 아르니아를 한 번 믿어봅시다. 어쨌거나 그들은 우리 헬프레인 제국의 숙원을 풀어준 자들이 아니오?"

"알겠습니다. 폐하."

루치아넨이 수긍한다는 듯 고개를 끄덕였다. 황제의 말대로 헬프레인 제국은 아르니아 덕분에 숙원을 풀 수 있었다. 정확히 말하면 아르니아의 대공 레온 때문이다.

그가 제공한 마나연공법으로 인해 헬프레인 제국은 현재 일만 명에 가까운 오러 유저를 보유할 수 있게 되었다. 하나같이 과거 제럴드 공작의 미완성 마나연공법을 익혔던 자들이다. 그들 중 반 이상이 하프 로테이션을 성공하고 각지에 건설된 요새에서 훈련에 매진하고 있다. 그들의 훈련이 끝나면 헬프레인 제국은 트루베니아 전체를 향해 거침없이 칼을 뽑아 들 것이다.

물론 그 사실을 아는 자는 거의 없었다. 새로 양성된 오러 유저들 자체가 애초부터 잊혀진 존재들이었기 때문이다. 제럴드 공작의 미완성 마나연공법을 익혔기 때문에 다른 마나연공법을 배우지 못하고 제대하거나 하급 장교, 혹은 기병으로 복무하던 자들, 그들은 레온 대공의 마나연공법을 익힘으로써 하프 로테이션을 성공시킬 수 있었다. 미운오리새끼에서 곧바로 백조가 된 것이다.

그들을 훈련시키는 방식 역시 아르니아에서 배워왔다. 각지의 훈련소에서 오러 유저들을 가르치는 교관들은 아르니아의 세비 요새에서 노하우를 배워온 자들이다. 다시 말해 일만 명의 오러 유저들은 아르니아 덕분에 만들어졌다고 해도 과언이 아니었다. 그들을 떠올리자 황제의 표정이 부드러워졌다. 생각만 해도 기분이 뿌듯해졌다.

"그래, 훈련은 잘 되어가고 있소?"

"그렇습니다. 이 추세대로 나간다면 6개월 내에 모든 준비가 끝이 날 것입니다."

"정말 기대되는군. 그건 그렇고, 아르니아 왕궁에서 불미스러운 일이 일어났다고 들었소만."

"보고 드리겠습니다."

루치아넨이 즉각 보고를 시작했다. 그것은 바로 초인 두 명이 알리시아 여왕을 습격한 사건이었다. 바다 건너 아르카디아 대륙, 거기에서 가장 강한 제국 크로센에서 국가 최대의 비밀병기인 그랜드 마스터 두 명을 파견했다. 실로 믿어지지 않는 소식일 수밖에 없었다. 황제가 황당하다는 듯 머리를 흔들었다.

"이해가 되지 않는군. 국가의 전략병기인 초인을 어찌 바다 건너 트루베니아로 보낼 수 있단 말인가?"

실례로 헬프레인 제국의 초인 벨로디어스는 황제에게서 일정 거리 이상 벗어나지 않는다. 심지어 잠자리조차도 인근 별궁에서 취한다. 그런 만큼 크로센 제국의 처사가 이해가 되지 않을 수밖에 없었다. 그러나 엄연히 현실에서 벌어진 일이었다.

"그래. 어떻게 되었소?"

"아르니아에서 통보해 온 바에 의하면 공격을 막아냈다고 합니다. 초인 두 명 중 한 명은 접전과정에서 사망하고 나머지 한 명은 포로로 잡혔다고 하더군요."

황제의 얼굴에 감탄 어린 표정이 떠올랐다.

"레온 대공의 실력은 역시 명불허전이로군. 크로센 제국의 초인을 꺾다니 말이오."

그 말에 루치아넨이 고개를 흔들었다.

"그렇지 않습니다. 습격 당시 레온 대공과 커티스 공작은 전장 최전선에 나가 있었습니다."

황제의 눈이 커졌다.

"그럼 도대체 누가 크로센 제국의 초인 둘을 해치웠단 말이오?"

루치아넨의 시선이 벨로디어스 공작에게로 향했다.

"공작 전하의 스승님이셨습니다. 즉 엘프의 숲 수호성자께서 우연히 아르니아 왕궁을 들렀다가 제국의 초인들과 맞닥뜨렸다고 합니다. 아르니아 측에서 보낸 내용이니 확실할 것입니다."

그 말에 벨로디어스 공작의 눈매가 꿈틀했다.

"스승님의 실력이라면 당연한 결과지요. 아마 중간계에서 스승님을 대적할 만한 검객은 없을 것입니다. 제아무리 크로센 제국의 초인이라 해도 말이지요. 그나저나 스승님께서 왜 아르니아의 왕궁을 들르셨다고 합니까?"

"감사 인사차 방문하셨다고 하더군요. 레온 대공이 엘프 여인을 한 명 구해서 엘프의 숲으로 보냈는데 거기에 대한 답례로 방문하셨다고 합니다."

"정말 운이 좋은 경우로군요."

황제와 벨로디어스 공작이 혀를 내둘렀다. 아마도 크로센 제국의 초인들은 작전의 성공을 100퍼센트 확신했으리라. 상대 초인이 전장에 나가 있는 사이 본진을 터는 것이니 어찌 실패할 수 있단 말인가? 그러나 생각도 하지 못한 초인이 나타나 길을 막았다. 그것도 인간 세상에서 가장 강할 것으로 추정되는 그랜드 마스터이다. 벨로디어스 공작이 길게 한숨을 내쉬었다.

"정말 천운이로군요. 아무래도 아르니아는 신이 돌봐주는 나라인 모양입니다."

"저도 그렇게 생각합니다. 하지만 우리는 여기에서 주목할 점이 있습니다. 어찌하여 크로센 제국의 초인 두 명이 아르니아를 습격했는가 하는 것입니다."

루치아녠은 비교적 정확하게 사건의 전말을 추론해냈다.

"아마도 크로센 제국은 우리 헬프레인 제국을 견제하기 위해 초인들을 보냈을 것입니다. 아르니아를 돌려준 것을 토대로 우리가 레온 대공의 마나연공법을 입수한 사실을 알아차렸을 테니까요."

상상할 수 없이 빠른 속도로 기사를 키워낼 수 있는 마나연공법이 기사전력이 가장 취약한 헬프레인 제국의 수중에 들어갔다. 아르카디아로서는 마땅히 경계할 수밖에 없으리라.

그러나 바다를 사이로 둔 크로센 제국이 많은 병력을 보낼 순 없다. 그러나 크로센 제국의 입장에서는 구태여 그럴 필요도 없다. 입김이 미치는 트루베니아의 왕국을 이용한다면 병력과 기사전력을 얼마든지 충원할 수 있다. 그러나 초인만큼은 그럴 수 없다. 트루베니아에서 초인을 보유한 나라는 헬프레인 제국과 아르니아뿐이었다. 아마도 바다를 건너온 두 초인은 헬프레인 제국을 견제하러 온 것임이 틀림없으리라.

"하지만 그들은 한 가지는 예상하지 못했을 것입니다. 그것은 바로 레온 대공의 마나연공법으로 키워낸 기사들의 수와 성취 수준입니다."

레온 대공의 마나연공법은 성취 속도가 상상할 수 없을 정도로 빠르다. 그러나 한 번 익혔던 자들의 성취 속도는 더더욱 빠르다. 헬프레인 제국은 그 마나연공법으로 기사를 새로 키운 것이 아니다. 한때 배웠던 기사들을 재차 조련한 것이다. 그 결과 일만 명에 가까운 오러 유저가 탄생되었으니……

"아르니아의 서신에 따르면 크로센 제국 정보부 총수가 초인들과 함께 왔다가 자결했다고 합니다. 아마 그는 트루베니아에서의 작전을 총괄하는 자가 틀림없을 것입니다."

아마도 초인들의 실패 사실은 크로센 제국으로 알려지지 않았을 것이다. 우선 한 대 얻어맞은 아르니아가 순순히 크로센 제국에 통보해 줄 리가 없다. 죽은 시신을 보존처리한 뒤 포로들을 고이 가둬두고만 있을 터였다. 때문에 크로센 제국에서 상황을 알기까지는 많은 시간이 걸릴 것이다. 상황의 전후를 되짚어본 황제가 입을 열었다. 제국의 숙원을 이루려면 서둘러야 한다는 사실을 간파한 것이다.

"그래 준비가 언제쯤 끝날 것 같소?"

"넉넉잡아 6개월이면 모든 준비가 끝날 것입니다. 오러 유저 일만을 위시해 백만의 강군이 폐하의 명령 한 마디에 자리를 떨치고 일어날 것입니다."

"흠 그 시간이면 아르니아가 쏘이렌을 병합시키는 데는 충분하겠지요?"

"아마 그럴 것입니다."

"좋소."

만족한 듯 고개를 끄덕이던 황제가 돌연 루치아넨을 쳐다보았다.

"그런데 저번에 지시한 일은 어떻게 되었소?"

저번에 지시한 일, 그것은 바로 헬프레인 제국의 해군력을 강화하는 일이다. 현재 헬프레인 제국의 주력 군선은 평저선이다. 용골이 없이 바닥이 평평한 구조이기 때문에 대해를 나가는 데에는 무리가 있다. 때문에 헬프레인 제국에서는 오랫동안 티라스의 전선을 입수하는데 심혈을 기울여 왔다. 프리깃이나 혹은 갤리언 한 척을 손에 넣는다면 나무못 하나 단위까지 분해해서 복제하려는 것이다. 그러나 아르카디아 측에서 눈에 불을 켜고 비밀을 지켰기에 지금까지 목적을 이루지 못했다. 루치아넨이 난감한 표정을 지었다.

"저번에 들어온 정보는 허위였습니다. 사기꾼으로 밝혀졌습니다."

불과 6개월 전 티라스의 선박제조기술자로 자신을 밝힌 자로부터 제의가 들어왔다. 그는 프리깃의 설계도를 넘기는 대가로 많은 돈을 요구했다. 당시 루치아넨의 전폭적인 지휘 하에 정보부 요원들이 대거 급파되었다. 그의 말대로 프리깃의 설계도를 넣을 수 있다면 황금을 톤 단위로 지불해도 아깝지 않다. 그만큼 빠른 배는 헬프레인 제국의 숙원이나 다름없었다.

지금껏 티라스 순시선들은 틈만 나면 제국의 영해로 들어와 첩보활동을 하곤 했다. 그러나 헬프레인 제국의 해군들은 그것을 보고도 속수무책이었다. 느린 평저선으로는 빠른 프리깃을 따라잡을 수 없기 때문이다. 그 때문에 제국의 정보부에서는 프리깃의 설계도를 입수하는데 심혈을 기울였다. 그러나 선박제조기술자라고 밝힌 자는 결국 사기꾼으로 드러났으니……. 당시의 상황을 떠올렸는지 그의 눈에서 불똥이 튀었다.

"사기꾼 놈을 잡아다 본국으로 압송했습니다. 아마도 놈은 평생 감옥에서 본국 정보부를 농락한 대가를 치러야 할 것입니다.”

“안타깝군. 배 한 척 구하기가 이리 힘들다니 말이야.”

그때 루치아넨이 조심스럽게 입을 열었다.

“신빙성은 낮지만 새로운 정보 하나가 들어왔습니다.”

“그게 무엇이오?”

“남쪽바다 해적들 중에서 몇몇이 티라스 프리깃을 해적선으로 운용하고 있다는 첩보입니다. 물론 확인된 것은 아닙니다.”

황제의 눈이 커졌다.

“그게 가능한 일이오? 본국의 해군조차 해내지 못한 일을 어찌 한낱 해적들이.”

“해적들의 소굴인 무법항에 사람을 한 번 파견해 보겠습니다. 그게 사실이라면 어떤 경로로 프리깃을 입수했는지 조사해 보라고 할 참입니다.”

“당장 파견하시오. 만약 구할 수 있다면 돈이 얼마가 들건 상관없이 구매하라고 하시오.”

“알겠습니다. 폐하.”

트로이데 황제의 얼굴에는 초조함이 서려 있었다. 진작 대양해군을 육성했다면 이토록 아르카디아에 밀리지 않아도 되었기 때문이다. 그러나 후회는 아무리 빨리 해도 이미 늦어버린 것이다.

"와아아아!"

거센 파도처럼 밀려드는 대군을 보며 에를리히 왕세자가 착잡한 표정을 지었다. 그의 군대는 이미 풍비박산이 난 상태. 휴이라트의 원군은 궤멸에 가까운 타격을 입었고 빌헬름 공작도 전사했다. 남부 영주들도 제 살길을 찾아서 뿔뿔이 흩어졌고 남은 것이라곤 불과 백 명도 되지 않는 호위병뿐이었다. 궤헤른 공작군은 아직까지 파렌 협곡을 넘어서지도 못하고 있다. 그야말로 완벽하게 아르니아에 패배한 것이다. 질래야 질 수조차 없을 것 같았던 아르니아와의 전쟁. 그러나 그는 그야말로 완벽하게 패해 버렸다.

"한여름 밤의 꿈이었군."

에를리히 왕세자가 착잡한 표정으로 고개를 흔들었다. 드넓은 들판을 메운 것은 오로지 아르니아 군의 군기였다. 도망칠 엄두도 내지 못하는 그를 향해 일단의 기병대가 돌격해 들어갔다. 처참할 정도로 기병대의 말발굽에 짓밟히는 호위대를 그가 무심히 쳐다보았다.

콰지직.

결국 에를리히 왕세자의 몸도 이름 모를 한 아르니아 기병의 창날에 무참히 꿰뚫렸다. 형제의 목을 베면서까지 쏘이렌의 왕좌를 노렸던 에를리히 왕세자의 참담한 최후였다.

에를리히 왕세자의 사망을 시발점으로 남부지역의 소요가 진압되었다. 이제 남은 것은 휘하 병력을 모아 산채로 들어간 영주들의 저항을 무력화시키는 것뿐이었다. 남쪽 전선이 안정되자 켄싱턴 공작은 병력을 궤헤른 공작에게로 집중시켰다. 그때까지 파렌 산맥에 막혀 있던 궤헤른 공작군은 난데없이 산을 넘어온 대군의 공격에 직면해야 했다.

계속되는 충원으로 20만을 유지하는 아르니아 군. 개개인의 장비와 훈련수준, 그리고 전투경험이 월등히 우수하다. 수적으로 반도 되지 않는데다 장비도 부실한 궤헤른 공작군이 도무지 당해낼 수가 없었다. 10만의 군세가 단숨에 궤멸되어버렸고 아르니아 군은 마치 밀물처럼 궤헤른 영지로 밀려 들어갔다.

기세를 탄 아르니아 군의 공격은 무시무시했다. 강력한 기사단과 그 뒤를 탄탄히 떠받치는 전사들, 그리고 고도로 정예화된 20만의 대군을 막을 길이라곤 어디에도 없었다. 궤헤른 영주성을 둘러싼 세 겹의 방어진이 단숨에 허물어졌다. 아르니아 군은 거침없이 진군하여 영주성을 철통같이 에워쌌다. 궁지에 몰린 궤헤른 공작이 항복에 가까운 선언을 했다.

"길을 열어주시오. 영지를 내어주고 아르카디아로 이주하겠소."

아르니아 군 총사령관 켄싱턴 공작은 지금까지 해왔던 대로 그 제안을 받아들였다. 전투를 회피해 한 명의 병사가 목숨을 건진다면 아르니아 전체의 이익이기 때문이다. 결국 궤헤른 공작은 재산을 정리해 마차에 싣고 가족과 함께 떠났다. 몇 되지 않는 기사들이 쓸쓸히 그를 호위할 뿐이었다.

궤헤른 공작령에 대한 무혈입성. 그러나 전쟁이 완전히 끝난 것은 아니었다. 8만이나 되는 원병을 파견한 해상왕국 휴이라트. 대대로 쏘이렌 왕실과 혼인을 통한 혈연을 맺어온 나라를 마저 처리해야 했다. 그리고 그것은 아르니아의 국익에 크나큰 도움이 될 터였다.

수십 개의 항구를 보유한 휴이라트를 점령한다면 해상으로 뻗어나가기에 월등히 용이할 것이다. 휴이라트를 정벌하는데 걸림돌은 없었다. 해군 전력은 막강하지만 육상 병력은 그리 강하지 않은 나라가 휴이라트이다. 그나마 보유한 육군은 모두 쏘이렌에 원군으로 갔다가 소멸되어 버렸다. 켄싱턴 공작은 머뭇거림 없이 휴이라트에 선전포고를 했다.

—휴이라트는 쏘이렌의 편을 들어 본국을 적대했다. 그리고 8만이나 되는 원군을 파견하기까지 했다. 이에 아르니아는 정식으로 전쟁을 선포하고 휴이라트에 그 책임을 물을 것이다.

남하를 시작한 아르니아 군은 10만이었다. 총 병력의 절반을 뚝 떼어 내려 보낸 것이다. 남은 병사들은 갓 점령한 영토에 대한 치안유지에 투입되었다. 영토를 점령당한 영주들과 그들의 병사들이 각지에서 소란을 일으키는 판국이어서 그에 대한 대응이 시급했다.

훈련과 장비가 충실하고 충분한 실전경험을 갖춘 10만의 대병. 휴이라트로서는 도저히 막을 수 없는 전력이었다.

⚜

"이 일을 도대체 어떻게 하면 좋단 말이오?"

화려한 왕관을 쓴 초로의 늙은이. 그가 바로 휴이라트의 국왕인 하인즈 2세였다. 그의 거듭된 질문에도 늘어선 중신들은 침묵을 지켰다. 상황이 이렇게 흘러갈 줄은 그들 중 누구도 짐작하지 못했다.

"늦어도 내일이면 아르니아 군이 국경을 넘을 것이오. 누가 대책을 말해보시오."

그러나 중신들은 여전히 꿀 먹은 벙어리였다. 아르니아 군이 그토록 강할 줄 누가 알았는가? 틀림없이 쏘이렌이 이길 것이라 판단했던 그들이다. 8만의 구원군을 보낸 것은 일종의 생색내기나 다름없었다. 그런데 원군은 흔적도 없이 분쇄되고 쏘이렌은 멸망해 버렸다. 그러니 답답하지 않을 도리가 없다. 내정을 총괄하는 내무대신 샤피르가 조심스럽게 입을 열었다.

"아르니아 군은 매우 강합니다. 그에 비해 우리 휴이라트의 육상전력은 형편없습니다. 얼마 되지 않는 육군도 구원병으로

갔다가 전멸해 버렸습니다. 현실적으로 아르니아 군을 육상에서 막을 수는 없습니다.”

“그렇다면 어떻게 하자는 말이오? 피난을 가자는 말이오?”

샤피르가 식은땀을 흘리며 고개를 끄덕였다.

“그렇습니다. 카르시카 섬의 요새로 수도를 옮겨야 할 것 같습니다.”

다른 중신들도 동의한다는 듯 고개를 끄덕이고 있었다. 카르시카 섬. 해안에서 120킬로미터 떨어진 휴이라트의 해양 요새였다. 노포가 설치된 수백 개의 작은 섬으로 둘러싸여 있었고 암초지대를 배후로 삼고 있어 난공불락이라 불려도 무리가 없는 요새였다. 그러나 하인즈 2세의 얼굴에는 짜증이 서려 있었다.

“정녕 카르시카 섬으로 가는 방법밖에는 없다는 말이오?”

카르시카 섬으로 가면 더 이상 아르니아의 위협에 신경 써야 할 필요가 없다. 그러나 궁정의 화려한 생활을 할 수 없게 되어 버린다. 물자와 재화가 한정된 요새 섬이기 때문이다. 하인즈 2세는 그것을 우려하고 있었다. 신하들이 쩔쩔 매며 대답했다.

“그, 그러하옵니다.”

“후. 그렇다면 할 수 없지.”

하인즈 2세가 어쩔 수 없다는 듯 머리를 흔들었다. 생활이 불편해지더라도 위기에 처하는 것보다는 낫다. 지금은 카르시카 섬을 위시한 천연의 요새로 몸을 피하고 아르니아에 땅을 내어줘야 하는 위기상황이다.

휴이라트의 영토는 바다에 납작하게 붙은 모양이다. 좋은 항구를 많이 가지고 있지만 농사를 짓거나 목축을 할 만한 땅은 없다. 그 때문에 외국과의 교역이 필수적이다. 배삯을 받고 물자와 사람을 날라주는 운송업 역시 휴이라트의 주요 수입원 중 하나이다.

그런 조건 때문에 수많은 육상 국가들이 휴이라트를 노려왔다. 육군 전력이 빈약한데다 점령할 경우 천혜의 항구를 얻을 수 있기 때문이다. 실제로 군대를 파견해서 침공한 나라도 여럿 있었다. 그러나 그 나라들 중에서 목적을 이룬 나라는 한 군데도 없었다.

외국의 침공을 받을 경우 휴이리트는 수도 자체를 카르시카 섬에 위치한 요새로 옮겨버린다. 각 지역의 귀족들 역시 마찬가지였다. 땅을 모두 비워놓고 바다로 나가 버리는 것이다. 그러면 침공한 나라는 손쉽게 땅과 항구를 차지할 수 있게 된다. 하지만 그게 끝이 아니었다.

휴이라트의 주 전력은 해군을 중심으로 구성되어 있다. 육상전력은 약해도 해상전력은 결코 그렇지 않다. 때문에 항구를 점령하더라도 휴이라트 해군의 방해 때문에 제대로 운영을 할 수 없게 된다. 카르시카 섬을 위시한 각 섬들을 점령하지 않는다면 기껏 얻은 항구를 사용할 수 없게 되는 것이다. 때문에 침략군은 근처의 배를 모조리 징발해서 카르시카 섬을 함락시키려 했다. 그러나 그것이 바로 휴이라트의 노림수였으니…….

바다의 멀미를 경험해 보지 못한 육상 출신의 병사가 수전을 잘 치를 리가 없다. 그리고 징발한 배들은 대부분 화물선이나 어선이 태반이다. 그런 전력으로 잘 훈련된 휴이라트의 수군과 빠른 전함들을 상대할 수 있을 턱이 없다. 실례로 과거 휴이라트를 침략한 나라 중 하나였던 쏘이렌은 무려 10만 명의 병사가 바다에 수장되는 사건을 겪어야 했다. 그 일 이후로 관계가 급진전되긴 했지만 말이다.

"아르니아 역시 해전의 경험이 없습니다. 바다로 끌어들여 싸운다면 반드시 우리가 이깁니다. 설령 바다로 나오지 않더라도 상관할 것 없습니다. 항구를 일절 이용할 수 없을 테니까요."

"알겠소. 그럼 그렇게 하도록 합시다."

하인즈 2세가 어쩔 수 없다는 듯 고개를 끄덕였다. 아마 전쟁의 양상은 쏘이렌과 비슷하게 흘러갈 것이 틀림없었다.

과거 휴이라트 해군의 작전에 10만이나 되는 병력이 수장당하자 쏘이렌은 발칵 뒤집혔다. 하지만 섬에 자리 잡은 휴이라트를 정벌할 방법이 없었다. 바다의 싸움은 육지와는 다르다. 육지의 싸움은 그나마 인해전술이 통한다. 계속해서 병력을 보내면 언젠가는 이길 수 있다는 뜻이다. 그러나 해전은 다르다. 병력을 쏟아부어 봐야 족족 바다가 삼켜 버릴 뿐이다. 게다가 기껏 점령한 항구조차 이용할 수가 없었다. 휴이라트의 전선들이 항구를 둘러싸고 드나드는 배를 모조리 침몰시켜 버리기 때문이었다.

결국 쏘이렌은 휴이라트의 수군을 당해낼 수 없다는 사실을 깨닫고 화친을 맺었다. 점령했던 땅을 모조리 내어주고 물러간 것이다. 이후 쏘이렌은 방대한 토지에서 생산되는 식량과 산물을 제공하고 휴이라트는 바다에서 나는 해산물과 해상의 안전을 책임지며 관계가 급진전되었다. 아마 아르니아와의 관계도 비슷하게 흘러갈 것이 틀림없었다.

'답답하겠군. 그동안 섬에 틀어박혀 있어야 한다니 말이야.'

물론 하인즈 2세는 아르니아 따위에게 질 것이라곤 전혀 생각하지 않았다. 비록 아르니아가 강력한 군대를 이용해 쏘이렌을 멸망시켰다고는 하나 바다에서는 사정이 다르다. 쏘이렌처럼 단단히 쓴맛을 본 다음 화친을 맺으려 할 것이 틀림없었다.

휴이라트의 수도 이전 대작전은 급속도로 진행되었다. 화물선이 대거 징발되어 물자를 실어 날랐고 주요 귀족들은 거처를 섬으로 옮겼다. 지방의 영주들 역시 마찬가지였다. 휴이라트의 해안은 수천, 수만 개의 섬으로 이루어진 다도해이다. 영주들이 휴양처로 삼은 섬도 있었고 피난처로 골라 요새화시켜

둔 섬도 있었다. 그들은 준비해 둔 배에 가족과 보물을 싣고
영주성을 떠났다. 남은 자들은 몇 되지 않는 관리인들뿐이었
다. 그 난데없는 이주대열로 인해 휴이라트 전역이 시끌벅적
했다. 그 사실을 아는지 모르는지 아르니아 군은 거침없이 남
하를 계속했다.

⚜

국경에 도착한 아르니아 군은 어리둥절해 해야 했다. 철통
같이 국경선을 지켜야 할 휴이라트의 국경수비대가 단 한 명
도 보이지 않았기 때문이었다. 각 지역의 초소와 요새도 텅 비
어 있었다.
"별일이로군."
"전쟁을 포기한 것인가?"
아르니아 군은 의아해 하며 국경을 거침없이 돌파했다. 아
르니아 군이 다음 목적지로 삼은 곳은 휴이라트의 수도인 비
니스. 휴이라트에서 가장 큰 항구도시 중 하나인 비니스를 향
해 10만의 대군이 거침없이 행군을 개시했다. 그 길목에는 여
러 개의 영지가 자리를 잡고 있었다. 하나같이 성을 가진 대영
지라서 아르니아 군은 치열한 접전을 예상했다. 그러나 영주
성은 국경과 마찬가지로 텅 비어 있었다. 성의 관리인만이 몇
남아 있을 뿐 병사는 단 한 명도 없었다.

"창고가 텅 비었습니다. 아무것도 남아 있지 않습니다."

"싸워 보지도 않고 후퇴했단 말인가?"

그러나 아르니아 군 지휘관들은 신경 쓰지 않고 병력을 진군시켰다. 혹시나 숨어 있을 적의 복병만 신경 쓴다면 상관할 것이 없다. 오히려 병사들의 피를 흘리지 않아도 되기 때문에 좋은 일일 수도 있었다. 비니스에 도착할 때까지 휴이라트 군은 코빼기도 보이지 않았다. 덕분에 아르니아의 10만 병력은 별 무리 없이 비니스에 입성할 수 있었다.

⚜

비니스는 한쪽 면이 바다에 접해 있었기에 항구와 조선소로 구성된 도시이다. 심지어 중앙에 위치한 왕궁에도 운하와 접한 선착장이 있다. 나라 전체가 배와 밀접하게 관련이 있는 것이다. 항구의 맞은편에 위치한 큰 규모의 조선소. 그 도크에서 막 배 한 척이 빠져나오고 있었다.

"저 많은 자재들을 버려두고 가자니 아깝군."

갑판 위에 서서 조선소를 쳐다보는 이는 구레나룻을 길게 기른 중년 사내였다. 모슬 백작. 조선소를 총괄 관리하는 최고 관리자였다. 그가 자신의 책임 하에 있는 조선소를 내버려두고 빠져나가는 것이다.

사실 조선소 같은 기간 시설은 전쟁이 발발하면 적의 손에 들어가지 못하게 불태우는 것이 상식이다. 지금처럼 나무자재가 산더미처럼 쌓여 있을 경우 살짝 불씨만 당기면 순식간에 불타오를 터였다. 그러나 상부로부터 모슬 백작이 받은 명령은 조선소를 그냥 놔두고 후퇴하라는 것이었다. 배를 설계하고 개조할 수 있는 최고급 장인들만 빼낸 뒤 나머지는 아르니아 군의 손에 들어가게 방치하라는 명령. 일견 이해하기 힘든 명령이었지만 거기에는 이유가 있었다.

휴이라트의 노림수는 아르니아가 카르시카 섬을 정벌하기 위해 병력을 바다로 내보내게 하는 데 있었다. 그렇게 될 경우 잘 훈련된 수군과 빠른 전함을 동원해 강력한 아르니아의 육군을 고스란히 수장시킬 수 있다. 그렇게 하려면 반드시 아르니아 군을 바다로 끌어내야 한다.

조선소를 온전하게 넘겨주라는 명령은 바로 그 때문에 내린 것이다. 조선소에는 수백 척의 배를 건조할 수 있는 자재가 널려 있다. 그리고 배를 건조하는 하급 기술자들도 고스란히 남아 있다. 아르니아는 필경 화물선같이 사람을 많이 실을 수 있는 배를 만든 다음 병력을 카르시카 섬으로 실어 나르려 할 것이다. 모슬 백작이 받은 명령은 바로 그것을 유도하기 위해 자재를 방치하라는 것이었다. 모슬 백작의 입가에 미소가 맺혔다.

"제아무리 훈련이 잘 된 용감한 병사라도 바다에 빠지면 어쩔 수 없지. 아르니아는 우리 휴이라트를 침공한 대가를 톡톡히 치러야 할 것이다."

　　모슬 백작을 태운 배가 바다의 어둠 속으로 조용히 잠겨들었다. 멀리 일단의 아르니아 병사들이 조선소를 점령하기 위해 창검을 번뜩이며 달려오고 있었다.

⚜

　　휴이라트는 정말 어이없이 점령당했다. 각지의 영주성을 비롯한 왕궁과 조선소, 그리고 항구까지 모든 기반시설이 아르니아 군의 수중에 들어온 것이다. 마치 항복과도 다름없는 처사, 그러나 아르니아 군은 방심하지 않았다. 인간은 기록의 동물이라고, 수십 년 전 쏘이렌이 어떻게 휴이라트에 당했는지 기록을 통해 알고 있기 때문이었다. 그 기록대로라면 아르니아 군의 고난은 이제부터 시작일 터였다. 기껏 점령한 항구를 이용할 수 없으며 그렇다고 육지 태생의 병사를 화물선에 태워 바다에 내보낼 수도 없다.

　　그런 상황에서 일단의 선단이 휴이라트의 항구에 입항했다. 선단의 속도가 무척 빨랐기에 멀리서 감시하던 휴이라트 수군들도 속수무책이었다.

VIII

아르니아와
드라쿤 해적단의 밀약

“오랜만이야.”

얼굴 가득 미소를 띤 자는 바로 아르니아의 대공인 레온이었다. 그의 얼굴에는 격정의 빛이 가득 차 있었다.

“그렇군. 잘 지냈나?”

마주 선 자의 음성은 기괴했다. 마치 피리 같은 것을 입에 물고 말하는 듯 억양과 음성이 이질적으로 들렸다. 잠시 후 레온이 저벅저벅 걸어가 상대를 끌어안았다.

“반가워. 정말 반가워.”

“나 역시.”

빙그레 미소를 지으며 레온의 등을 두드려주는 자는 인간이

아니었다. 귀까지 찢어진 입에 노릿한 눈동자, 피부가 비늘에
덮인 종족 리자드 맨이었다. 현재 트루베니아 남부를 위진시
키고 있는 해적선장 캡틴 드라쿤인 것이다. 쏘이렌을 멸망시
키고 일어난 신흥국 아르니아의 최고 귀족과 남부를 주름잡는
해적선장, 얼핏 보면 어울리지 않는 사이 같지만 둘은 절친한
친구 사이였다. 드라쿤의 어깨를 두드리는 레온의 얼굴에는
정감이 가득했다.

"소문은 많이 들었다. 요새 잘 나간다며?"

"다 네 덕분이지. 네가 아니었다면 지금의 나는 없었을 거
야. 아마도 헬프레인 제국에서 쓸쓸히 죽어갔을 테지."

"쓸데없는 소릴 하는군. 정확히 말해 네가 아니었다면 나
역시 세상에 존재하지 못했을 거야."

레온은 드라쿤이 자신을 위해 목숨까지 내어주던 때를 상기
하고 있었다. 드라쿤이 아니었다면 블러디 나이트는 세상에
나타나지 못했을 것이다. 때문에 레온의 눈빛은 따뜻했다. 드
라쿤의 옆에는 던컨이 있었다.

"대공 전하. 오랜만이로군요."

레온이 빙그레 웃으며 고개를 끄덕였다. 드라쿤은 던컨뿐만
아니라 해적단의 수뇌부 모두를 데리고 온 상태였다. 해적출
신 간부 몇은 불편한 표정이었다. 각국에 수배된 해적 출신이
어찌 레온 같은 고위급 왕족을 만나봤겠는가? 게다가 그들이
발을 딛고 있는 곳은 휴이라트의 왕궁이었다. 휴이라트에 지

명 수배된 그들이 휴이라트의 왕궁에 들어와 있는 것이다.

'믿을 수가 없는 일이로군.'

'선장님이 아르니아의 대공과 친구 사이였다니……'

그러나 한 가지는 확실했다. 앞으로 드라쿤 해적단은 아르니아와 더없이 친밀한 사이가 될 것이란 사실 말이다.

한참 동안 재회의 기쁨을 만끽한 둘은 자리를 옮겼다. 이제는 중요한 문제를 상의할 때였다. 레온이 드라쿤의 얼굴을 쳐다보았다.

"자네의 도움이 필요하네. 휴이라트는 현재 우리에게 땅을 모조리 내주고 섬으로 옮겨갔네. 45년 전 쏘이렌에 했던 방법을 그대로 쓰려는 모양일세. 자네를 부른 것은 바로 그 때문일세."

그렇다. 드라쿤이 부하들과 함께 비니스 항구에 입항한 것은 바로 레온의 부름이 있었기 때문이다. 휴이라트의 궁전과 항구를 손쉽게 점령하기는 했지만 이후의 일이 문제였다. 당장 휴이라트의 해군이 항구를 봉쇄할 경우 꼼짝도 할 수 없게 된다. 그렇다고 아르니아에 제대로 된 해군이 있는 것도 아니다. 드라쿤 해적단은 아르니아가 집중적인 투자를 해서 전략적으로 키운 해상 전력이다. 따라서 비상연락망을 통해 불러들인 것이다. 대책마련을 논의하기 위해서 말이다.

"휴이라트를 확실히 점령하려면 어떻게 해야 할까? 정보에 따르면 휴이라트의 국왕 하인즈 2세는 카르시카라는 섬에 틀어박혀 있다고 들었네. 병사를 보내 점령하는 것이 옳을까?"

그 말에 대답한 자는 던컨이었다.

"무리입니다."

"어째서 그렇지?"

"카르시카 섬은 천연의 요새입니다. 노포가 설치된 수백 개의 섬에 둘러싸여 있고 조류가 흐르기 때문에 바닷길을 알지 못하면 결코 섬으로 들어갈 수도 없습니다. 바다에서 잔뼈가 굵은 해적선장들도 그곳은 기피하지요."

"그렇다면 어떻게 해야 하지?"

"현재로썬 방법이 없습니다. 육지의 사자와 바다의 고래가 싸울 순 없는 법이지요."

레온의 표정이 침중해졌다.

"문제가 심각하군."

그때 드라쿤의 음성이 울려 퍼졌다.

"방법은 있다."

"뭔가? 말해보게."

"방법은 지극히 간단하다. 무법항의 해적들을 휴이라트로 끌어들이는 거야."

이어진 내용은 던컨이 설명했다. 현재 트루베니아 남부의 해적들은 무법항을 근거지로 활동하고 있었다. 무법항이란 트루베니아 동남부의 섬으로써 카르시카 섬처럼 조류와 암초지대로 보호받는 천혜의 요새였다. 많은 해적들이 이 무법항을 근거지로 활약했다. 해적들이 약탈을 마치고 마음 편히 쉴 수 있는 곳은 오직 무법항밖에 없었기 때문이다.

그러나 이 무법항에도 문제점이 없지는 않았다. 우선 무법항은 육지에서 너무 멀리 떨어진 절해고도이다. 때문에 물자의 운송에 문제가 있을 수밖에 없다. 그리고 무법항에 거주하는 사람은 해적선에 붙들린 노예와 각지의 도망자, 해적이 전부였다. 그러다 보니 성비(性比)가 극히 편향되어 있었다. 남성이 98퍼센트에 이르다 보니 여성의 비율은 고작해야 2퍼센트에 불과했다. 여자들이 배를 타고 바다에 잘 나오지 않는다는 사실을 감안하면 당연한 결과이다.

그 문제가 불러일으킨 문제점은 상당히 컸다. 우선 목숨을 걸고 약탈을 마친 해적들은 긴장을 풀기 위해 술과 여자를 찾는다. 그러나 무법항은 물자가 귀하고 여자는 더더욱 귀하다. 때문에 무법항에서 제대로 회포를 풀려면 실로 어마어마한 돈이 필요하다. 다시 말해 크게 한탕 하지 못한 해적들은 제대로 즐기지도 못하는 판국이다.

그런 무법항의 체계에 불만을 품은 해적들은 위험을 무릅쓰고 티라스나 기타 상업도시로 숨어든다. 그곳에 가면 비교적 저렴한 돈으로 여자와 술을 즐길 수 있기 때문이다. 그러나 거기에는 위험부담이 따랐다. 낯선 외지인이 돈을 펑펑 쓴다면 치안대에서 관심을 갖기 마련이다. 치안대에 정체가 탄로 날 경우 꼼짝없이 교수대에 목이 매달릴 수밖에 없었다.

　　드라쿤 해적단원들에게도 그러한 문제가 있었다. 대륙간 여객선 라이노스 호를 약탈한 대가로 해적단원들은 천문학적인 분배금을 받았다. 그러나 돈을 많이 벌었어도 쓸 데가 없다. 무법항의 자원이 한정되어 있다 보니 사람들이 몰리면 돈을 주고도 여자와 술을 살 수 없었다. 몇몇 단원들은 티라스로 숨어 들어갔다가 정체가 탄로 나 교수대의 이슬이 되어 버렸다.

　　기본적으로 해적들은 잘 훈련된 수군이나 마찬가지였다. 배와 바다에 익숙하고 실전을 통한 전투기술도 우수하다. 실전 경험이야 더 이상 말할 필요도 없다. 만약 무법항의 해적들을 끌어들이는데 성공한다면 잘 조련된 수군을 얻는 것이나 마찬가지였다.

　　"그들을 끌어들일 수 있다면 더 이상 항구 봉쇄에 신경 쓸 필요가 없지. 자위적인 차원에서라도 해적들이 내해의 휴이라트 수군을 물리쳐 줄 것이니까."

　　모든 사정을 들은 레온이 눈을 빛냈다.

　　"그렇다면 해적들에게 도시 하나를 내어주자는 말인가?"

　　"바로 그렇지. 아르니아의 입장에서도 손해는 아닐 거야. 해적들이 흥청망청 쓰고 가는 돈이 만만치 않을 테니까."

　　"문제는 다른 왕국들의 지탄이겠군. 해적들을 받아들인다면 분명 비난의 목소리가 높아질 테니까."

　　문제는 그것뿐만이 아니었다. 큰마음을 먹고 해적들에게 항구를 개방해도 큰 효과가 없을 수도 있었다. 각국에 지명 수배된 해적들인 만큼 의심이 많을 수밖에 없다.

"아르니아에서 항구를 개방한다고? 그걸 어떻게 믿나! 잔뜩 술을 먹여놓고 잡아다 목을 치면 어쩌라고."

"눈 가리고 아웅하는 격이로군. 우릴 바보로 아는 건가?"

포고를 들은 해적들이 분명히 불신하며 이렇게 빈정거릴 것이다. 의심 많은 해적들을 어떻게 설득하느냐가 또 문제가 되는 것이다.

"두 번째 해결책은 배 문제일세. 현재 우리는 선박의 제조 기술자를 다수 데리고 있네. 약탈한 배에서 포로로 잡은 자들이지. 그들을 이용해 프리깃을 건조하는 것이 가능한지 알고 싶네. 그리고 갤리언도 말이야."

드라쿤 해적단은 그동안 프리깃을 나포해 무법항에 팔아서 거금을 챙겼다. 빠른 배를 원하는 해적선장들이 돈을 아끼지 않고 배팅했다. 그로 인해 드라쿤 해적단의 재정은 튼튼해졌다. 문제는 그것이 더 이상 힘들어졌다는 것이다. 이제 티라스의 프리깃들은 단독행동을 하지 않았다. 서너 척이 함께 몰려다니며 공동작전을 펼쳤기 때문에 배의 노획이 거의 불가능해졌다.

게다가 그들은 색다른 돈벌이에 심취해 있었다. 그것은 바로 대륙간 여객선을 터는 것. 이미 라이노스 호를 털며 그 과정에서 상당한 재화를 확보했다. 때문에 배를 더 구해서 전문적으로 대륙간 여객선을 털려는 사업계획까지 짜놓고 있었다.

그런데 역시 문제는 배였다. 여객선으로 사용하던 라이노스 호를 해적선으로 개조하려면 전문적인 선창이 필요하다. 그런데 그런 선창이 있는 곳은 오직 무법항밖에 없다. 그런데 라이노스는 워낙 덩치가 커서 무법항에 입항을 할 수가 없었다. 때문에 기껏 노획한 라이노스 호를 한적한 곳에 정박시켜 놓고만 있는 실정이다.

"가능하다면 조선소 몇 곳을 빌리고 싶군. 선박을 건조하던 목수들과 함께 말이야. 우리가 보유한 기술자들과 노획한 도면을 총 동원하면 프리깃 설계도 한 장 정도는 만들 수 있을 거야. 프리깃을 건조한다면 판로는 무궁무진할 테니 말이야."

묵묵히 듣고 있던 레온이 고개를 끄덕였다.

"좋네. 그렇다면 이렇게 하지."

말을 마친 레온이 드라쿤의 얼굴을 들여다보았다.

"자네에게 도시 하나를 주겠네. 휴이라트의 수도였던 비니스를 통째로 맡기겠다는 뜻이지. 일정액의 세금만 내면 나머지는 뜻대로 하도록 하게. 도시의 치안도 모두 해적단에서 알아서 해결하도록 하게."

드라쿤을 위시한 해적들의 눈이 커졌다. 도시 하나를, 그것도 한 나라의 수도였던 거대한 도시를 해적단에게 맡기겠다니 이해가 되지 않을 수밖에 없었다. 드라쿤이 당황한 듯 되물었다.

"그, 그게 진심인가?"

"물론이지. 어차피 우리에겐 항구를 관리할 능력이 없어.

그리고 섬에 틀어박힌 휴이라트 국왕을 붙잡을 방법도 없지. 그럴 바에야 자네에게 도시를 넘기고 대신 세금을 거두는 것이 낫지 않겠나? 자넨 지금부터 비니스의 총독일세. 원한다면 말이지."

"무, 물론 거부할 까닭이 없지 않나?"

"대신 한 가지는 지켜주게. 휴이라트 군이 상륙해서 주요 거점을 치지 못하도록 해주게. 다시 말해 바다의 치안을 확실하게 유지해 달라는 뜻이지."

"그렇게 하도록 하지."

아르니아와 드라쿤 해적단의 밀약은 이렇게 해서 갑작스럽게 맺어졌다. 레온은 자신이 가진 대공의 권한으로 협정을 밀어붙였다. 어쩌면 그것은 자신의 목숨을 구해준 드라쿤에 대한 보은 차원에서 결행한 것일 수도 있었다.

그러나 결과적으로 그것은 더할 나위 없이 좋은 결과를 가져왔다. 어차피 아르니아는 거의 공을 들이지 않고 휴이라트를 점령했다. 드라쿤에게 도시 하나를 넘겨주는 것이 결코 무리는 아니었다.

난데없이 비니스라는 거대 도시를 얻게 된 드라쿤 해적단. 드라쿤은 아르니아가 남겨준 치안유지병력 4만의 호위 하에 총독 즉위식을 치렀다. 총독이 되고 나서 그가 가장 먼저 한 일은 무법항에 소문을 널리 퍼뜨리는 것이었다.

—캡틴 드라쿤은 과거 휴이라트의 수도였던 비니스를 점령

국 아르니아로부터 할양받았다. 치안유지를 비롯해서 도시의 모든 권한을 앞으로 드라쿤 해적단이 관할할 것이다.

소문은 그것뿐만이 아니었다.

—비니스의 조선소에서 속도가 빠른 프리깃을 건조 중이다. 비니스로 가면 배를 살 수 있다. 해적이건 아니건 돈만 많이 주면 배를 판다고 한다.

처음에는 해적들도 반신반의했다. 해적에게 도시 하나를 할양해 준다는 것은 그만큼 파격적인 조치였다. 도대체 어떤 나라가 그런 결정을 내리겠는가? 하지만 비니스를 방문한 몇몇 해적들의 입을 통해 그것이 사실임이 드러났으니…….

소문을 들은 해적들 중 용감한 몇몇은 진위를 가리기 위해 배를 비니스로 몰았다. 그리로 가는 과정에서 휴이라트 함선과 맞닥뜨려 교전 끝에 침몰한 배도 있었지만 무사히 포위망을 뚫은 배들도 있었다. 비니스에 도착한 해적들이 본 것은 거대한 선창에서 건조 중인 프리깃들이었다. 드라쿤 해적단에서는 해적선장들에게 친절히 안내인을 붙여 견학을 시켜 주었다.

선창은 넓디넓었다. 그곳에서는 드라쿤 해적단이 지금까지 약탈한 배에서 잡아들인 선박기술자들, 그리고 휴이라트가 남겨두고 간 목수들이 땀을 뻘뻘 흘리며 배를 만들고 있었다. 자재가 충분했기에 서너 척의 배가 동시에 건조되고 있었다. 어렴풋이 형체가 잡힌 배를 본 해적선장이 눈을 크게 떴다.

"사, 사실이었군."

도크에서 건조되는 배는 평저선이 아니었다. 날렵하게 잘 빠진 용골 구조의 프리깃이 분명했다. 지금껏 티라스의 순시선에 지겹도록 쫓겨 다녔던 해적들이 못 알아볼 리가 없다. 해적선장이 머뭇거림 없이 안내자를 쳐다보았다.

"배를 구매하고 싶으니 책임자를 불러주시오. 지금 당장 말이오."

해적선장의 얼굴에는 돈이 얼마가 들건 반드시 배를 사고 말겠다는 결의가 번뜩였다. 빠른 프리깃을 구한다면 더 이상 티라스 순시선의 눈에 띌까 걱정하지 않아도 된다. 각국 수군들의 추격 역시 신경 쓸 필요가 없다. 그러나 안내자는 정중히 거절했다.

"그럴 순 없습니다. 배는 완전히 건조되고 난 뒤 항구에서 경매를 통해 팔릴 것입니다."

결국 해적선장은 소유욕을 억누르고 물러날 수밖에 없었다. 그러나 선장의 심기와는 달리 입항한 해적선의 해적들은 신이 났다.

비니스는 대표적인 유흥도시이자 소비도시이다. 물품도 많았고 술과 여자도 넘쳐났다. 나들이에 나선 해적들은 무법항에서는 상상도 못할 호사를 누릴 수 있었다. 무법항에 비해 월등히 싼 가격에 술과 여자를 즐길 수 있었고 상점에는 살 물건이 넘쳐났다. 해적들은 마음껏 유흥과 쇼핑을 즐기고 양손 가득 물건을 든 채 배에 올랐다. 치안당국에서는 해적들에게 아무런 제재도 가하지 않았다.

—지나간 과거에 대해서는 일절 묻지 않는다. 앞으로가 중요할 뿐이다. 비니스의 법을 지킨다면 법에 의해 보호받을 것이다.

그렇게 해적들은 비니스를 흠뻑 즐기고 돌아갔다. 그리고 소문은 무법항에 널리 퍼졌다. 그리고 더욱 많은 해적선이 비니스를 향해 돛을 펼치고 출항했다.

결과는 머지않아 드러났다. 첫 프리깃의 공매일. 세 척의 프리깃이 완전히 건조되어 항구에서 경매에 붙여졌다. 소문을 듣고 찾아온 해적선들로 인해 비니스의 항구는 인산인해를 이루었다. 수십, 수백 척의 해적선이 배를 사기 위해 비니스를 찾은 것이다. 해적선의 수가 워낙 많았기에 휴이라트의 수군들도 감히 건드릴 엄두를 내지 못했다. 한두 척씩 지나가는 것이야 건드려도 무방했지만 저처럼 많은 선단을 공격하는 것은 자살행위였다.

수많은 해적선의 선장들이 모인 가운데 벌어진 선박의 공매. 갓 건조된 세 척의 프리깃은 그야말로 상상을 초월하는 가격에 팔려나갔다. 그만큼 빠른 배에 대한 수요가 많다는 뜻이다. 배를 낙찰 받은 해적선장들은 희희낙락한 표정을 지었다. 이제 그들의 앞날엔 밝은 미래만이 기다릴 터였다.

"이놈들아. 멋진 이름으로 한 번 지어 보거라."

"선장님. 대륙간 여객선을 터는 것이 그렇게 짭짤하다고 하던데 한 번 시도해 보는 것이 어떻습니까?"

물론 배를 낙찰 받지 못한 자들은 낙심했다. 그러나 기회는 한정된 것이 아니었다.

—배는 계속해서 건조될 것이며 건조되는 순서대로 경매될 것이오.

한 척, 두 척 건조될 때마다 선박의 제작기간은 점점 짧아졌다. 장인과 기술자들의 숙련도가 늘었기 때문이었다. 게다가 비싼 값에 팔았기 때문에 좋은 자재와 공구를 구비할 수 있었고 장인과 기술자들도 후한 임금을 받아 한껏 신이 난 상태였다.

급기야 조선소의 모든 선창에서 프리깃이 건조되기 시작했다. 그 기간 동안 비니스에 정박한 해적선들은 꼼짝도 하지 못했다. 언제 배가 건조되어 경매에 나올지 모르기 때문이었다.

그 배의 해적들이 머무르며 쓰는 돈으로 인해 비니스의 경제는 한껏 호황을 이뤘다. 해적들은 유흥을 즐김에 있어 돈을 아끼지 않았다. 언제 바다의 이슬로 사라질지 모르는 운명이기 때문이다.

비니스에 비축된 모든 술이 동이 났다. 그러자 휴이라트 령의 술통들이 대거 비니스로 공수되었다. 그것도 모자랄 것 같자 쏘이렌 령에 비축된 술통들도 대거 마차에 실려 비니스로 향했다. 비니스로 가는 곡물마차와 가축의 행렬 사이에는 돈을 벌기 위해 가는 여인들이 삼삼오오 끼어 있었다. 해적들이 흥청망청 쓰는 돈으로 인해 비니스의 재정 상태는 점점 탄탄해져갔다.

물론 유흥에 쓸 수 있는 돈에는 한계가 있는 법이다. 해적들의 주머니가 가벼워질 때쯤 비니스 당국에서는 머리를 썼다. 그것은 바로 호시탐탐 항구의 탈환을 노리는 휴이라트의 수군에게 현상금을 내건 것이다. 휴이라트 해군의 전함을 침몰시키면 얼마, 나포하면 얼마, 이런 식으로 말이다. 물론 해군의 수병과 장교에게도 현상금이 내걸렸고 귀족들에겐 한층 많은 금액이 책정되었다. 배를 팔아 많은 돈을 벌었고 상품과 술의 판매로 거둔 세금이 있었기 때문에 현상금을 내거는 데에는 아무런 무리가 없었다. 그것은 비니스의 유흥문화에 빠져 빈털터리 신세가 된 해적들에겐 긴 가뭄에 단비와도 같은 소식이었다.

"이러고 있을 수는 없지."

"놀 바에야 용돈벌이라도 해야 하지 않겠어?"

해적선들은 서너 척씩 선단을 이루어 현상금 사냥에 나섰다. 과거와는 입장이 완전히 역전되어 버린 것이다. 이러한 처사에 휴이라트는 속수무책이었다. 각지에서 교전이 일어났고 하루에도 몇 척씩 휴이라트의 해군 전함이 침몰되었다. 상식적으로 해적들이 휴이라트 해군에 밀려야 할 이유는 없다. 바다에도 익숙하고 해전에는 더더욱 능수능란했다. 오히려 독기와 실전경험 면에서는 해적이 우위에 있었다.

비니스의 항구에 정박하는 해적선의 수는 늘어만 갔고 나포되어 현상금과 교환되는 처지에 놓인 해군 전함들이 항구로 줄을 지어 끌려갔다. 물론 현상금 사냥에 실패하고 침몰되는 배도 있었지만 보충되는 해적선이 더욱 많았다.

좁은 무법항에 진력을 느낀 해적들이 줄을 지어 비니스에 입항을 했다. 한 번 입항한 배들은 좀처럼 떠나지 않았다. 무법항에 비해 물가도 싸고 거주 환경도 좋다. 무엇보다 이곳에서는 보다 진보된 형태의 프리깃을 구매할 수 있다. 워낙 고가의 선박인지라 손에 넣을 수 있는 시기가 언제일지 모르지만 말이다. 이렇게 해서 휴이라트의 정국은 아무도 예측 못하는 방향으로 진행되었다.

쏘이렌을 멸망시키고 휴이라트까지 점령한 아르니아. 그러나 갓 점령한 땅에는 문제가 많았다. 회유되어 성을 내어주고 떠난 대영주들은 문제가 되지 않는다. 그들에게 봉토를 받아 생활하던 소영주들이 문제를 일으켰다. 그들은 휘하에 거느린 기사와 병사를 데리고 으슥한 곳으로 숨어들어 유격전을 펼쳤다. 그로 인해 쏘이렌의 치안상황은 극도로 불안했다.

현실적으로 작은 나라 아르니아가 인구와 영토가 열 배가 넘는 쏘이렌을 정복했으니 문제가 생기지 않을 수가 없다. 그러나 아르니아는 현명한 여왕 알리시아와 여러 인재들의 진두지휘 하에 쏘이렌 령에 대한 안정화작업에 들어갔다.

알리시아가 내세우는 것은 철저한 법치에 입각한 중앙집권적 관료국가. 이미 그녀는 지금 같은 때를 대비해 법령을 정비해 두었다. 우습게도 정해진 법령은 헬프레인 제국의 성문법을 고스란히 본떠 만든 것이었다. 현재 헬프레인 제국에서 채택된 법령과 기본적인 뼈대는 동일했다. 단지 아르니아의 사정에 맞춰 몇 가지 수정작업을 했을 뿐이었다.

“제국의 법령은 잘 정비되었으며 또한 확실하게 검증이 되어 있어요. 이것이 우리 아르니아의 헌법이 될 것이에요.”

이미 쏘이렌과 휴이라트라는 명칭은 지도에서 사라졌다. 모든 영토를 합쳐 하나의 아르니아 왕국이 탄생한 것이다. 법령을 제정한 뒤 시행한 것은 전 국토의 행정구역 분할이었다.

나라 전체를 행정편의성에 따라 분할하여 각 지역에 관리를 파견하는 것. 그에 따라 과거의 백작령과 자작령이 분할되거나 또한 통합되었다. 그리고 전문적으로 행정교육을 받은 관리 영주들이 파견되어 구역을 다스렸다. 그들 대부분은 아르니아 인으로 헬프레인 제국의 교육기관에서 행정과정을 수료한 자들이었다.

쏘이렌 백성들은 정복자인 아르니아의 관리를 불안한 눈초리로 쳐다보았다. 사실 작은 나라인 아르니아에게 정복당한 것이 화가 나기도 했다. 그러나 눈빛이 우호적으로 바뀌는 데에는 그리 오래 걸리지 않았다. 그것은 원래의 주인이었던 쏘이렌 귀족들이 워낙 관리를 못했기 때문에 자연스럽게 일어난 현상이었다.

충실하게 교육을 받고 파견된 관리 영주들은 토지를 잘 분할해서 농민들에게 소작을 주었다. 지대로 거두는 세금은 고작해야 50%. 소문을 들은 농민들은 어안이 벙벙해했다. 지금 껏 70에서 80퍼센트의 산물을 세금으로 바쳐야 했던 그들이었다. 그런데 세금이 하루아침에 가벼워진 것이다. 그러나 이유야 어쨌든 세금이 가벼워지는데 기뻐하지 않을 순 없다.

"별일이로군."

"어차피 우리야 상관할 것이 없지 않겠어?"

세금이 낮아진데 고무된 농민들은 더한층 열심히 일했다. 안 그래도 땅이 기름지고 수원이 풍부한 쏘이렌의 대지이다. 거기에 농민들의 노력이 더해지니 풍성한 작황은 보증된 것이나 다름없었다. 전쟁이 끝나고 맞이한 첫 추수, 아르니아 당국은 약속대로 절반의 세금만 거뒀다. 농사를 짓던 농민들의 창고에는 곡식이 그득했다.

"정말 꿈만 같군."

"내년 추수철까지 먹을 걱정을 안 해도 되겠어."

먹는 것이 해결되자 농민들은 점점 다른 곳으로 눈을 돌렸다. 조금 더 좋은 옷과 특이한 음식에 자연스럽게 관심을 갖게 되는 것이다.

"바다에서 나는 생선이란 것을 먹어보고 싶군. 소금에 절여서 맛이 특이하다고 하던데."

"거친 리넨 옷은 질렸어요. 좀 비싸더라도 면으로 된 옷을 입고 싶어요."

수요가 늘자 바빠진 것은 상인들이다. 그들은 큼지막한 마차에 물품을 가득 싣고 전국 방방곡곡을 누볐다. 먹을 것을 걱정하지 않게 된 소작농들은 곡식을 내다 판 돈으로 색다른 물품을 구매했다. 이런 현상은 지금까지 쏘이렌에 존재하지 않았다.

영주들이 다스리던 시절 농민들은 농사를 지으면서도 끼니를 걱정해야 했다. 영주 일족의 화려한 생활을 위해선 더욱 많은 세금을 거둬야 하고, 그에 따른 반발을 억누르기 위해 강력한 군사력을 유지하려면 더더욱 많은 세금을 거둬야 한다. 먹을 것도 없는 판국에 다른 데 눈을 돌릴 여유가 있을 턱이 없다. 그러나 사람의 욕심은 끝이 없는 법. 세금이 낮아지고 끼니 걱정이 사라지자 다른 데 관심을 가질 수밖에 없다.

상인들의 활약 역시 과거 쏘이렌 시절과는 달랐다. 영주들이 각 지역을 틀어막고 있을 때에는 상업이 번성할 여지가 없었다. 영주들이 자신들의 영지를 통과하는 대가로 과한 세금을 요구하기 때문이다. 나쁜 영주들은 병사들을 동원해 말도 안 되는 트집을 잡아 상인들의 물품을 압수하기도 했다. 물품을 빼앗기고 죽임을 당한 상인은 이루 헤아릴 수 없이 많았다. 그러나 개편된 아르니아의 상황은 많이 달랐다.

각 지역을 다스리는 관리 영주들은 상인들에게 일체의 제재를 가하지 않았다. 미리 정해진 일정액의 세금만 내면 자유롭게 상업 활동을 할 수 있었다. 오히려 병사들을 동원해 상인들의 안전을 돌봐주는 경우도 있었다. 그러자 많은 상인들이 물품의 운송에 뛰어들기 시작했다. 물론 거기에는 우여곡절도 많았다.

상인들을 가장 괴롭히는 자들은 각지의 영주 출신 산적들이 었다. 쏘이렌 시절 영주였다가 사병들을 거느리고 산으로 들어간 자들로 인해 상인들은 많은 애로를 겪어야 했다. 그러나 쏘이렌 령의 치안상태는 시간이 지날수록 점점 나아졌다. 당국에서 주기적으로 병력을 파견해 산채들을 토벌했기 때문이다.

이미 여러 가지 정책으로 인해 주민들의 마음이 아르니아 쪽으로 쏠린 상황, 과거의 영광만을 기억한 채 산채생활을 하던 영주들은 오래 버티지 못하고 하나 둘씩 토벌되었다. 치안 사정이 나아지자 더욱 많은 상인들이 짐수레에 상품을 싣고 전국 방방곡곡을 누볐다.

아르니아가 쏘이렌과 휴이라트 령을 점령한 지 1년, 아르니아 왕국민들의 삶은 눈에 띄게 풍요로워졌다. 영토 대부분이 기름진 곡창지대이고 상업이 번성하여 세금이 많이 거둬지다 보니 국가의 재정도 튼튼해졌다. 각지에서 게릴라전을 벌이던 영주 출신들은 대부분 토벌되었다.

휴이라트 령 역시 확실하게 체계가 잡혔다. 비니스 항을 중심으로 모여든 해적들은 카르시카 섬의 휴이라트 해군들과 치열하게 해전을 벌이며 각축 중이었다. 그러나 조선소에서 꾸준히 건조되는 프리깃 덕분에 상황은 해적들에게 유리하게 돌아갔다. 자고로 배의 성능이 해전의 승패를 결정짓는 가장 큰 요소일 수밖에 없다.

그러나 이러한 아르니아의 발전을 경계하는 사람들도 있었다. 그들은 바로 아르니아 주변국을 위시한 트루베니아의 왕국들이었다. 처음에는 그들도 아르니아를 경계하지 않았다. 상대도 되지 않는 강대국 쏘이렌을 침공했다가 패망할 줄 알았던 것이다. 그랬던 아르니아가 쏘이렌을 완전히 멸망시키고 영토를 손에 넣었다. 더불어 휴이라트까지 쳐서 점령했다. 그러니 경계를 하지 않을 수가 없었다.

만약 아르니아가 다른 나라와 같은 봉건제 국가를 표방한다면 별 문제가 되지 않는다. 그러나 아르니아는 헬프레인 제국과 같은 중앙집권제 국가이다. 그 사실로 인해 각 나라들은 고민에 사로잡혔다.

—아르니아가 자리를 잡으면 농노들과 상인들의 이탈이 가속화 될 것이다.

—쏘이렌의 곡창지대를 점령한 이상 아르니아의 발전은 상상을 초월할 것이다.

—아르니아는 해적들에게 도시 하나를 내주었다. 각 나라가 해적들에게 입은 피해를 감안하면 결코 좌시할 수 없는 일이다.

결국 각 왕국들은 비밀리에 아르니아를 제재하기 위한 회담을 가졌다. 여러 나라가 힘을 합친 다음 압력을 행사하여 아르니아의 발전을 차단하려는 의도에서였다. 각 왕국의 사신들이 모여 회의를 했고 결론이 도출되었다.

1. 아르니아가 점령한 쏘이렌의 영토 중 절반을 회수한다.
2. 휴이라트 령 역시 절반을 몰수하여 카르시카 섬의 하인
   즈 2세에게 관리권을 넘긴다. 거기에는 비니스 시도 포
   함된다.
3. 아르니아는 비니스 항을 점거 중인 해적들을 모조리 쫓
   아내고 악명 높은 해적인 드라쿤을 체포해서 국가연합에
   넘겨주어야 한다.

이 3가지 안 이외에도 여러 가지 조건들이 작성되었다. 이제 다수의 병력을 동원해 아르니아를 압박하여 국가연합의 요구사항을 강제로 받아들이게 만들기만 하면 된다. 그러나 사신이 막 아르니아를 향해 출발하려 할 때 큰 사건이 터졌다. 그것은 바로 헬프레인 제국의 전면적인 침공이었다.

쿵쿵쿵쿵.

헬프레인 제국은 무려 30만이나 되는 대군을 동원해서 거침없는 진군을 시작했다. 그들의 선두에는 새로 육성된 1만여 오러 유저가 앞장서고 있었다. 그로 인해 트루베니아 전역이 발칵 뒤집혔다. 접경지역에 건설된 연합군의 요새는 눈 깜짝할 사이에 함락되었고 제국군은 거침없이 파르디스 왕국으로 밀려들어갔다.

바야흐로 트루베니아 전체가 다시금 전화의 소용돌이에 말려든 것이다. 그런 형편이다 보니 국가연합에서 섣불리 아르니아에 사신을 보낼 수 없게 되어버렸다. 이런 긴박한 상황에서 강력한 군대를 가진 아르니아를 적으로 만드는 것은 결코 현명하지 못한 행동이다. 사신을 보내 압박한다면 아르니아는 틀림없이 헬프레인 제국의 편을 들 것이다. 안 그래도 헬프레인 제국과의 연관성이 의심되는 아르니아이다. 때문에 국가연합에서는 사신을 보내 아르니아의 의중을 물어보는 수밖에 없었다. 거기에 대한 아르니아의 대답은 간단명료했다.

—아르니아는 이번 전쟁에서 철저히 중립을 지킬 것이다. 헬프레인 제국의 편도, 트루베니아 국가연합의 편도 들지 않는다. 그리고 그 어떤 나라의 군대에도 길을 내주지 않을 것이다.

그 소식에 트루베니아 국가연합은 안심했다. 당장 아르니아가 참전하지 않는다는 사실만으로도 발등에 떨어진 불을 끈 셈이다. 그러나 그들은 알지 못했다. 아르니아가 트루베니아 대륙의 동남부를 틀어막음으로써 헬프레인 제국이 국토를 방어하는데 훨씬 용이해졌다는 사실을 말이다.

⚜

전쟁은 점차 트루베니아 대륙 전체로 번져갔다. 동부의 왕국들이 속속 참전했고 바다 건너 아르카디아에서도 기사단을 파견했다. 헬프레인 제국의 동진에 그 정도로 위협을 느꼈다는 것이다.

그러나 아르니아 만큼은 평온했다. 정예병력 20만이 국경을 철통같이 지키는 가운데 아르니아는 과거 쏘이렌 령의 풍성한 곡물생산력을 기반으로 나라를 발전시키는데 여념이 없었다. 각지에서 장이 섰고 상인들이 나라 전역을 누비며 상품을 실어 날랐다. 농민들이 경작한 곡물과 기른 가축을 내다 팔아 상품을 구매했다. 국가로부터 월급을 받는 관리 영주들이 공정한 관점에서 영지를 다스리고 재판을 관할했다. 과거 쏘이렌 시절보다 삶이 월등히 나아진 것이다. 서류를 통해 나라의 발전상을 보고받던 알리시아의 입가에 미소가 번져갔다.

"정말 고무적인 일이에요. 그동안의 노력이 드디어 결실을 보이는군요."

귓전으로 굵직한 음성이 파고들었다.

"만족하는 거요?"

알리시아가 고개를 돌렸다. 거기에는 더없이 순박한 외모의, 그러나 트루베니아에서 가장 강하다고 공인된 초인 레온 대공의 얼굴이 있었다.

"만족해요. 이 모두가 당신 덕분이에요."

"그럴 리가. 당신의 노력이 더해진 것 때문이지."

레온이 떨리는 눈빛으로 알리시아를 쳐다보았다. 강력한 힘을 가진 왕국 아르니아의 여왕이 되었지만 알리시아는 여전히 일에 파묻혀 지냈다. 그녀가 예전부터 바라는 것은 단 하나, 아르니아 백성들이 행복해지는 것이었다. 비록 그 범주에 구 쏘이렌과 휴이라트 출신의 백성들이 더해졌지만 개의치 않았다. 어쨌거나 지금 그들은 아르니아 왕국민이란 사실을 인정하며 살아가고 있었다.

레온이 조용히 다가와서 알리시아의 어깨를 감싸 안았다. 알리시아가 얼굴을 붉히며 레온의 가슴에 얼굴을 묻었다.

"정말 고마워요. 당신 덕분에 필생의 소원을 이룰 수 있게 되었어요."

지금의 아르니아는 레온이 일궈준 것이나 다름없었으므로 고맙지 않을 도리가 없다. 레온이 데리고 온 켄싱턴 공작은 아르니아가 쏘이렌을 점령하는데 가장 큰 역할을 했다. 그는 지금 아르니아에서 가장 큰 도시 하나를 개인영지로 하사받은 상태였다. 도시에서 거둬들이는 세금은 모두 그의 몫이다. 가족들을 모두 데리고 온 켄싱턴 공작은 경치 좋은 곳에 거대한 별장을 지어 살고 있었다. 그는 가끔씩 상경해 군의 일을 봐주는 것 말고는 거의 별장에서 지냈다.

레온이 마나연공법과 검술을 전수해서 키운 기사들은 현재 아르니아 군부의 요직을 차지하고 있었다. 차기 아르니아 총사령관으로 거론되는 도일은 켄싱턴 공작의 별장으로 매일 출퇴근하며 전략전술을 공부했다. 남쪽바다의 해적들을 규합하여 카르시카 섬의 휴이라트 해군을 압박하는 것과 동시에 함대를 구성하여 주기적으로 대륙간 여객선을 터는 드라쿤 역시 레온의 절친한 친구이다. 이렇게 여러 사람들이 모여 강력한 왕국 아르니아를 일구어냈다.

알리시아가 따듯한 눈빛으로 레온을 올려다보았다. 불현듯 레온과 함께 아르카디아를 헤매며 활약하던 시절이 떠올랐다. 당시의 일을 상기하자 얼굴이 화끈 달아올랐다. 정말 신이 돌봐주지 않았다면 둘은 두 번 다시 만나지 못했을 것이다.

"무슨 생각을 하는 거요?"

"아르카디아 시절의 일을 상기해보고 있었어요. 만약 그때 당신을 만나지 못했다면."

"인간의 생에 있어 만약이란 없는 것이오. 모든 것이 필연이지."

"그건 그래요."

무심코 고개를 끄덕이던 알리시아의 얼굴이 일그러졌다. 그녀가 돌연 몸을 구부리며 구역질을 했다. 레온이 당황해서 그녀의 등을 두드려 주었다.

"괘, 괜찮소?"

그러나 알리시아의 구역질은 한동안 계속되었다. 옆에 서 있던 근위기사단장 쿠슬란의 표정이 심각해졌다.

"레온. 아무래도 신관을 부르는 것이 좋겠다."

"네? 그게 무슨."

다음 순간 쿠슬란의 이어지는 말에 레온은 멍해졌다.

“아이를 잉태했을 때의 반응과 똑같아. 아무래도 아이를 가진 것 같은데?”

“그, 그게 정말입니까?”

그가 더 이상 생각할 것도 없다는 듯 알리시아를 안아들었다.

“아, 아니에요. 저, 저는 괜찮아요.”

발버둥치는 알리시아를 감싸 안은 레온이 머뭇거림 없이 신전 쪽으로 몸을 날렸다. 여왕을 경호하는 근위기사들과 대공의 친위기사들이 재빨리 뒤를 따랐다. 그 중에는 쿠슬란의 모습도 끼여 있었다.

신관을 찾아 달려가는 레온의 얼굴에는 짙은 결의의 빛이 서려 있었다.

‘알리시아와 나와의 사이에서 태어날 사랑의 결실이 설사 어떤 모습을 하고 있건 모두 감수하겠다. 저주받은 하프 블러드의 운명을 물려주지는 않을 것이야. 결단코 나와 같은 기구한 삶을 살게 하지는 않는다.’

고개를 숙인 레온의 시선이 알리시아와 딱 마주쳤다. 눈빛을 통해 그녀 역시 같은 생각을 하고 있었음을 알 수 있었다. 그녀와 레온이 마주보며 묵묵히 고개를 끄덕였다. 그 순간 말은 하지 않았지만 두 사람은 눈빛으로 수많은 것을 이야기했다.

〈완결〉

작가후기

작가후기

　이로써 트루베니아 연대기가 모두 끝이 났습니다. 『하프 블러드』가 11권 『트루베니아 연대기』가 12권이니 모두 합쳐 23권이로군요. 『하프 블러드』 1권의 출간일이 2005년 1월이었으니 5년이 넘게 걸렸습니다. 꽤나 먼 거리를 달려왔군요.

　원래는 레온이 아르니아를 돌려받기 위해 헬프레인 제국과 담판을 하는 장면에서 끝을 내려고 했습니다. 처음에 구상해 놓은 스토리도 거기까지이고요. 그런데 욕심 때문에 더 쓰다보니 다소 진부해진 면이 없잖아 있습니다.

　중간에 다른 작품(『데이몬』)을 병행해서 연작하기도 했었고 여러 가지 우여곡절로 인해 책 나오는 것이 많이 늦어졌습니다. 오래 끌다 보니 열정이 식어서 출간시기가 더욱 늦어진 것 같습니다.

확실히 작품은 오래 끌어서는 안 될 것 같습니다. 상상했던 대로 술술 써내려가는 것과 억지로 쥐어짜내는 것과는 많은 차이가 있으니까요. 다음 작품을 쓸 때에는 이 점을 최대한 고려할 생각입니다.

다음 작품으로는 『다크 메이지』의 후속편을 쓸 계획입니다. 마왕이 된 데이몬이 율리아나의 불행한 운명에 관여하기 위해 다른 세상으로 차원이동을 하게 되지요. 이미 충분히 쉬었기 때문에 바로 집필에 들어갈 생각입니다. 신작은 빠른 시일 내에 독자 여러분께 선보이도록 하겠습니다.

신디케이트
Syndicate
박성호 판타지 장편소설
FANTASYSTORY & ADVENTURE
『아이리스』, 『이지스』의 작가!
박성호 판타지 장편소설
배신자에겐 반드시 대가를
치르게 하는 게 나의 정의다!
지금부터 시작될 이 이야기는
나의 처절한 복수극이다!
dream
books
드림북스

절대신마
황규영 신무협 장편소설
ORIENTAL FANTASYSTORY & ADVENTURE
『금룡진천하』, 『참마전기』, 『천왕』의 작가!
황규영 신무협 장편소설
천마교주 정이산의 걸음마다 세상이 들썩인다!
무공은 이미 천하제일, 대적할 자가 없다!
까칠한 교주님의 통쾌한 강호 초출 천하 유람기!
dream books
드림북스

십지신마록(十地神魔錄) 3부
파멸왕
우각 신무협 장편소설
ORIENTAL FANTASY & ADVENTURE
십지신마록 3부작, 그 대단원을 장식할 마지막 이야기!
『환영무인』『십전제』의 작가 우각 신무협 장편소설.
적에게 멸망만을 남기는
세상의 파괴자가 현신한다!
"나는 십이사조를 멸할 자, 멸제다!"
그의 표효가 천하를 울린다.
dream
books
드림북스

천신
김강현 판타지 장편소설
FANTASY STORY & ADVENTURE
『투신』, 『마신』, 『뇌신』의 작가!
김강현의 파워풀 판타지!
광기에 물든 가련한 영혼이
세상을 구원하는 빛이 될지어다!
꿈꾸는 자의 광기가 빛을 갈망하는 순간,
마침내 세상은 그의 존재를 기억하게 될 것이다!
dream books
드림북스